涙から読み解く源氏物語

鈴木貴子 *Suzuki Takako*

笠間書院

目次

■本書のキーワード10

身体　平安物語　まなざし
共有　ずれ　汗　笑い
垣間見　メディア　ジェンダー

はじめに

　私たちは、一体今までにどれくらい涙を流してきたのだろうか。泣きながら生を受けたその瞬間から成長していく過程の中で、誰もが少なからず涙した経験があるに違いない。出会いと別れ、困難と葛藤、生まれる喜び、死という悲しみ、老いに伴う涙もろさなど、涙の要因はさまざまである。山折哲雄は、古代から現代に至るまでの涙と日本人のつながりを、文化との関わりを交え幅広く考察している。(註1)心の浄化作用としてストレスの発散を促す涙は、他者とのコミュニケーションの手段としても、有効に機能するのである。

　時は遡り平安時代において、涙することは感受性を備えた人間の条件であった。物のあはれを知る男女は、ともに袖を濡らし盛んに涙していた。今からおよそ一〇〇〇年以上も前に成立したとされる『源氏物語』には、比喩を含め約八八〇例もの涙表現が登場する。「涙ぐむ」、「涙拭ふ」、「涙浮く」、「しほたる」、「涙川」、「涙を紛らはす」、「涙を一目浮けて」など、涙の種類は豊富である。その他にも、涙にさらわれた文字や、濡れた袖の感触に涙が暗示されるなど、さまざまな涙が描き分けられている。このように、涙という自己表現が極限にまで追求され、分析され、配置されているのである。物語に散りばめられた涙表現は、いずれも人物の心の揺れを鋭く捉えたものであり、単なる現象としての枠を超え、多様な広がりを見せる。『源氏物語』は、登場人物たちの見る／見られる関係を基軸にバリエーション豊かな涙表現を築き上げ、自在に駆使することに成功した。その質・量ともに多彩なありようは、まさに「涙の文学」といってよい層の厚さを示している。

『源氏物語』の涙に関する先行研究には、小林澄子、神谷かをる、鈴木宏子、盧享美、ツベタナ・クリステワ、中村一夫が挙げられる。小林澄子は「涙こぼる」、「落つる涙」、「涙を流す」の用いられ方に注目する。「涙こぼる」が日記や物語に多く、「落つる涙」は和歌に集中し、「涙を流す」は説話や軍記を中心に用いられていることを説き、涙研究の先駆けとなっている。[註2] 神谷かをるは、『古今和歌集』において、人の涙（なく）→鳥の涙・郭公→雁—稲負鳥—鶯、鳥の涙（野辺）→露、涙（流る）→川→凍る、涙水→鳥涙氷、のごとく、涙がさまざまな媒体に次々と連鎖反応を起こしてゆく過程を明らかにし、多面的に涙とことばの連関を探っている。[註3] 鈴木宏子は、和歌から涙を的確に位置づけ、涙を恋歌の表現を支える基本的な語彙として挙げた。[註4] 盧享美は、「押し拭ふ」表現が、すべて男性に用いられることを明らかにするという画期的な論を打ち出し、涙に性差のあることを指摘することで、新たな視点を提出した。[註5] さらに、ツベタナ・クリステワは、八代集を通して涙の喩的な役割とその連関を明らかにするという、壮大にして緻密な論を展開し、「〈袖の涙〉が〈心の思い〉のみならず他の詩的表現をも伝えていく」と言及している。[註6] 中村一夫は、涙を「のごふ」と涙を「はらふ」を取り上げ、和歌との関係性に着目しながら、両語の働き方やその性質に見られる差異の大きさを説いている。[註7]

最近では、涙を項目ごとにわかりやすく提示した岩佐美代子が、『源氏物語』の涙の種々相を取り上げている。[註8] また、榎本正純は『源氏物語』だけでなく『平家物語』や松尾芭蕉などの作品を取り上げ、感情表現としての涙の重要性を論じている。（註9）これらの先行研究は、涙の拡がりとその様態を明らかにし、涙の持つ豊かさと深さを示唆する意見をもたらしてくれた。

本書では、それらの成果を受けつつ、さらに『源氏物語』を人間関係やまなざし、会話、身体、ふるまいと関連づけることにより詳細に読み解いてみた。涙という角度から、物語の新たな側面を探りたい。ここでは、人物のしぐさと涙、言葉に出されたものと涙の関係、笑いと涙の関係、誰の前で涙しているか、また誰とともに涙するかという涙の共同体の問題を考えていく。総じて、人物の関係構造の中での涙の力学を考えていこうとしている。涙の場面の精細な検討の中から、涙が『源氏物語』においてどのような役割を果たしているのかを、個別的な例ごとに明らかにしていきたい。

以上のように、本書は『源氏物語』の涙を明らかにすることを目標とするが、そのそれぞれの例と平安時代の他の作品の例とを比較し照らし合わせることによって、総体としての涙表現の豊かさと可能性を考えていくつもりである。第一章に『源氏物語』の正篇の涙、第二章に続篇、宇治十帖の涙、第三章に『源氏物語』以前の平安物語の涙、第四章に『源氏物語』以後の平安後期物語の涙とし、第一章から第四章までの四部から成る。

第一章では、『源氏物語』の関係性を紡ぐ涙を中心に、末摘花、紫の上と光源氏関係、明石一族、夕霧、葵の上の死の涙を取り上げる。涙表現のみに終止するのではなく、涙を起点としながら涙に伴う身体描写との関わりとともに考察する。

第二章では、宇治十帖を織りなす涙に焦点をあて、中の君、浮舟と匂宮関係を取り上げる。舞台として設定された宇治が、山霧・川霧の名所として湿り気の多い土地であると条件づけられていることから、数多くの涙を促し響き合うものとなっている。こうした傾向は、紫の上、玉鬘などに早くに見られていたが、宇治十帖ではその傾向が一層追いつめられ、「見られる涙」の関係性の力学が物語の主要な推進力となるのである。

『源氏物語』の涙のもたらす役割は、正篇と宇治十帖でその性質を異にする。大きく言えば、正篇では光源氏を中心とした、皆が一同に会して涙する涙の共有が多く描かれ、感情共同体としての光源氏体制を支える構造になっている。一方、宇治十帖では人物が他者を観察するといった場合に多く描かれ、個々の涙が人間と人間との関係性を明らかにするものとして機能していく、微細な涙が描かれる。それはどのような理由によるものか。そのように変貌することで、どのような効果があるのか考えていきたい。

また、涙表現はそれぞれの物語において異なった機能を果たしており、そのことの検討が、そのまま物語の本性の解析につながる可能性をはらんでいる。『源氏物語』的な涙の世界と比較することで、『源氏物語』以外の平安物語の特質を明らかにしていきたい。第三章、第四章では、『源氏物語』以外の平安物語にも視野を広げ、『伊勢物語』、『うつほ物語』、『落窪物語』、『浜松中納言物語』、『夜の寝覚』、『堤中納言物語』、『狭衣物語』、『とりかへばや物語』を取り上げる。

註

（1）山折哲雄『涙と日本人』（日本経済新聞社　二〇〇四年八月）は、人目を憚りすすり泣く山上憶良を悲泣型、誰を憚ることなく涙を流し、嘆き悲しむ大伴旅人を流涙型と分類し、二人のコントラストに人間的な肌触りの違いを読み取っている。また、泣く聖母と泣かぬ観音など、さまざまな視点から涙を考察している。

（2）小林澄子「古代における『涙』をめぐる動詞について」（『文芸研究』第一〇六号　一九八四年五月）。

（3）神谷かをる「『涙』のイメジャリ―万葉集から古今集へ―」（『国語語彙史の研究』一三　和泉書院　一九九三年七月）。

上坂信男・湯本なぎさ「涙の譬喩と心象―和歌の世界への接近―」（『源氏物語』の思惟―その〝ことば〟に読む―』右文書院　一九九三年九月）は、雨を始めとする涙をめぐる景情一致の表現に関して、和歌の世界の伝統的イメージを積極的に摂取することで、『源氏物語』における散文と和歌との交渉を図り、表現を豊潤なものにしたと論じている。

（4）鈴木宏子『古今和歌集表現論』（笠間書院　二〇〇〇年一二月）。

（5）盧享美「『源氏物語』における『涙』の性差について」（『日本女子大学大学院文学研究科紀要』第七号　二〇〇一年三月）。

（6）ツベタナ・クリステワ『涙の詩学―王朝文化の詩的言語―』（名古屋大学出版会　二〇〇一年三月）。

（7）中村一夫「源氏物語の『泣く』表現の諸相―『のごふ』『はらふ』―」（『源氏物語の本文と表現』おうふう　二〇〇四年一一月）。加藤昌嘉「涙―『とふにつらさ』―」（『〈水〉の平安文学史　平安文学場面生成研究プロジェクト論文集』第一号　国文学研究資料館　二〇〇五年二月）は、中世文学に頻出する「とふにつらさ」の句の表現史を説く。また、楠元六男「なみだする旅人―『おくのほそ道』の構図―」（『芭蕉、その後』竹林舎　二〇〇六年一〇月）にも示唆を得た。

（8）岩佐美代子「源氏物語の涙―表現の種々相―」（『涙の文化学―人はなぜ泣くのか―』今関敏子編　青簡舎　二〇〇九年二月）。

（9）榎本正純『涙の美学―日本の古典と文化への架橋―』（新典社新書四六　二〇〇九年一二月）。

＊本文中の『源氏物語』、『伊勢物語』、『落窪物語』、『浜松中納言物語』、『夜の寝覚』、『堤中納言物語』、『狭衣物語』、『とりかへばや物語』の引用は、新編日本古典文学全集（小学館）により、巻名、頁数も同書による。また、『うつほ物語』の本文の引用は、室城秀之『うつほ物語　全』（おうふう　一九九五年初版　二〇〇一年改訂）により、巻名、頁数も同書による。それ以外の作品の引用は、そのつど明記した。

第一章　関係性を紡ぐ涙──『源氏物語』

第一節　末摘花の「音泣く」

――涙に秘められた力

はじめに

　声に出すような派手な涙は見せるべきではないとする、声を上げない泣き方が主流の日本の美意識や価値観が浸透する中、声を上げて泣くことは極めて例外的である。本稿では、とりわけ声を出すべきではない抑圧を超え、声を上げまいとしつつも声を上げて泣く「音泣く」に焦点をあてる。最も大きな感情表現である「音泣く」は、末摘花に繰り返し用いられており注目に値する。

　末摘花を中心として、『源氏物語』の涙表現の傾向を捉えるとともに、末摘花の沈黙から「音泣く」行為の特異性を探りたい。また、「音泣く」をさらに強めた語である「音のみ泣く」の用いられ方にも着目することにより、末摘花の「音泣く」に秘められた力学を新たに読み解いていきたい。

一　もののけ／男君にみる「音泣く」

声を上げない泣き方が主流とされている『源氏物語』において、涙は静かにこぼされ袖を濡らすものとして描かれる。(註1)それでは、『源氏物語』の涙表現には、どのような種類が見られるのだろうか。その一部を具体的に参照すると、次の表の通りである。

『源氏物語』の涙表現（一部）

涙ぐむ	涙こぼる	涙拭ふ	涙落つ	うち泣く	泣く泣く	泣きこがる
音泣く	泣き惑ふ	泣き臥す	しほたる	泣きとよむ	酔泣き	泣きののしる

表から、『源氏物語』にはさまざまな種類の涙表現が数多く用いられていることがわかる。『源氏物語』の涙表現は、声を出すというよりも声を出さない方に重点が置かれているように見える。

そのような中、声を上げまいとしつつも声が出てしまう「音泣く」のような用例は普通ではなく、際立つ行為として位置づけられる。「音」と描かれることに特別な意味が読み取られるのであり、「音泣く」は物語において例外的な用例といえる。それでは、「音泣く」は一体どのような場面に描かれるのだろうか。

ただ、つくづくと音をのみ泣きたまひて、をりをりは胸をせき上げつついみじうたへがたげにまどふわざをしたまへば、いかにおはすべきにかとゆゆしう悲しく思しあわてたり。（葵二―三二）

もののけにとり憑かれたように見える人物に、葵の上が挙げられる。もののけにとり憑かれたとすれば「音泣く」のはうなずけるが、もののけ以外においても「音泣く」は用いられるのである。次に、男君が「音泣く」用例を見ておきたい。

九月二十日のほどにぞおこたりはてたまひて、いといたく面痩せたまへれど、なかなかいみじくなまめかしくて、ながめがちに音をのみ泣きたまふ。見たてまつり咎むる人もありて、御物の怪なめりなどいふもあり。

（夕顔一―一八三）

光源氏が、亡き夕顔を思い「音泣く」場面である。夕顔の死から月日が経過した後も、なお「音泣く」光源氏のようすは、面痩せした美しさとともに描かれる。光源氏の「音泣き」は、女房たちにもののけのしわざかと不審がられるのであり、夕顔の死の衝撃から立ち直れず精神的に不安定な状態にある光源氏の姿を浮き彫りにする。

わづらひたまふさまの、そこはかとなくものを心細く思ひて、音をのみ時々泣きたまふ。陰陽師なども、多くは、女の霊とのみ占ひ申しければ、さることもやと思せど、さらに物の怪のあらはれ出で来るもなきに思ほしわづらひて、かかる隈々をも尋ねたまふなりけり。

（柏木四―二九三）

病床の柏木が、時々「音泣く」場面である。柏木の「音泣く」さまは、女の霊を思わせる不自然な印象を与えるものとして特徴的である。光源氏と柏木の「音泣く」は、もののけとみなされてしまうような一種特別な声であり、もののけと通底するような異様な感覚に、一歩足を踏み入れていることがわかる。
次に、「音泣き」面痩せした光源氏が、なまめかしいようすで描かれることに注目したい。この場面は、大君の死に際し悲嘆に暮れる薫が「音泣く」場面と類似している。

ありしさまなど、かひなきことなれど、この宮にこそは聞こえめと思へど、うち出でむにつけても、いと心弱く、かたくなしく見えたてまつらむに憚りて、言少ななり。音をのみ泣きて日数経にければ、顔変りのしたるも見苦しくはあらで、いよいよものきよげになまめいたるを、女ならばかならず心移りなむと、
（総角五—三三八）

大君を偲び声を上げて涙する薫の月日は、大君を失った心の傷が今もなお癒えずにあることを如実に物語る。そして匂宮の視点から、薫の深い悲しみによる顔の相の変化が語られるのである。薫の清楚さがかえって際立つことから、悲痛な「音泣く」さまは、薫の美しさを引き出していったのだと考えられる。
夕顔を亡くした光源氏と大君を亡くした薫の場面では、男君の「音をのみ泣く」ようすが面痩せした美しさとともに描かれ、それがあたかも女のような艶めかしさを帯びている。女君の死を悲しみ「音をのみ泣く」さまが、正篇と続篇の主人公である光源氏と薫に、女性のイメージを喚起させるようにして描かれる例は特異である。光源氏は女性的な側面をも兼ね備えた人物であるが、この女性のイメージには、古代において「みね」をたてまつるという儀礼的な行為を、泣き女やトムライババといった女性が担っていたこととも関連しているのではないか。(註2)
女君に用いられることの多い「音泣く」の用例を、男君にも女性的なイメージで描くことにより、物語は男君の

抱える悲しみの深さをも描き出そうとする。（註3）このように、男君の「音泣く」は、男君の弱さの極限において発せられていくのである。

二　「音泣く」末摘花

『源氏物語』において「音泣く」用例は、もののけにとり憑かれたように見えるものに加え、光源氏や柏木、薫、末摘花に描かれる。中でも、「音泣く」が三例と際立って多く描かれる人物として末摘花が挙げられる。それでは、なぜ末摘花にのみ「音泣く」が集約されているのだろうか。

秋貞淑は、「『ねなく』女、末摘花蓬生巻に満ちる古代の息吹」において、末摘花の「音泣く」に関して「忘れ去られた存在である末摘花が、源氏を呼び戻すには、自分の本質である古代的『ねなく』を発揮するしかなかった」と論じている。（註4）確かに秋氏が指摘する通り、古代の女という側面を抜きにして末摘花の「音泣く」を考察することはできない。しかし、末摘花の「音泣く」には、古代的な要因のみにとどまらず「沈黙」やコミュニケーションの問題、さらには末摘花個人の問題を超え物語全体に関わるような、もっと多くの問題が内包されているように思われる。末摘花における涙表現に関して具体例を挙げながら、もう一度検討していきたい。

いまは限りなりけり、年ごろ、あらぬさまなる御さまを悲しういみじきことを思ひながらも、萌え出づる春に逢ひたまはなむと念じわたりつれど、たびしかはらなどまでよろこび思ふなる御位改まりなどするを、よそにのみ聞くべきなりけり、悲しかりしをりの愁はしさは、ただわが身ひとつのためになれるとおぼえし、かひなき世かな、と心くだけてつらく悲しければ、人知れず音をのみ泣きたまふ。

（蓬生二―三二四）

蓬生巻で、末摘花は邸の荒廃に苦言を呈する女房たちに、涙ながらに反論してきた。しかし、光源氏が都に帰還した後も何の訪れもなく、昇進の慶びからも蚊帳の外である身の上に、光源氏との仲を思い知り人知れず音泣く。そこには、光源氏の不遇を自分一人の為に起こった悲しみとして捉え、日々を過ごしてきた末摘花の深い思いが込められている。「心くだけて」の直後に描かれる「音泣き」には、光源氏の訪れを疑うことなく待ちわびていた末摘花の、停滞した時の流れに伴う心の傷が表象されているのである。

わが身はうくて、かく忘られたるにこそあれ、風の伝てにても、我かくいみじきありさまを聞きつけたまはば、かならずとぶらひ出でたまひてん、と年ごろ思しければ、おほかたの御家居もありしよりけにあさましけれど、わが心もて、はかなき御調度どもなども取り失はせたまはず、心強く同じさまにて念じ過ごしたまふなりけり。音泣きがちに、いとど思し沈みたるは、ただ山人の赤き木の実ひとつを顔に放たぬと見えたまふ御側目などは、おぼろけの人の見たてまつりゆるすべきにもあらずかし。

（蓬生二―三二六）

末摘花は、光源氏の訪れのない現状に音泣く。光源氏の訪れを想定し、侍従の誘いをかたくなに拒んできた末摘花の姿には、一人よがりの「幼さ」とともに確立された自己の世界でもがき苦しむさまがうかがえる。

しかし、この場面において末摘花の「音泣く」ようすが、深刻に描かれることはない。夕顔を失った光源氏の「音泣く」姿は、深い悲しみの象徴として描かれていたのに対し、末摘花の「音泣き」は末摘花の滑稽さを物語るものとして作用する。「音泣き」の直後には末摘花を揶揄する語り手の言葉が続くのであり、末摘花巻まで徹底したものではないにしても、末摘花の抱える深い嘆きの表出としての「音泣き」は、笑いへとすり替えられていくのである。(註5)声を伴うことでさらに戯画化された末摘花は、涙する姿にさえ笑いを喚起する人物とされ、人々から嘲笑される存在として位置づけられるのである。

この人さへうち棄ててむとするを、恨めしうもあはれにも思せど、言ひとどむべき方もなくて、いとど音をのみたけきことにてものしたまふ。（蓬生二―三四一）

光源氏から音沙汰のないことを思い嘆いていた末摘花であったが、侍従までもが叔母の言葉にそそのかされ、自分を見捨てて行こうとする事態に、引き止めるすべもなくいよいよ音泣く。光源氏からは忘れ去られ侍従までもが去っていく中、末摘花はそれでも叔母の誘いを断り、ひたすら光源氏を待ち続ける。「音泣く」行為に一人置いて行かれる覚悟を決めるのであり、末摘花は孤独に耐え忍ぶべく「音泣く」ものと考えられる。

このように、末摘花の内面には、光源氏への思いや大弐の北の方に対する抵抗、侍従を引き止めたい思いなど多くの感情が渦巻いている。そのような言語化できずにある思いや孤独が、世間から遮断された空間の中で増幅し、「音泣く」原動力となっていく。「音泣く」は、末摘花にとって唯一の自己表現の手段として機能するのである。

秋氏が指摘するように、古代の女という側面は末摘花の「音泣く」を考察する上で重要である。末摘花の持つ古代性は、亡き常陸宮との日々を彷彿とさせる荒れ果てた邸に加え、衣を贈る行為に伴う衣の呪性、香りの問題など多岐にわたる。(註6)また、「手はさすがに文字強う、中さだの筋にて、上下ひとしく書いたまへり」（末摘花一―二八七）

や「陸奥国紙の厚肥えたるに、匂ひばかりは深う染めたまへり」（末摘花一―二九八）のように、手紙の書き方や筆跡、用紙に至るまで、あらゆるところに当時の様式とのずれが見られる。

さらに、末摘花の古代性はその古代的な側面を強調されるのみにとどまらず、より批判的に語られる。それは、「いたう恥ぢらひて、口おほひしたまへるさへひなび古めかしう」（末摘花一―二九四）や「今様色のえゆるすまじく艶なう古めきたる、直衣の裏表ひとしうこまやかなる、いとなほなほしうつまづまぞ見えたる」（末摘花一―三〇〇）、「わりなう古めきたる鏡台の、唐櫛笥、掻上の箱など取り出でたり」（末摘花一―三〇四）からも明らかである。[註7]「ひなび」、「えゆるすまじく艶なう」、「わりなう」には、当世風の様式から大きく逸脱した末摘花を突き放していくような手厳しさがうかがえる。

幾人もの女君とのやりとりの中で、女君を適度にあしらい上手に交わしていくすべを心得た光源氏にとって、末摘花はまさに異色の存在であった。古代性を抱え、世を生き抜くテクニックも持たない末摘花には、光源氏の表層的に交わされる言葉が通用しない。末摘花は周囲の意見に耳を貸すことなく、光源氏の言葉を愚直なまでに信じて疑わないのである。そうであるがゆえに、蓬生巻で繰り返される、末摘花の「音泣く」意味は大きい。ここに、表層的に交わされる言葉と末摘花の「音泣く」との、深度の構造の違いが浮き彫りとなる。

このように、末摘花の古代性は光源氏に軽んじられるが、古代に一脈通じる末摘花の「音泣き」には光源氏を動かしていく力が内包されている。蓬生巻に「音泣く」として表出される、末摘花の細く高い音の響きは、笑いを押しのけ光源氏の心に突きつけられるものとして作用するのである。

それでは、沈黙の表現である涙とは対照的な「音泣く」は、どのように読めるだろうか。

三　末摘花の沈黙

ここでもう一度、「音泣く」の語の意味を確認しておきたい。（註8）『日本国語大辞典』において「ね【音・哭】」は、「［名］①泣くこと。↓ねし泣く・ねに泣く・ねのみ泣く・ねを泣く」とあった。（註9）また、「ね・な・く【音泣・音鳴】」は、「〔自カ四〕人が泣く。また、鳥や獣が声を立てて鳴く」とされていた。さらに、「ねのみ泣（な）く」で引くと、「（『ねを泣く』『ねに泣く』を強めた語）ひたすら泣く。泣きに泣く。また、（鳥などが）声をたてて鳴く」とあった。

『源氏物語』の「音泣く」の用例の多くは、「音泣く」がさらに強調された「音をのみ泣く」と描かれ、末摘花の「音泣く」も三例中二例が「音をのみ泣く」とある。大きな声を上げない泣き方が主流の『源氏物語』において、「音をのみ泣く」が限定されて用いられる意味は大きい。物語は、「音泣く」や「音をのみ泣く」を意図的に用いることで、抑制することのできない感情を力強く描き出そうとしたのである。

また、『源氏物語』の和歌に描かれる「音泣く」に関しても触れておきたい。（註10）

おほかたの秋の別れもかなしきに鳴く音な添へそ野辺の松虫　（賢木二―八九）

野宮を訪れた光源氏との別れに際し、六条御息所が詠んだ歌である。別れの場面において、光源氏は涙するものの六条御息所が涙することはない。六条御息所は、この「野辺の松虫」の掻き鳴らす悲しみに、音を上げて泣きたい思いを重ねていったのではないか。

「音泣く」は和歌にも生きており、当時の人の憧れとしてある、音を上げて泣きたいとする思いを代わりに表現している。[註11] 和歌において泣く音は、人々の願望に支えられるように響き立っていると考えられる。散文では末摘花が体現しているが、和歌では鳥や虫が鳴くといったように、音をなくことの本質が生き続けているのである。それでは、「音泣く」とは対照的な末摘花の寡黙な側面に目を向けることにより、「音泣く」の特異性を立体的に考察していきたい。

末摘花の寡黙なようすは、「いくそたび君がしじまに負けぬらんものな言ひそといはぬたのみに」（末摘花一—二八三）、「いと口重げなるもいとほしければ」（末摘花一—二九四）、「今年だに声すこし聞かせたまへかし」（末摘花一—三〇四）、「口おそさ」（蓬生二—三四八）、「例の、いとつつましげに、とみにも答へきこえたまはず」（蓬生二—三五〇）のように語られる。これらの用例からも明らかであるように、末摘花の沈黙の時の長さは、物語に繰り返し描かれるのである。[註12]

このように、ほとんど「声」を出すことのない人物として位置づけられる末摘花は、「言語」によるコミュニケーションの成立が難しい人物といえる。[註13] 言葉に出そうとすることを閉ざし、沈黙に生きようとする意思と込み上げる嘆きとの激しいせめぎ合いの中で、末摘花の「音泣く」は沈黙に抗うようにして響いてくるものと考えられる。

おわりに

最後に、末摘花巻、蓬生巻において、末摘花が二度登場する背景にはどのような意味があるのか検討しておきたい。また末摘花の「音泣く」姿をあえて描き、末摘花に自己表現させた背景には、一体どのような意味が隠されているのだろうか。
末摘花の「音泣く」は、引き裂くような捨て身の泣き方である。声を上げて泣く行為は、ふさわしからぬことであり、そこには狂わんばかりの激しい自己表現の思いがにじみ出ている。このような痛切に響く「音泣く」は、夕霧に追いつめられた落葉の宮が、激しく抵抗する場面にも見られる。

単衣の御衣を御髪籠めひきくくみて、たけきこととは音を泣きたまふさまの、心深くいとほしければ、いとうたて、いかなればいとかう思すらむ、（夕霧四―四七九）

落葉の宮は、単衣を引き被り夕霧を拒否すべく、ただひたすらに音泣く。この落葉の宮の「音泣く」に類似した表現は、浮舟にも見られる。

顔を見んとするに、昔ありけむ目も鼻もなかりけん女鬼にやあらんとむくつけきを、頼もしういかきさまを人に見せむと思ひて、衣をひき脱がせんとすれば、うつぶして声立つばかり泣く。（手習六―二八四）

入水後、僧都に発見されるものの狐や鬼のしわざかと怪しまれた浮舟は、法師に着物を引き脱がされそうになり、うつぶしながら声を立てるばかりに泣く。「音泣く」ではないが、末摘花の「音泣く」と同様に、危機迫る浮舟の尋常でないようすがうかがえる。このように、「音泣く」は、窮地に追い込まれた女君の極限において発せられており、強さと弱さが交錯する表現と考えられる。

光源氏の帰京後に再び物語に登場する末摘花は、光源氏に忘れられてしまった女君たちの、いわば代表的な存在として描かれる。光源氏から見捨てられ、忘れられてしまった女君たちの「音泣く」は、末摘花の繰り返し描かれる「音泣く」に集約されることで、光源氏の心を大きく揺るがしていった。つまり末摘花の「音泣く」には、描かれざる女君たちの思いが重ねられ、表象されているのではないか。

本稿では、『源氏物語』における「音泣く」の中でも末摘花の「音泣く」を中心に検討することで、沈黙とは対照的に浮上された「音泣く」の新たな側面を考察した。そして、男君が弱さの極限において発する「音泣く」に対し、「いとど音をのみたけきことにて」のように窮地に追い込まれた女君が極限において発する、強さと弱さの交錯する表現としての「音泣く」を明らかにした。

この、ひたすら強くて弱い泣き方にこそ、「音泣く」の本質がある。抑圧された泣き方の中に「音泣く」が位置づけられることにより、物語の新しい局面を切り開いていったのだといえよう。

註

(1)『源氏物語』の静かにこぼされる涙に関しては、本書・第一章、第二章に考察した。

(2) 山折哲雄『涙と日本人』(日本経済新聞社　二〇〇四年八月)は、「しのびごと」は、天皇の生前における仁慈や功績をたたえる追悼の言葉であり、これに対しもう一つの「みね」が、悲しみを表す宗教的な追慕の行為であったと論じている。また、この役割を担当したのが僧尼であり、「みね」をたてまつる、は儀礼的に泣く行為であったとした上で、「もっとも儀礼的に泣いているうちに悲哀が胸に迫り、心から泣く行為へと移っていく場合もあったに違いない」とし「それが時代の下るのにつれて、いつのまにか女の仕事に特定されるようになった」と説いている。

（3）　落葉の宮が夕霧を拒む場面や、大君が独身の決意を固める場面にも、「音泣く」人物は女君であることがうかがえる。

恥づかしげに見えにくき気色も、なかなかいみじくつつましきに、わが世はかくて過ぐしはててむ、と思ひつづけて、音泣きがちに明かしたまへるに、なごりいとなやましければ、中の宮の臥したまへる奥の方に添ひ臥したまふ。

（総角五―二四〇）

「音泣く」の用例は、秋好中宮が母である六条御息所を亡くし悲嘆に暮れる場面や、同じく秋好中宮が春秋の競べの際、素晴らしい春を見ることが叶わず、紫の上に声を上げて泣きたいほどに見たかったと手紙を送る場面に見られる。また、風の音が一日心細く吹き募る日に、山伏は声を上げて泣かずにはいられないという僧都の言葉を耳にした浮舟が、山伏の心情と重ね合わせる場面にも見られる。

（4）　秋貞淑「『ねなく』女、末摘花蓬生巻に満ちる古代の息吹」（『古代文学研究（第二次）』第一〇巻　二〇〇一年一〇月）は、「常陸宮邸は、京でありながら京でなく、今にありながら今がない。現実が徐々に、そして徹底的に排除されるその邸は、末摘花にとっての聖域になり、憚りなく『ねなく』ことを可能にしてくれる古代的空間となる」と言及している。

（5）　原岡文子「末摘花考―霊性・呪性をめぐって―」（『日本文学』第五四巻第五号　二〇〇五年五月）は、末摘花巻では、古めかしさが専ら笑いの対象となるものであったのに対し、蓬生巻では笑いの中にも「親の御影」というある種の切なさをにじませるものとして語られていると論じている。また、蓬生巻では、末摘花の醜貌さえもわずかに触れられるにとどまると論じ、末摘花巻と蓬生巻との落差を認めている。

（6）　末摘花の衣に関して、長谷川政春「末摘花―『唐衣』の女君―」（『源氏物語講座』第二巻　一九九一年九月）は、末摘花が衣に関わって登場し、いつまでも変わらぬ衣を身に纏う姫君という意味を負わされていることを指摘している。また、三田村雅子「衣を贈る／衣を縫う」（『源氏物語　感覚の論理』有精堂　一九九六年三月）は、末摘花の応対は「古代」であり「あやしき古人」のふるまいと捉えられるとした上で、もはや衣に心を込めるなどはやらない時代であり状況であるにもかかわらず、どこまでも「衣の論理」に固執する末摘花を、光源氏は「唐衣」にかけて痛烈に皮肉っていると説いている。

一方、香りに関して、瀬戸宏太「源氏物語の薫香―末摘花と紫上をめぐって―」（『国語と国文学』第六九巻第九号　一九九二年九月）は、薫衣香と袖の香、えび香の三者がいずれも衣に関わる香りであり、末摘花の放つ香りは他ならぬ末摘花の家にしっかりと結びついた香りであると論じている。

註（5）に同じ。原岡文子は、「再会、復活、再生へ、雪の呪力によって導かれる、常陸宮の呪力、霊力によって、末摘花は背後から護られている」と指摘している。

（7）松井健児「身体の表意」（『源氏物語の生活世界』翰林書房　二〇〇〇年五月）は、紫の上、空蟬、木工の君の「口おほひ」は肯定的に捉えられるのに対し、末摘花の「口おほひ」は、否定的な感覚のもとに捉えられるものであると言及している。

（8）『古事記』において「音泣く」は、須佐之男命が啼きいさちるようすに、『万葉集』では主に死別や別離、他者を慕う場面に数多く見られた。

（9）『日本国語大辞典』第二版⑩（小学館）による。

（10）『新編国歌大観』CD—ROM（角川書店　二〇〇三年）による。

（11）『源氏物語』において「音泣く」が用いられる和歌は、他にも見られる。

・身のうさを嘆くにあかで明くる夜はとりかさねて音もなかれける（帚木一—一〇四）
・恋ひわびてなく音にまがふ浦波は思ふかたより風や吹くらん（須磨二—一九九）
・「たづがなき雲居にひとりねをぞ泣くつばさ並べし友を恋ひつつ（須磨二—二一六）
・今日さへやひく人もなき水隠れに生ふるあやめのねのみなかれん（蛍三—二〇四）
・「あらはれていとど浅くも見ゆるかなあやめもわかずなかれけるねの（蛍三—二〇四）
・恋ひわぶる人のかたみと手ならせばなれよ何とてなく音なるらん（若菜下四—一五八）

（12）三村友希「沈黙の末摘花と手さぐりの光源氏—暗闇の中の『正身』という感覚—」（『物語研究会会報』第三〇号　物語研究会　一九九九年八月）は、末摘花の沈黙が光源氏の欲望を駆りたて、強行手段を誘発したことを指摘している。また、蓬生巻の手法に関しては、三角洋一「蓬生巻の短篇的手法（二）」（『源氏物語と天台浄土教』中古文学研究叢書一　若草書房　一九九六年一〇月）。

（13）吉井美弥子「末摘花の身体・衣・性」（『読む源氏物語　読まれる源氏物語』森話社　二〇〇八年九月）は、末摘花が光源氏に「衣」あるいは「衣」の歌を贈ることは、「身体」によって光源氏とコミュニケーションをとりたいという末摘花の内なる欲望を表す行為であるとする。そのように、「身体」と深い関わりを持って描かれる末摘花が「声」さえ出せない女君として描かれることに注目し、むしろ「声」さえ出せないような女君であるからこそ、「声」に代わり「身体」や「衣」が末摘花を表現していると論じている。

第二節　涙の共有と〈ずれ〉
――紫の上・光源氏関係をつなぐもの

はじめに

『源氏物語』の正篇には、光源氏を中心とした涙の共有が多く描かれ、感情共同体としての光源氏体制を支える構造になっている。そこで、光源氏の最愛の女君である紫の上の涙に注目すると、意外にも紫の上と光源氏がともに涙する場面は少ないことが明らかとなる。紫の上は代わりに幼い匂宮と、瞬間的に涙の共有を果たしていくのである。匂宮は、紫の上の没後も紫の上を思い、光源氏と涙を共有している。その点で言えば、巻を隔て匂宮を媒介とすることで、かろうじて紫の上と光源氏は向かい合っていることになる。このように、紫の上と匂宮（御法巻）、光源氏と匂宮（幻巻）の二つの場面によって、直接光源氏と向き合うことのなかった、すれ違う涙の悲しさが浮かび上がる。

それでは、光源氏と紫の上は、どのように思いを交わしているのか。本稿は、その屈折した二人の関係を、子どもという媒介を通して考察していく試みである。紫の上の涙を中心に、匂宮との涙の共有と〈ずれ〉に焦点をあてることで、紫の上と光源氏との関係を捉え直すことを目的とする。そして、涙の〈ずれ〉という視点から紫の上の生を考察することにより、『源氏物語』の新たな一面を見出だしていきたい。(註1)

一　紫の上の涙と匂宮

御法巻において、紫の上は迫り来る死に際し、幼い匂宮と対面する。そこには、匂宮の「幼さ」に伴う紫の上の心の揺れが、涙を媒介としたしぐさによって表出されている。

三の宮は、あまたの御中に、いとをかしげにて歩きたまふを、御心地の隙には前に据ゑたてまつりたまひて、人の聞かぬ間に、「まろがはべらざらむに、思し出でなんや」と聞こえたまへば、「いと恋しかりなむ。まろは、内裏の上よりも宮よりも、母をこそまさりて思ひきこゆれば、おはせずは心地むつかしかりなむ」とて、目おしすりて紛らはしたまへるさまをかしければ、ほほ笑みながら涙は落ちぬ。　（御法四―五〇二）

紫の上は、若菜巻以降の苦難を「幼さ」を装い、その演技を通して自己のバランスを保ち、六条院体制を保持していた。心のままに返事をする幼い匂宮に、紫の上は無邪気なままでいられた頃の自分を重ねていたのではないか。(註2)そして、匂宮の無垢な「幼さ」の印象に羨望の念を抱く反面、何心ない自分に戻ることのできない現実に、一抹の哀しみを覚えていたものと思われる。そこには子どもの純粋な側面を過信する、大人の幻想が内包されている。子どもである匂宮は、紫の上にとって無垢な輝きを放つ存在として映るのだと考えられる。

目をこすって涙を紛らわす、匂宮の子どもらしい可憐なようすに、紫の上は大人の視線から心奪われる。匂宮の涙は、紫の上が自己のバランスを保つ上で装う「幼さ」に、揺さぶりをかけるものとして作用する。そして、紫の上の持つ生来の「幼さ」と呼応することで、紫の上に心からの「ほほ笑み」をもたらしていく。死を目前に控え、匂宮と同質の素直さで心を通わせることのできた喜びは、同時に涙となって流れ落ちる。匂宮と紫の上の涙は、この時点において心のレベルが同じであるからこそ共振する。匂宮は、まだ異性になりきっておらず頼りないが、これからを担っていく存在であり、紫の上と理解し合うことのできなかった光源氏の形代のような役割を果たすのである。(註3)

「大人になりたまひなば、ここに住みたまひて、この対の前なる紅梅と桜とは、花のをりをりに心とどめて遊びたまへ。さるべからむをりは、仏にも奉りたまへ」と聞こえたまへば、うちうなづきて、御顔をまもりて、涙の落つべかめれば立ちておはしぬ。(御法四―五〇三)

紫の上の遺言は、匂宮の無邪気な「幼さ」に、紫の上の持つ素直な「幼さ」が反応した先に語られる。そして紫の上の「ほほ笑み」と涙は、匂宮の記憶の中に流された時間のまま残ることで、託された紅梅と桜は後々まで大切にされることとなる。

だが、自分の亡き後を語り始める紫の上に死を感じ取った匂宮は、心のままに流していた涙を不吉とし、一転してそのまなざしから目をそらす。子どもは、マイナス要因に対し敏感に反応することにより、すぐに不安定さを抱えてしまう。そして不安が心をよぎった瞬間、匂宮はこぼれそうな涙をふりきり、涙してしまう自分から逃れ出るようにその場を立ち去る。そのようにして、死の予感を否定していくのである。それは、幼い匂宮には受け止めきれない漠然とした不安からの逃避ともいえるものの、話の内容よりもむしろ、死期の近づいた紫の上の、魂の籠った視線と口調に耐えかねての行動であったと考えられる。(註4)匂宮は、強い影響力を全身で察知すると同時に、涙に紛れるようにして紫の上のもとから去って行った。涙を見せまいと目を背ける、一見子どもらしいしぐさの背後には、威厳を帯びた言葉による拘束を恐れ、反射的に回避しようとする心理が働いていたのではないか。

一方で、この匂宮の涙に関して、紫の上の真意を理解したからこそ涙ぐみそうになったのではないかとする見方もあるかも知れない。とはいえ、「心とどめてもて遊びたまへ」、「仏にも奉りたまへ」という紫の上の発言は、幼い匂宮にとって少なからず重荷として受け取られてしまったものと思われる。

もちろん、紫の上自身も匂宮がすべてを理解しているとは考えていなかっただろう。それでも、自分にとって唯一心を許せる存在であったからこそ直接に伝えておきたいと考えたのであり、紫の上にとって一つの自己満足でもあったといえる。(註5)ところが、そうした感動もつかの間に、匂宮との涙の呼応は紫の上の死の影の前にすれ違っていく。紫の上は、再び空虚さを抱えながら、残り少ない孤独な日々を余儀なくされるのである。

紫の上は、光源氏の前に「幼さ」をさらけ出すことによって、自らの存在意義を守ってきた。そのような紫の上の「幼さ」が、匂宮の無邪気な「幼さ」に触れ反応することで、涙を共有することができたのであった。ところが、揺れ動く子どもの涙は、死の影に不吉さを感じ取った匂宮によってすぐにずれてしまう。このように、共振しずれ合う中に、紫の上の心をかすめていく一瞬があったものと思われる。

それでは、涙の共有とともに遺言が語られるのは、なぜ明石の中宮ではなく匂宮でなければならなかったのだろうか。明石の中宮は、手を取り合って紫の上の死を看取った人物である。（註6）紫の上の臨終に際し、紫の上、光源氏、明石の中宮の三人が歌を詠む場面を、もう一度考察しておきたい。

おくと見るほどぞはかなきともすれば風にみだるる萩のうは露

げにぞ、折れかへりとまるべうもあらぬ、よそへられたるをりさへ忍びがたきを、見出だしたまひても、

ややもせば消えをあらそふ露の世におくれ先だつほど経ずもがな

とて、御涙を払ひあへたまはず。宮、

秋風にしばしとまらぬつゆの世をたれか草葉のうへとのみ見ん

（御法四―五〇五）

明石の中宮は、「秋風にしばしとまらぬつゆの世」とあるように無常を世の習いと受け止め、紫の上を慰めようとする。ここには、匂宮に見られるような紫の上自身を惜しみ引き止めようとする激しい引力は読み取られず、一般論に傾いている。バランスの良い明石の中宮の判断力が表れているといえよう。それに対し、匂宮は例え紫の上の心をすべて受け止めきれなくとも、その「幼さ」によって涙を無心に共有できる相手といえる。そうであるがゆえに、死の悲しみを真摯に受け止める相手は、やはり匂宮でなければならなかったのである。

二　向かい合う光源氏と匂宮

光源氏は「涙ぐみ」、「鼻うちかみて」などに見られるように、よく涙する。政治家として計算高い側面も兼ね備

えており、必ずしもすべてを心のままに涙している人物とはいえない。だが、紫の上が健在だった頃は強そうに見えた光源氏も、紫の上の死後は傷つきやすい側面をあらわにしていく。紫の上の死に、光源氏はあたり前のように感じていた安心感を失うのであり、内面にしまわれていた光源氏の弱さが露出したのだと考えられる。

「君に馴れきこえんことも残りすくなしや。命といふもの、いましばしかかづらふべくとも、対面はえあらじかし」とて、例の、涙ぐみたまへれば、いとものしと思して、「母ののたまひしことを、まがまがしうのたまふ」とて、伏目になりて、御衣の袖を引きまさぐりなどしつつ、紛らはしおはす。（幻四―五三〇）

晩年、光源氏は紫の上の形見の桜を大事にする匂宮を、唯一の遊び相手としていた（次頁の図を参照）。この図から、二条院の桜に、亡き紫の上を思う光源氏と幼い匂宮が向かい合うようすが読み取られる。光源氏は、匂宮に一緒に過ごせる時間が残り少なくなったことを告げ、自分の死を暗示して涙ぐむ。匂宮と紫の上との思い出に心を通わせる光源氏は、死を意識した心弱さも伴い涙しているものと考えられる。

一方、匂宮は光源氏の言葉に、「まろがはべらざらむに、思し出でなんや」という紫の上の言葉を重ね合わせることにより、その死の近いことを感じ取る。(註7) 匂宮の意識に、時を隔てて死に向かう側の光源氏と、紫の上との言葉とが混ざり合う。そして、光源氏の死の予感に対する悲しみに加え、紫の上を想起することで生じた悲しみが、匂宮の涙となって表れるのである。

このようにして、光源氏によって呼び起こされた紫の上との涙の共有と遺言の記憶は、匂宮の涙を促す。だが、匂宮の「母ののたまひしことを、まがまがしうのたまふ」という反応に、光源氏は自分の知らない、死を覚悟した

『土佐光則筆　源氏物語画帖』（徳川美術館蔵）幻巻の図
（『豪華［源氏絵］の世界　源氏物語』学習研究社より）

紫の上の心情を初めて知る。そして、光源氏は死を目前に控えた紫の上の心境に心を重ねることで、時を超えてようやく、その孤独や哀しみを理解するに至るのである。そこには、同時に匂宮だけが知り得る紫の上の記憶に対し、少なからず衝撃を受ける光源氏の姿があったのではないか。長年連れ添ってきたにもかかわらず、自分の感情を表現することに精一杯だった光源氏は、紫の上の気遣いの中にある孤独や悲しみを思いやることのできなかった自分に、はっとしたことであろう。涙ぐむ光源氏と、伏目になって手遊びをすることで涙を紛らわせようとする匂宮との間には、涙を共有しつつも過去を思う光源氏と、未来を思う匂宮という涙の差異が生じていたのである。

ここに、死を見送る側に立つ匂宮を通して、すれ違っていくありようが浮き彫りとなる。死に属する紫の上と、死に近づきながらも生に属する光源氏とが、鏡のように向かい合う。そして、埋められることのない互いの孤独が呼び合う中に、すれ違いの哀しさが描き出されるのである。

いとつれづれなれば、入道の宮の御方に渡りたまふに、若宮も人に抱かれておはしまして、こなたの若者と走り遊び、花惜しみたまふ心ばへども深からず、いといはけなし。（幻四—五三一）

匂宮を伴い女三の宮のもとを訪れた光源氏は、薫と一緒に走りまわる匂宮を見て、桜の花を惜しむ気持ちもさほどではないと感じる。匂宮が紫の上の桜を大事に思う気持ちは本物であるものの、まだ幼く一つの感情が長続きすることはない。光源氏は二人の天真爛漫な姿に、匂宮に託した紫の上の気持ちを思い、またその中に自分の心をも重ねることで、ますます空虚さを募らせるのである。

死の悲しみを理解しつつも、目の前の興味深い事象に引かれてしまう匂宮の姿には、大人の常識とは異なる子どもの心理が描写されている。匂宮のようすに頼りなさと孤独を覚えた光源氏は、紫の上への理解を深めながらも、少しずつ死の側へと進んでいくのである。

年暮れぬと思すも心細きに、若宮の、「儺やらはんに、音高かるべきこと、何わざをせさせん」と、走り歩きたまふも、をかしき御ありさまを見ざらんこととよろづに忍びがたし。（幻四—五五〇）

鬼やらいのことを考え走りまわる匂宮の姿に、光源氏はその成長を見守ることのできない寂しさを抱えつつも、一人死へと向かう。(註8) このように、匂宮というメディアを通して光源氏と紫の上が向かい合い、匂宮と響き合いながらもすれ違っていくようすが表出されるのである。

それでは、「何心なし」に象られる、紫の上自身の幼少期の涙に立ち戻ってみたい。(註9) そのようにすることで、紫の上の生を彩る涙がどのように展開されてきたのかを、より明確にしていきたい。

三　移ろいやすい子どもの涙

紫の上の「幼さ」を辿っていくと、そこには移ろいやすい子どもの涙が浮き彫りとなる。

あまた見えつる子どもに似るべうもあらず、いみじく生ひ先見えてうつくしげなる容貌なり。髪は扇をひろげたるやうにゆらゆらとして、顔はいと赤くすりなして立てり。
(若紫一―二〇六)

伏籠の中に入れておいた雀の子を、犬君が逃がしてしまったと騒ぐ紫の上を、光源氏が垣間見する。紫の上の顔は赤みを帯びており、泣いた後に手でこすった跡が読み取られる。だが、この涙は一時的なものであり、すぐに収まる。

君は、上を恋ひきこえたまひて泣き臥したまへるに、御遊びがたきどもの、
(若紫一―二四二)

尼君の死を知った光源氏が、紫の上のもとを訪れる。尼君を恋しがり泣きながら寝ていた紫の上は、最初、光源氏のことを父宮の兵部卿宮かと勘違いする。だが、紫の上の涙は光源氏に紛らわされていくのである。

また、紫の上のもとを訪れていた父宮が退出する場面において、尼君を亡くした紫の上の寂しさは、父宮の帰りを心細く思う涙へと変化する。

暮るれば帰らせたまふを、いと心細しと思いて泣いたまへば、宮うち泣きたまひて、「いとかう思ひな入りたまひそ。今日明日渡したてまつらむ」など、かへすがへすこしらへおきて出でたまひぬ。なごりも慰めがたう泣きゐたまへり。（若紫一―二四八）

父宮ももらい泣きすることで、紫の上と涙を共有する。父宮は「今日明日渡したてまつらむ」などと、何度も紫の上の機嫌をとってから退出するが、その後も紫の上は別れの寂しさを紛らわせることができずに涙を流す。だが、父宮との別れを悲しむ涙も、後に光源氏に引き取られることにより忘れられていくのである。

若君も、あやしと思して泣いたまふ。（略）さすがに声たててもえ泣きたまはず、「少納言がもとに寝む」とのたまふ声いと若し。「今は、さは大殿籠るまじきぞよ」と教へきこえたまへば、いとわびしくて泣き臥したまへり。（若紫一―二五五）

二条院に連れて行こうとする光源氏に、紫の上はわけの分からぬ気持ちで涙する。二条院に到着した紫の上は、気味が悪くて泣きそうになりながら少納言のところで寝たいというものの、結局叶えられずに涙するのである。

なつかしううち語らひつつ、をかしき絵、遊び物ども取りに遣はして見せたてまつり、御心につくことどもをしたまふ。やうやう起きゐて見たまふに、鈍色のこまやかなるがうち萎えたるどもを着て、何心なくうち笑みなどしてゐたまへるがいとうつくしきに、我もうち笑まれて見たまふ。

（若紫一―二五七）

翌日、光源氏は絵やおもちゃを見せ、紫の上の関心を他のものに引きつけようとする。(註10) そのようにすることで、紫の上の涙を鎮め、笑いを引き出していくのである。紫の上も、自ら庭の木立や池の方を覗き風情を感じ取る過程に、気持ちを紛らわせていく。

尼君を恋ひきこえたまひて、うち泣きなどしたまへど、宮をばことに思ひ出できこえたまはず。もとより見ならひきこえたまはでならひたまへれば、今はただこの後の親をいみじう睦びまつはしきこえたまふ。

（若紫一―二六一）

紫の上は、光源氏が不在の心寂しい夕暮れに、尼君を思い涙する。しかし、尼君を慕う涙も、この場面を最後に見られなくなる。父宮のことを思い出すこともなく、紫の上は新しい親である光源氏との生活に馴染んでいくのである。

また、明石の姫君においても、幼い時の紫の上と同様のことがうかがえる。

こなたにて御くだもの参りなどしたまへど、やうやう見めぐらして、母君の見えぬを求めてらうたげにうちひそみたまへば、乳母召し出でて慰め紛らはしきこえたまふ。（略）しばしは人々求めて泣きなどしたまひしかど、おほかた心やすくをかしき心ざまなれば、上にいとよくつき睦びきこえたまへれば、いみじううつくしきもの得たりと思しけり。

（薄雲二―四三五）

光源氏は、明石の姫君の涙をせき止めようと新しいものに目を向けさせることにより、子どもの気持ちをそらそうとする。子どもは、一つの悲しみを長い間あたため続けることができないのであり、そうであるがゆえに、母との別れの悲しみは紛らわされていくのである。

幼少の頃の紫の上の涙に数多く見られる、移ろいやすい子どもの涙は若紫巻の一つの特徴といえる。幸薄い子どもである紫の上は、相手の心を引きつけておかねばならなかったのではないか。(註11) 愛に飢えているからこそ敏感で反応してしまう、紫の上の少女時代に見られる一つの傾向とも考えられる。

また、少女時代の紫の上の涙の移ろいやすさは、幼い匂宮の涙の移ろいやすさと同様であることも指摘しておきたい。紫の上の涙のほとんどが「泣く」と表記されており、光源氏の目の前では流されないことも若紫巻の特色といえる。

成人後、光源氏に理解されることのなかった紫の上の涙は、晩年に子どもへと向けられていく。匂宮に限らず、女一の宮が引き受けている例も見受けられるのである。

四　紫の上の涙と女一の宮

光源氏に理解されることのなかった紫の上の涙は、子どもである女一の宮に注がれる。紫の上の涙は、女一の宮の将来を考えるからこそ、外に出るものとして描かれる。

若宮のいとうつくしうておはしますを見たてまつりたまひても、いみじく泣きたまひて、「おとなびたまはむを、え見たてまつらずなりなむこと。忘れたまひなむかし」とのたまへば、女御、せきあへず悲しと思したり。

（若菜下四―二一五）

明石の女御は女一の宮を伴い参上し、光源氏とともに紫の上を見舞う。紫の上は苦しい気分のうちにも、懐妊中である明石の女御に対する気遣いを忘れずに、早めの退出を促していく。一方で、かわいらしい女一の宮の素直な「幼さ」に触れることで、死を覚悟した心弱さも手伝い激しい涙を流すのである。女一の宮の姿に、紫の上は子孫の繁栄を見ることのできない悲しみと同時に、光源氏の夜離れの憂さを紛らわしていった今までの自分を想起していたのではないか。

子どもは頼りない。だが、自分を無条件に受け入れてくれるのではないかとする、大人の幻想を掻き立てる存在である。そうであるがゆえに、孤独な紫の上にとって、子どもは唯一の救いであった。ところが、ここでは紫の上の涙の意味が、女一の宮に充分に受け止められることはない。

大人は、子どもと向かい合うことによって、自分が失ってしまったものを自己対話的に取り戻していくのだと考えられる。もちろん、それは大人の勝手な思い込みであり、子どもの本質ではないだろう。それでも、ある意味で子どもは、大人の抱えている問題を映し出すのである。

女ばかり、身をもてなすさまもところせう、あはれなるべきものはなし、もののあはれ、をりをかしきことをも見知らぬさまにひき入り沈みなどすれば、何につけてか、世に経るはえばえしさも、常なき世のつれづれをも慰むべきぞは、おほかたものの心を知らず、言ふかひなき者にならひたらむも、生ほしたてけむ親も、いと口惜しかるべきものにはあらずや、心にのみ籠めて、無言太子とか、小法師ばらの悲しきことにする昔のたとひのやうに、あしき事よき事を思ひ知りながら埋もれなむも言ふかひなし、わが心ながらも、よきほどにはいかでたもつべきぞ、と思しめぐらすも、今はただ女一の宮の御ためなり。（夕霧四―四五六）

ただ女一の宮の将来を考え、女の幸福を求めることしかしない、死期の迫った紫の上のようすが読み取られる。女一の宮のことを考えることで、彼女の思考はかろうじてつながっていく。

それでは、光源氏を前に紫の上が一人涙する場面を見ていくことにより、二人の心のすれ違いの様相をさらに考察してみよう。

五　すれ違う涙

光源氏と紫の上のすれ違う涙には、両者の心の溝が浮き彫りとなる。

おとなびたまひためれど、まだいと思ひやりもなく、人の心も見知らぬさまにものしたまふこそらうたけれ」など、まろがれたる御額髪ひきつくろひたまへど、いよいよ背きてものも聞こえたまはず。「いといたく若びたまへるは誰がならはしきこえたるぞ」とて、常なき世にかくまで心おかるるもあぢきなのわざやと、かつはうちながめたまふ。（朝顔二―四八九）

光源氏が朝顔の姫君との仲を、紫の上に弁明する場面である。光源氏は紫の上のことを、「大人」らしく見えるけれどそれほど分別もなく、自分の気持ちをまだわかっていないと「子ども」扱いすることで、涙から目をそらそうとする。そして、かわいらしさを見出だし涙でもつれた紫の上の髪を取り繕う。ここに、夫と同時に父役割を担う光源氏が、上からの視線で紫の上を捉えていることが読み取られる。

しかし光源氏の言葉は、紫の上を「子ども」の枠に閉じ込めてしまうことができずにいる。光源氏は、あたかも埋めることのできない言葉を補うかのように、紫の上の髪を引き繕うしぐさを伴う。それに対し、紫の上はますます背を向け無言を貫き抵抗することにより、光源氏の心に空虚さをもたらしていく。焦燥感に駆られるがあまり言葉が先行すればするほどに、両者の隔たりは一層深まるのである。

若菜上、下巻において、紫の上の涙は共通して「涙ぐみたまへる」と描かれる。

うち笑ひて、「いまめかしくもなり返る御ありさまかな。昔を今に改め加へたまふほど、中空なる身のため苦しく」とて、さすがに涙ぐみたまへるまみのいとらうたげに見ゆるに、「かう心やすからぬ御気色こそ苦しけれ。ただおいらかにひきつみなどして教へたまへ。隔てあるべくもならはしきこえぬを、思はずにこそなりにける御心なれ」（若菜上四―八五）

光源氏は朧月夜との逢瀬の後に、人目を忍び帰邸する。嫉妬よりも干渉されないことの方がつらい光源氏は、何も知らぬ風を装う紫の上に不安を覚えていく。そして、その心をつなぎ止めようと来世にかけて深い約束を誓うとともに、心を許す仲であることを強調するかのように、朧月夜への想いを打ち明けるのである。紫の上は自嘲的な笑いの後に涙ぐむのであり、平静を保つことで隠していた孤独を、涙に浮かべていったのだと考えられる。その涙は、光源氏の理想的な妻を演じようとする自分自身を支えていく上で、必要な涙であったのではないか。

さらに、紫の上が出家を志す場面においても、光源氏は言葉を尽くし涙することによって、何とかして紫の上の心を引きつけようとする。

例のことと心やましくて、涙ぐみたまへる気色を、いとあはれと見たてまつりたまひて、よろづに聞こえ紛らはしたまふ。（若菜下四―二〇八）

出家の許しを願い出た紫の上に対し、光源氏は紫の上の存在が自己の生き甲斐に他ならないことを強調し、あきらめさせようとする。(註12)紫の上は大量の言葉に反発することもできず、やり場のない気持ちに思わず涙ぐむ。しかし、光源氏はその涙に愛しさを募らせるのであり、こうして二人の心情はくい違いを見せたままに終わるのである。

大人になってからの紫の上は、幼少期の頃とは異なり、光源氏にあまり涙を見せることはない。その理由として、期待された理想の女性像を過剰に意識することにより光源氏の欲求を内面化し、涙を自己規制していったものと考えられる。また涙を抑制していくことが、紫の上にとって理想的な自己を保つ上での一つの手段であったとも言えよう。そのようにすることで、紫の上は光源氏の最愛の妻という自信と余裕を獲得しようとしていったのではないか。しかし、紫の上が稀に見せる涙の重要性に、光源氏は気づかずにいる。それをようやく思い知るのは、幻巻に入ってからのことであった。

光源氏と紫の上の二人が、笑いを共有する場面は見られるものの、ともに涙する場面は見られない。光源氏は、紫の上の涙に自分の愛情を主張することで、言葉によってその心をつなぎ止めようとする。だが、慰めようとすればするほどに、かえって両者の隔たりは浮き彫りとなるのであり、言葉とは裏腹に自分自身も空虚さを抱えていくのである。光源氏の思いは、紫の上の涙の奥に秘められた孤独にまで届くことはない。ここに、涙を共有することのできなかった背景が読み取られる。

また、光源氏と紫の上は共感し合って愛を確かめていく場面があったにもかかわらず、互いに心をさらけ出す場面は多くない。両者のくい違いは涙に限らず、音楽や言葉や和歌に関してもさまざまに指摘されている。(註13)共有されずに一方通行に終わる紫の上の涙は、より一層空虚感をもたらす。この現象は、二人が愛していればいるほどにすれ違うことと関係しているとも考えられる。光源氏に理解されることのなかった紫の上の涙は、その分、子どもたちに向けられていく。それが匂宮であり、女一の宮であった。直接、権力と関わることのない子どもたちが、ここではかえって重要な役割を果たしている。御法巻、幻巻における子どもたちとの涙は、光源氏と紫の上の両者のすれ違いを補完するかのように、物語における重要な涙を形作っているのである。

おわりに

子どもたちを見て涙する場面の一つとして、やや異質ではあるが薫の場面を無視することはできない。薫を見て涙する光源氏の問題も併せて考えてみよう。

この君、いとあてなるに添へて愛敬づき、まみのかをりて、笑がちなるなどをいとあはれと見たまふ。思ひなしにや、なほいとようおぼえたりかし。(略)宮は、さしも思しわかず、人、はた、さらに知らぬことなれば、ただ一ところの御心の中にのみぞ、あはれ、はかなかりける人の契りかなと見たまふに、おほかたの世の定めなさも思しつづけられて、涙のほろほろとこぼれぬるを、今日は事忌すべき日をとおし拭ひ隠したまふ。

(柏木四―三二三)

最初、光源氏は薫に興味を示すことはなかった。ところが、五十日の祝いの日に人見知りもせずにこにこする薫を見て、亡き柏木の面影を重ねるようになる。そして、柏木の短い生涯と不義の子である薫の誕生に世の無常を思い、一人涙するのである。

薫の無心な「幼さ」は、柏木のはかない死とともに、かつて藤壺との密通で子をなした自己の罪を照らし返すものとして、光源氏の涙を喚起させる。桐壺帝を裏切り、藤壺に寄せた想いは、禁忌を犯してまでも女三の宮を愛せざるを得なかった柏木に重ねられたのではないか。そのような過程において、光源氏は柏木への憎しみを超え、むしろ哀惜の念を強くしていったものと考えられる。

光源氏は涙を流してしまった後になって、祝いの日に涙は禁忌であったことを意識することにより、その涙を拭い隠し平静を取り戻そうと努める。

いと何心なう物語して笑ひたまへる、まみ口つきのうつくしきも、心知らざらむ人はいかがあらむ、なほ、いとよく似通ひたりけり、と見たまふに、親たちの、子だにあれかしと泣いたまふらむにもえ見せず、人知れずはかなき形見ばかりをとどめおきて、さばかり思ひあがりおよすけたりし身を、心もて失ひつるよ、とあはれに惜しければ、めざましと思ふ心もひき返し、うち泣かれたまひぬ。（柏木四―三二四）

しかし、薫の無邪気な笑顔を目にした光源氏は、またしてもままならない世の中の切なさに涙を止めることができない。この場面を境にして、光源氏の涙は抑制の効かない涙へと変化していくのである。

光源氏は、薫を抱いて初めて、柏木に対し涙を流す。丁度、柏木が亡くなってから四十九日の頃であることから、柏木の死の直後は涙していないことが読み取られる。ここに至って、初めて柏木を悼む涙は登場する。このような涙の時期的な〈ずれ〉には、湧いてくる悲しみを実現する為の、心の準備の時間が表現されているのではないか。（註14）

本稿では、巻を隔て匂宮を媒介として心をさらけ出す、光源氏と紫の上の二つの悲しい涙をクローズアップすることにより、両者の涙の〈ずれ〉と匂宮を介した涙の共有を明らかにした。死の直後から隔たった時にきざしてくる喪の仕事の完成により、時間の遅れが集中的に表されるところに、『源氏物語』の死への向き合い方のねじれがあると考えられる。

幼いがゆえに、光源氏と紫の上の両者を受け止めかねた匂宮は、理解できる領域と理解できない領域との間を行き来する。そして紫の上の亡き後、紅梅と桜を大切にすることにより最終的には遺言を受け止めていくものの、遊びへと転換してしまうのである。だが、以上述べてきたように、反射的に紫の上の心を照らし返し光源氏の心をも照らし返すという意味でも、その短い登場の果たした意味は少なくなかったといえる。

年暮れぬと思すも心細きに、若宮の、「儺やらはんに、音高かるべきこと、何わざをせさせん」と、走り歩きたまふも、をかしき御ありさまを見ざらんこととよろづに忍びがたし。（幻四―五五〇）

子どもである匂宮は、紫の上の涙を受け止めきれずにまた遊びの世界に戻ってしまうのであり、このようにして物語は遊びの世界に閉じられるのである。

註

（1） 紫の上に関して、深沢三千男「紫の上―悲劇的理想像の形成―」（『源氏物語の形成』桜楓社　一九七二年九月）は、たぐい稀な理想像を保持していた紫の上の唯一の人間的な弱点が、嫉妬心だったと指摘する。鈴木日出男「紫の上の孤心」(『源氏物語虚構論』東京大学出版会　二〇〇三年二月)は、孤絶した紫の上の内面を論じている。

(2) 三村友希「幼さをめぐる表現と論理」(『姫君たちの源氏物語—二人の紫の上—』翰林書房　二〇〇八年一〇月)。紫の上は「幼さ」を装うことで、自己のバランスを保っていたのであった。

(3) 紫の上の遺言の場面において、匂宮が遺言の重みを受け止めきれていないことから、匂宮を光源氏の形代と断定するには不足がある。そのような意味では、紫の上と匂宮の涙の共有も、危ういぎりぎりのものであったといえる。だが、松井健児「紫の上の最期の顔—『御法』巻の死をめぐって—」(『源氏研究』第六号　翰林書房　二〇〇一年四月)の指摘にあるように、幼い匂宮と紫の上は「見守る—見守られる」というまなざしの交錯によって、両者の間には確かな交感が成し遂げられているのである。

(4) 三谷邦明「御法巻の言説分析—死の儀礼あるいは〈語ること〉の地平—」(『源氏物語の言説』翰林書房　二〇〇二年五月)は、「死を凝視している紫上は、自立し、自己の意識・意図を実現していたのである」と言及している。匂宮に二条院を託そうとする紫の上は、か弱くとも気迫に満ちていたものと考えられる。

(5) 高橋汐子「幻巻における紅梅」(『フェリス女学院大学日文大学院紀要』第一〇号　二〇〇三年三月)は、「〈未来〉へと繋がっていく存在は、〈未来〉を持たないものにとって幾分かの慰めでもあったに違いない」と説いている。

(6) 野村精一「紫の上哀別—御法・幻—」(『国文学』第三二巻第一三号　一九八七年一一月)。太田敦子「紫上の手—『御法』巻における臨終場面をめぐって—」(『物語文学論究』第一一巻　二〇〇一年一月)は、死にゆく者の「手をとる」ことは、死者と生者とが交感し合う瞬間であり、それさえもない光源氏と紫の上の精神の隔絶を論じている。

(7) 松岡智之「死—紫の上の死を中心に—」(『源氏物語研究集成』第一一巻　二〇〇二年三月)は、御法巻と照応する匂宮の発言に関して、光源氏が紫の上の真情に触れ、改めて紫の上を理解していったことを象徴するものと指摘している。

(8) 井上眞弓「『源氏物語』の『儺やらひ』—子供というメディアを読む—」(『日本文学』第四二巻第七号　一九九三年七月)は、光源氏が匂宮に、あたかも亡き紫の上のように語りかけるようすを「亡き紫上への同化の眼」と言及している。

(9) 紫の上の「何心なし」に関しては、原岡文子「紫の上の登場—少女の身体を担って—」(『源氏物語の人物と表現—その両義的展開—』翰林書房　二〇〇三年五月)や、三田村雅子「源氏物語のジェンダー—『何心なし』『うらなし』の裏側—」

(『解釈と鑑賞』第六五巻第一二号　二〇〇〇年一二月)に指摘がある。

(10)物語絵と雛に関しては、川名淳子「若紫の君—絵と雛遊びに興ずる少女—」(『物語世界における絵画的領域—平安文学の表現方法—』ブリュッケ　二〇〇五年一二月)。

(11)石阪晶子「紫の上の通過儀礼—若紫巻における反世界—」(『源氏物語における思惟と身体』翰林書房　二〇〇四年三月)は、少女時代の紫の上に関して、肉親の愛情を求めてやまずその内面は、絶えず渇きに満ちていたと論じている。

(12)後藤祥子「『若菜』以後の紫の上」(『源氏物語の史的空間』東京大学出版会　一九八六年二月)は、紫の上がかなり優位な時機を選び、光源氏に出家を願い出ていることを指摘する。

(13)音楽がずれ合うという指摘は、樋浦美奈子「拒まれた楽の音—紫の上と音楽—」(『玉藻』第二七号　一九九一年一〇月)。中川正美「『合はざる』楽の音—源氏物語における女の主題と音楽—」(『国語と国文学』第六八巻第一二号　一九九一年一二月)は、「源氏と紫上が久しく『搔き合はせ』ていない、互いの音《ね》に音を合わせ、心と心を交わし合っていない、と証す意味は大きい」と論じている。また、和歌においても光源氏と紫の上の心の〈ずれ〉が読み取られる。

(14)『源氏物語』に描かれる死にまつわる悲しみの涙は、どの場面においても共通して時間的〈ずれ〉がもたらされている。それは、深い悲しみであればあるほどにすぐには涙とならない、人間の心理を映し出しているものといえる。本書・第一章第五節「葵の上の死と涙——光源氏と左大臣家の関わり」に、死と涙に関して考察した。

第三節　明石一族の涙と結束
――涙をめぐる風景

はじめに

明石という辺境の地に育ちながらも、紫の上から一目置かれる女君として位置づけられるまでに上りつめた明石の御方であるが、その目覚ましい栄華には人並み以上の苦労が影を落としていた。明石の浦での光源氏との別離、明石の姫君の引き取り、そして大堰から上京に至るまでの道のりは明石の御方を始め、入道、尼君、明石の女御の、明石一族の涙なしに語ることはできない。

『源氏物語』において、明石の御方の身のほど意識の問題や一度も「上」と呼ばれない呼称に関する先行研究は、既に数多く指摘されている。(註1)だが、明石一族と涙の密接な関わりに関して正面から取り上げたものは、まだ見られないように思われる。それでは、物語において明石一族の涙は、どの場面に多く描かれるのだろうか。入道、尼君、明石の御方、明石の女御のそれぞれの涙のありようを表にまとめると、次の通りになる。なお、表の作成においては物語全体の流れを見通すことができるよう考慮しながらも、紙幅の関係上、特に重要と思われる涙の場面のみを取り上げた。

『源氏物語』明石一族の涙

	巻	場面	入道	尼君	明石御方	明石女御
1	明石	入道、光源氏に娘への高い望みを打ち明ける。	○	×	○	／
2	明石	光源氏、明石の御方と琴を弾き、別れを惜しむ。	○	×	○	／
3	澪標	光源氏、明石の御方それぞれ住吉に参詣する。	／	／	○	／
4	松風	明石の御方、明石の姫君、尼君は入道と別離し、明石の浦を出立する。	○	○	×	×
5	松風	光源氏、大堰を訪れ明石の御方と再会する。	／	○	○	×
6	薄雲	明石の御方、明石の姫君を手放す。	／	×	○	×
7	薄雲	明石の姫君、二条院に迎えられる。	／	／	／	○
8	薄雲	明石の御方、明石の姫君の女房に贈物をする。	／	○	×	／
9	若菜上	尼君、明石の女御に昔を語る。	／	○	○	○
10	若菜上	明石の御方と尼君、運命に涙する。	／	○	○	／
11	若菜上	明石の御方、入道の願文を明石の女御に託す。	／	／	○	○
12	若菜下	光源氏、住吉に参詣する。	／	○	／	／
13	若菜下	光源氏、二の宮の才能を褒める。	／	／	○	×
14	若菜下	紫の上、発病する。	／	／	／	○
15	御法	明石の中宮、紫の上の病状に涙する。	／	／	／	○
16	幻	明石の御方、紫の上を亡くした光源氏のいたわしさに涙する。	／	／	○	／

＊○…涙が描かれる。　×…涙が描かれない。　／…不在の人物。

表から、明石一族のともに涙する場面が、若菜上巻に集中していることが読み取られる。また、松風巻を境に入道の涙は描かれなくなり、入道に代わるようにして今度は尼君に涙が描かれるようになることがうかがえる。

涙表現に注目すると、前半の明石巻には「塩垂る（しほたる）」、「かひ」のように、明石の浦であることが強調されており特徴的である。中でも、「しほたる」の用例は和歌を含め若菜巻に数多く、尼君に繰り返し用いられている。(註2)「しほたる」は若菜巻において、故郷である明石を思い出させる表現として機能しているものと考えられる。

本稿では、涙という角度から、明石一族の連帯をもう一度捉え返すことを目的とする。表に沿い巻の順を追いながら、涙の諸相と変遷を辿ることにより若菜巻を中心とした、明石一族の涙のありようを探りたい。

一　身のほどと涙――明石巻、澪標巻

明石巻において、涙はどのように描かれるのだろうか。以下、涙の具体例を検討していく。

なずらひならぬ身のほどのいみじうかひなければ、なかなか、世にあるものと尋ね知りたまふにつけて涙ぐまれて、（明石二―二四九）

明石の御方は、身分の低さゆえ光源氏に相手にされなくても当然と心得ていた。だが、思いがけずも人並みの扱いを受けたことに対する、ありがたさと自信のなさに涙ぐむ。ここに、明石の御方に描かれる最初の涙が、身のほどに根ざした光源氏への感謝に始まっていることがわかる。また、明石の御方の涙は、両親の前においても流される。

正身の心地たとふべき方なくて、かうしも人に見えじと思ひしづむれど、身のうきをもとにて、わりなきことなれど、うち棄てたまへる恨みのやる方なきに、面影そひて忘れがたきに、たけきこととはただ涙に沈めり。母君も慰めわびて、

（明石二―二七〇）

光源氏が明石を去った後、明石の御方はひどく嘆き悲しんでいるようすを両親に見られまいと心を鎮めようとするものの、抑制できず涙に沈む。明石の御方の涙が感情の赴くままに流されたものではなく、押し切られるようにして流されているところに注目したい。光源氏が不在であるにもかかわらず、明石の御方は両親といえども人目を憚り、心情をコントロールしようとするのである。そのようなけなげな姿に、内面の葛藤を悟られまいと努める明石の御方の強い意識が象徴されている。

光源氏と明石の御方がそれぞれ住吉に参詣する場面にも、明石の御方の涙は描かれる。

露ばかりなれど、いとあはれにかたじけなくおぼえてうち泣きぬ。

（澪標二―三〇七）

明石の御方が偶然にも住吉に来合わせていることを知った光源氏は、歌を贈る。威勢を誇る光源氏の一行を、はるか遠くから眺めることしかできない明石の御方は、届けられた歌に光源氏との心のつながりを見出だし、ありがたい気持ちとともに涙する。「かたじけなく」と記述されていることから、そこには喜びよりもむしろ身分的な隔たりを意識した、明石の御方の心情が浮き彫りにされるのである。（註3）

『源氏物語』において、明石の御方の涙は和歌三例を含み、総数で一五例見られる。そのうち五例の涙が、明石の御方の身のほどと関わるようにして描かれる。物語の中で、涙が身のほどと密接に描かれる用例は他にないことから、明石の御方に集約して見られる特異な傾向といえる。
明石の御方は、感情の抑制をなかば強要される光源氏を中心とした秩序世界において、身のほどをわきまえた自分の役割を自認し、率先して受け入れていった。明石の御方の一貫した姿勢は、明石巻、澪標巻に見られる、身のほどに伴う涙に明らかとなるのである。

二　別離の涙——松風巻、薄雲巻

松風巻、薄雲巻において、涙はともに男女の別れの場面に登場する点で共通している。

「行くさきをはるかに祈るわかれ路にたえぬは老の涙なりけり
いともゆゆしや」とて、おしのごひ隠す。尼君、
もろともに都は出できこのたびやひとり野中の道にまどはん
とて泣きたまふさまいとことわりなり。（松風二―四〇三）

松風巻において、涙は明石の御方が大堰へ出発する朝、入道と尼君によって交わされる歌の贈答場面に描かれる。夫婦の哀れ深い別離は、そのまま二人の今生の別れとなるのである。そして松風巻を境にして、入道の涙は尼君に

受け継がれることとなる。

薄雲巻では明石の御方が、光源氏、乳母、明石の姫君との別離を余儀なくされる場面に、涙は登場する。


「何か、かく口惜しき身のほどならずだにもてなしたまはば」と聞こゆるものから、念じあへずうち泣くけはひあはれなり。（薄雲二―四三三）

明石の姫君を引き取りに来た光源氏に、明石の御方は、自分のように取るに足りない身のほどでなく扱ってほしい旨を頼む。「かく口惜しき身のほどならずだにもてなしたまはば」と言葉では格好良く謙遜するものの、そのように言い切ることのできない矛盾した思いは、明石の御方の涙と一体となって流される。

また、乳母と歌を唱和した明石の御方の涙は、光源氏ではなく乳母の前で描かれる。（註4）

落つる涙をかき払ひて、「かやうならむ日、ましていかにおぼつかなからむ」とらうたげにうち嘆きて、
雪ふかみみ山の道は晴れずともなほふみかよへあと絶えずして
とのたまへば、乳母うち泣きて、
雪間なき吉野の山をたづねても心のかよふあと絶えめやは（薄雲二―四三二）

鬱々とした雪空は、明石の御方の心象風景と重なり、明石の姫君との別れの悲しみを象徴的に映し出す。明石の御方の涙を受け止める人物が、光源氏ではなく乳母であることは、特筆すべき重要なことがらといえる。

明石の御方の袖を捉えた明石の姫君が、早く車に乗るよう促す場面において、明石の御方は自ら光源氏に歌を詠み、最後まで言葉を続けられずに「えも言ひやらずいみじう泣けば」と、こらえきれず涙する。光源氏は、明石の御方の涙を受け止め歌を詠むものの、乳母のように涙を共有するまでには至らない。おそらく、明石の御方の悲しみに心を揺さぶられながらも、一方では明石の姫君と歩む都での日々に思いを馳せていたのではないか。光源氏の描かれない涙には、明石の御方の背負う苦悩を正面から受け止めることができずに、これからの新しい生活に身を翻していく、光源氏のしたたかさが浮き彫りにされているのである。

そのような光源氏とは対照的に、明石の姫君の供として都に旅立つ乳母は、明石の御方の苦悩を間近に見てきた人物である。乳母は、明石の御方の涙に託された思いを受け止め、自分の思いと重ねるように涙する。明石の御方の思いは、乳母の存在を通して二条院に持ち込まれ、引き継がれていったものと考えられる。

三　「老い泣き」――若菜巻

若菜巻の涙を考察する上で欠くことのできない人物に、尼君が挙げられる。明石の御方が、明石の姫君を光源氏に預けるべきか否か思い悩む場面において、明石の姫君の将来を見据え、その養育を委ねるよう勧めた人物こそ尼君であった。最愛の明石の姫君を手放すことは、明石の御方にとって最もつらい選択である上に、光源氏の訪れが遠のく可能性を含んだリスクを伴う。明石の姫君との別離は、尼君にとっても胸の引き裂かれるような思いのすることであったが、決断を渋る明石の御方に代わり取るべき道を示し、後押しするのである。

尼君は、時に非情な役をかって出ることにより明石の御方の心を支え、明石一族の栄華に大きく貢献する。明石の御方は尼君の賢明な判断に導かれるようにして、最大の試練を乗り越えるに至るのであり、尼君はまさに陰の立役者のような存在といえよう。（註5）

しかし、若菜上巻に入ると、優れた判断力を発揮してきた尼君の賢明さは陰を潜め、代わりに「老い泣き」が顕著になっていく。この尼君の「老い泣き」こそ、明石の女御に出生の事実を物語る、重要な契機となるのである。

いと涙がちに、古めかしきことどもをわななき出でつつ語りきこゆ。（若菜上四―一〇四）

明石の姫君は明石の女御として見事な成長を遂げた後、出産を控え明石の御方の住む、北の町の中の対へと移る。普段は明石の女御のそばにいることすら叶わない尼君にとって、明石の女御のようすを近くで拝見できる、夢のような時間であった。尼君はこの機会を逃すまいと、明石の御方のいない隙に対面を果たし、明石の女御の出生にまつわる昔話を語る。かねてから、明石の女御が后の位を極めた時にこそ事実を伝えようと心づもりしていた明石の御方は、不測の事態に明石の女御の心中を案じるのである。

ここで、明石の女御の出生の事実が、尼君の涙とともに描かれることに注目したい。興奮のままに抑制なく流される尼君の涙は、耐え忍んできた年月を彷彿とさせ、明石の女御の心を揺さぶるものとして作用する。尼君の昔語りが「老い泣き」とともになされるところにこそ、尼君に担わされた最大の役割があると考えられる。それでは、なぜ尼君の昔語りは、「老い泣き」と一体となるようにしてなされる必要があったのだろうか。

仮に、事実を伝える人物が明石の御方であったのならば、明石の女御の動揺を最小限に抑えるべく感情や涙は取り払われ、要点のみが淡々と語られたことだろう。（註6）そこには、子であるとはいえ自分とは異なる、高貴な明石の女

明石の女御の身分の高さの保持に努めてきたのである。紫の上に養育を任せる道も、すべては出生の低さを払拭する為の苦渋の選択であった。明石の御方は、最愛の我が子と再会を果たした後も、常に慎みと身のほどをわきまえた態度で接することにより六条院の秩序と同時に、明石の女御の身分の高さの保持に努めてきたのである。

そのように、一貫して抑制の姿勢を貫く明石の御方に対し、尼君は「老い人」ゆえに節度あるふるまいができない。それは、身分を憚り母の顔を見せることができずにいる明石の御方とは、対照的である。[註7] 明石の女御に注がれる尼君のまなざしは、孫に対する慈愛に満ちたものであり、もはや身分の隔たりを超えている。尼君にとって明石の女御は、高貴な方である以上に明石一族の血を受け継いだ孫という意識が優先されるがゆえに、憚る気持ちも薄らぐものと考えられる。

尼君は、次々と溢れ出る涙に世間体や身分を超え、明石の女御の中に眠る明石一族というかけがえのない絆を呼び覚まそうとする。その役目を果たせる人物は、感情の抑制の効かない尼君をおいて他にいない。ここに、尼君が「老い泣き」とともに出生を話す、最大の意味と役割が見出だされるのである。

「日中の御加持に、こなたかなたより参り集ひ、もの騒がしくののしるに、御前にことに人もさぶらはず、尼君ところ得ていと近くさぶらひたまふ」の記述から、尼君と明石の女御とのやりとりが、実は大声で祈祷の行われるさなかに交わされたものであることが後になって語られる。祈祷の声に遮断される中、几帳も用いずになされる明石の女御との二人だけの対面は、人のいない時を見計らい実現した、尼君によって作り出された親密な空間であった。尼君は、明石の御方も女房も伺候していない隙を縫うようにして、明石の女御に事実を伝えるのである。尼君の「老い泣き」は、当然のことながら「老い人」であるがゆえに成り立つ。[註8] そこには「老い人」だからこそ逸脱する、尼君の戦略的な側面が見て取れよう。

四　伝達される涙――若菜巻

身分の低い出生を払拭すべく紫の上のもとで育てられた明石の女御は、何不自由ない環境の中、気高さを兼ね備え女御となるまでに立派な成長を遂げる。だが、内面の成長という点においては、やや欠けていたように思われる。それは、かつて明石の姫君が二条院に引き取られてきた際、泣き顔をつくる明石の姫君を乳母や周りの女房たちが紛らわせたことにより、存分に悲しめずにいたことと関係している。(註9)

当初、明石の女御は、声を震わせ涙ながらに昔を語る尼君の姿を「はじめつ方は、あやしくむつかしき人かなとうちまもりたまひしかど」と、少し突き放したようなまなざしで眺めていた。(註10)表面上は、「かかる人ありとばかりは、ほの聞きおきたまへれば、なつかしくもてなしたまへり」と応対しているものの、そこには明石の女御の取り繕われた優しさが見て取れる。ところが、涙ながらに切り出された話は、今まで知らされることのなかった自分の出生を解き明かすものであり、明石の女御は動揺に見舞われる。

ほろほろと泣けば、げにあはれなりける昔のことを、かく聞かせざらましかばおぼつかなくても過ぎぬべかりけりと思してうち泣きたまふ。（若菜上四―一〇四）

尼君の涙に、明石の女御は初めて、明石の御方や人々の深い悲しみの上に現在の自分が成り立っていたことを知る。それは、同時に皆からかしずかれ大切にされることに慢心していた、今までの自分を顧みる大きな転機となった。

明石の女御は、過去を知らずに過ごしてきた月日を思い、尼君に涙する。明石の女御の涙が描かれるのは、光源氏のもとに引き取られて以来の出来事であった(註11)。

このように、自分の過去に伴う人々の悲しみを思いやる心こそ、明石の女御が母となる前に補完しておくべき重要な問題であったと考えられる(註12)。そして情緒的な成長を遂げる為には、悲しみの深さを身をもって表現してくれる尼君の存在が必要不可欠であった。

ここで、物語において尼君がどのように描かれているのか、もう少し考察しておきたい(註13)。

もうもうに耳もおぼおぼしかりければ、「ああ」と傾きてゐたり。さるはいとさ言ふばかりにもあらずかし、六十五六のほどなり。尼姿いとかはらかに、あてなるさまして、目つややかに泣き腫れたる気色の、あやしく昔思ひ出でたるさまなれば、胸うちつぶれて、（若菜上四―一〇六）

憚ることなく明石の女御のもとにいる尼君を、明石の御方がたしなめる場面である。「『ああ』と傾きてゐたり」のように「老い人」特有の動作が描かれる反面、「さるはいとさ言ふばかりにもあらずかし」と、決してそれほど老齢ではないとする「老い人」とは言い切れない側面も、その美貌とともに強調される(註14)。物語は、尼君の「老い」を前面に出しながら、一方では「老い」を否定するような曖昧な描き方をするのである。

尼君は、いとめでたううつくしう見たてまつるままにも、涙はえとどめず。顔は笑みて、口つきなどは見苦しくひろごりたれど、まみのわたりうちしぐれてひそみゐたり。あなかたはらいた、と目くはすれど聞きも入れ

（若菜上四―一〇七）

ず。

明石の女御のそばで「老い泣き」をする尼君に、明石の御方がはしたないと注意する場面である。明石の御方は、過去に遡っていた時間を現実へと引き戻し、尼君と明石の女御との間にある身分秩序の回復に努める。だが、尼君は明石の御方が目くばせするのもかまわずに涙するのであり、体裁を繕うこともしない。

そこには、泣き笑いの様相をそのままに孫への愛情に溢れた視線を注ぐ、尼君の姿が読み取られる。尼君の口は喜びを、「まみ」は悲しみを表しておりその矛盾に引き裂かれた表情には、喜びと悲しみが二重に体現されているのである。明石の女御の心中に、明石への思いが芽生えたことを確信した尼君は、明石一族という連帯をかみしめ「老い人」の憚りのなさを助長させていったものと考えられる。

また、「昔の世にも、かやうなる古人は、罪ゆるされてなむはべりける」（若菜上四―一〇七）と記述されていることから、尼君が「老い人」であることを巧みに利用しながら、明石の女御の前で涙ながらに過去を語る機会を密かに狙っていたことがうかがえる。「老い人」は、感情や涙を抑制することができなくとも、誰かに咎められることはない。尼君は、「老い人」であることを盾に明石の女御の前で、遠慮のない過剰な涙を流しながら昔を語るのである。そのように、過去の重さを視覚的な涙に託すことで、明石一族の思いを伝えようとしたのではないか。

こうして尼君の「老い泣き」は、光源氏が不在のうちに流される。尼君は、血の論理と涙によって六条院の秩序の中に組み込まれた明石の女御の心を、明石一族へと手繰り寄せようとするのである。（註15）物語は、尼君の言動に「老い」の持つ不安定さや矛盾した要素を色濃く描くことで、いろいろなふうに見える「老い」の複合的な様相を照らし出そうとしたのだと考えられる。

五　明石一族の涙――若菜巻

尼君の涙ながらの昔語りは、明石の女御の涙とともに情緒的な成長を促し、明石一族の輪を広げていく。(註16) 明石の女御は、尼君の歌に対し硯箱の中の紙に歌を詠むことで、その心に応えるのである。

「老の波かひある浦に立ちいでてしほたるるあまを誰かとがめむ

昔の世にも、かやうなる古人は、罪ゆるされてなむはべりける」と聞こゆ。御硯なる紙に、

しほたるるあまを波路のしるべにてたづねも見ばや浜のとまやを

御方もえ忍びたまはで、うち泣きたまひぬ。

世をすてて明石の浦にすむ人も心の闇ははるけしもせじ

など聞こえ紛らはしたまふ。別れけむ暁のことも夢の中に思し出でられぬを、口惜しくもありけるかなと思す。

（若菜上四―一〇七）

明石の女御が、尼君や明石の御方と歌を唱和する。(註17) 明石の女御の歌には、尼君の歌に呼応するように「しほたるるあま」が詠み込まれており、贈答的な対となっている。ここに、明石の地に思いを寄せる、明石の女御の素直な心情がうかがえる。「浦」、「浜」は唱和を統一する歌語となり、「波」、「かひ」、「しほたる」、「あま」、「波路」、「とまや」と、共通して海浜の風景が象られることから、三首の唱和には明石性が読み取られる。(註18)

また、尼君と明石の女御のやりとりに、明石の御方もこらえきれず涙するのであり、二人への共感が表出されている。明石の御方は明石の女御の歌に寄り添い、抑制してきた感情を歌に詠むことで、涙を紛らわそうとするのである。

このように、涙を紛らわそうとする明石の御方とは対照的に、尼君はとめどない涙を流す。尼君の涙は、あたかも抑圧された明石の御方の心情を代弁するかのようであった。[註19]しかし、明石の女御が明石への特別な感情を歌に詠むこの場面を境に、明石の御方の涙はようやく流されるに至る。

明石の女御、尼君、明石の御方が涙や歌を共有することで、三人の絆はより強固なものとなる。入道の住む明石の地に思いを馳せ、三人が心を一つに和歌を詠み合い涙するさまは、光源氏や紫の上といった六条院の秩序とは別のところに成り立つ、明石の血の継承者という結束を照らし出す。物語は、光源氏から隠れるように涙する明石一族の重要性を描く一方で、涙の場から疎外された光源氏を浮き彫りにするのである。[註20]

さらに、明石一族の血の論理をより確固たるものに導いていったものとして、入道の手紙が挙げられる。

　この文を見たまふに、げにせきとめむ方ぞなかりける。よその人は何とも目とどむまじきことの、まづ、昔、来し方のこと思ひ出で、恋しと思ひわたりたまふ心には、あひ見で過ぎはてぬるにこそはと見たまふに、いみじく言ふかひなし。涙をえせきとめず。

（若菜上四―一一八）

明石の御方は、入道の入山の手紙に、ついに会えぬままになってしまったことを悲しみ涙する。込み上げる涙をせき止めることのできない明石の御方のようすに、今生の別れのもたらす深い悲しみがうかがえる。

いかなれば、かく耳に近きほどながら、かくて別れぬらん」と言ひつづけて、いとあはれにうちひそみたまふ。御方もいみじく泣きて、

（若菜上四―一一九）

入道の知らせに、尼君も涙ながらに歩んできた苦難の人生を振り返る。尼君と明石の御方は、入道との身分差が距離を隔てる要因となってしまったものの、手紙をやりとりできる距離にいながらも会えずじまいであった運命に、ともに涙するのである。（註21）

また、二人の話題が夫婦仲の愛情の問題に及ぶ場面において、尼君は「いとあはれにうちひそみたまふ」と泣きそうなようすを見せる。それに伴い、明石の御方は「いみじく泣きて」と、より一層激しく涙する。この明石の御方の涙は、一人の女としての涙であり、そこには光源氏の愛情を欲していた心のうちが表出されているのではないか。尼君と一晩中語らうことで、明石の御方もまた、明石一族としての自覚を強くするのである。

入道の手紙が、尼君から明石の御方に伝達されることにより、悲しみはさらに拡大され明石の御方のとめどない涙をもたらしていく。その後、明石の御方から明石の女御へと伝わるのであり、手紙は明石の女御の涙をも誘うこととなる。

涙ぐみて聞きおはす。かく睦ましかるべき御前にも、常にうちとけぬさましたまひて、わりなくものづつみしたるさまなり。この文の言葉、いとうたて強く憎げなるさまを、陸奥国紙にて、年経にければ黄ばみ厚肥えたる五六枚、さすがに香にいと深くしみたるに書きたまへり。いとあはれと思して、御額髪のやうやう濡れゆく

御そばめあてにかなまめかし。

（若菜上四―一二三）

明石の女御は涙ぐみながら、明石の御方の言葉を心に留める。そして、堅苦しく無愛想な印象の文言や年を経て黄色くなった陸奥国紙、深く焚きしめられた香を頼りに、幼すぎて記憶に残らなかった祖父の人柄を感じ取り、涙する。(註22)明石の女御の額髪が次第に濡れていくようすは、手紙から入道の存在を感受し、明石一族へと傾斜していく過程を映し出すものと考えられる。

このように入道の手紙は、尼君、明石の御方、明石の女御へと伝えられ、悲しみの涙を喚起し、明石の地に思いを募らせるものとして機能する。しかし、入道の願文を納めた文箱を広げている折、突然光源氏が訪れる。

今はとて、別れはべりにしかど、なほこそあはれは残りはべるものなりけれ」とて、さまよくうち泣きたまふ。

（若菜上四―一二七）

涙の乾く間もなく応じることのできない御息所に代わり、明石の御方が光源氏に、山奥に籠った入道の話をする。(註23)明石の御方は、尼君の前において入道との今生の別れに、激しく涙していた。だが、美学を重んじられる状況のもとに、光源氏の前では「さまよく」評価されるような涙しか流さない。(註24)そこに、「さまよく」涙することしかできない明石の問題が浮上するのである。

おわりに

稿を閉じるにあたり、もう一度明石の御方の涙に戻りたい。

明石の君は、いと面だたしく、涙ぐみて聞きゐたまへり。（若菜下四―二〇〇）

夕霧との会話の中で、光源氏が二の宮には琴の才能があると発言したことに対し、明石の御方は面目のあることと嬉しく思い、涙ぐむ。(註25) 身分の低い地位にあるからこそ、明石一族の血が潜在的な意味で、皇族をしのぐ素晴らしい血を授けたことを自負しているのである。密かな自負が、明石の御方の涙に裏打ちされ象徴的に描かれている点で、それまでの涙とは異質であり特筆すべき用例といえる。明石の御方の謙遜、抑制の日々は、明石一族の繁栄を確実に導いていった。

明石の御方の身のほど意識と涙の表出は、切り結ぶようにしてある。明石の御方は、身のほど意識をよろわれていたような人物であり、ふっと流される涙には彼女の鎧の綻びが表象されている。明石の御方の身体に溜まっていた熱量が、抑圧構造からひび割れるように涙となって表れてくる大事な瞬間にこそ、身のほど意識では伝えられなかったことが、より浮き彫りにされているのである。

尼君の昔語りとともに流される涙や、入道の手紙によってもたらされる涙など、涙を見られ共有される過程に、明石一族の絆は徐々に深まりを見せていく。(註26) このように、若菜巻の場面を頂点とした明石一族の涙による血縁の結束は、涙の場面から疎外された光源氏の問題と背中合わせに、その重要性が語られるのだといえよう。

註

(1) 今井源衛「明石上について―源氏物語人物試評―」(『国語と国文学』第二六巻第六号　一九四九年六月)。阿部秋生「明石の御方」(『源氏物語研究序説』東京大学出版會　一九五九年四月)は、人物論的な視点から、明石の御方の「身のほど」を鍵語とした論や呼称に関して論じている。また、三谷邦明「源氏物語・端役論の視角―語り手と端役あるいは源典侍と宣旨の娘をめぐって―」(『源氏物語の魅力を探る　フェリス・カルチャーシリーズ　一』翰林書房　二〇〇二年七月)は、宣旨の娘を例に挙げ、『源氏物語』において端役・脇役が時に語り手になり得ることの重要性を指摘している。明石の入道に関しては、秋山虔「播磨前司、明石の入道」(『講座源氏物語の世界』第三巻　一九八一年二月)。

(2) 『皇太神宮儀式帳』(延暦二三年撰進)には、不浄とされる事象を指す語を忌避し、これを言い換える忌詞の規定が記されており、「鳴乎塩垂止云」とある。岡田重精『古代の斎忌(イミ)―日本人の基層信仰―』(国書刊行会　一九八二年五月)は、「鳴は哀泣をいい死喪とかかわるとみられよう」と説く。

(3) 新編日本古典文学全集『源氏物語』(澪標二―三〇六)頭注に、「『かたじけなし』は、身分的な隔たりの意識を前提とした表現。高貴な源氏が身分低い自分に贈歌したことへの感動をいう」とある。

(4) 吉海直人「明石姫君の乳母」(『源氏物語の乳母学―乳母のいる風景を読む―』世界思想社　二〇〇八年九月)は、明石の姫君の乳母だけ、例外的にその出自が書かれていることを指摘している。

(5) 浅尾広良「中務宮と明石物語―『松風』巻の表現構造―」(『源氏物語の准拠と系譜』翰林書房　二〇〇四年一月)は、松風巻において突然語られる明石の尼君の祖父、中務宮の登場が、明石一族の音楽の族としての面と極めて密接に関わっていることを論じている。また、「今まで娘と光源氏との結婚に反対ですらあった母君が、中務宮の末裔であると語られるや、尼君と称され、一族の繁栄を切に願い、入道の代役を果たすまでに変貌する姿は、尼君の系譜上において必然化されていたと見なければなるまい」と言及している。

物である。

（6）明石の御方は、明石の女御が后の位を極める日に昔のことを語ろうと考えていたが、晴の日にはなおさらのこと涙は禁物である。

（7）門澤功成「『源氏物語』若菜上巻における明石尼君―『ほけ人』としての造型の意義について―」（『平安朝文学研究』第九巻　二〇〇〇年一二月）は、明石の尼君が「ほけ人」となる意義に関して、制約の多い六条院において情念に純粋な人物として造型されたのであり、単なる昔語りのきっかけとしてではなくふるまいそのものにも、六条院の中で異質な人物として意義があると説いている。また、笹生美貴子「源氏物語『明石一族』の意志―『古今和歌集』一〇〇三番歌引用を起点として―」（『中古文学』第八二号　二〇〇八年一二月）は、「明石尼君は『ほけ人』でありながらも、その一方で、言行において明石一族の栄達を支えゆく人物でもあったのである」と、明石一族の運命を切り拓く、明石の尼君の存在の重要性を論じている。

（8）永井和子「源氏物語の『おいびと（老人）』―ことばの意味するもの―」（『源氏物語と老い』笠間書院　一九九五年五月）は、『源氏物語』には「おいびと」の用例が三九例見られるが、かなり限定されて用いられており、老齢男性や身分のある老齢女性には用いられず「年をとった女房など」の意味にのみ使われていると指摘している。また、「おいびと」の異質性は、基本的に老耄・老愚にあることを説く。

（9）本書・第四章第二節「『夜の寝覚』泣かない石山の姫君――〈家族〉の表象」では、明石の姫君が与えられた環境に適応していく、素直な人物として描かれていることを考察した。

（10）三村友希「明石の中宮の言葉と身体―〈いさめ〉から〈病〉へ―」（『姫君たちの源氏物語―二人の紫の上―』翰林書房　二〇〇八年一〇月）は、明石の中宮を「頂点にある者のどこか暴力的な、正しさを一方的に信じ、押しつけていく傲慢さが、明石の中宮の寛容さの影に見え隠れしている」と説いている。

（11）その後、明石の女御は「心苦しくなど、かたがたに思ひ乱れたまひぬ」（若菜上四―一〇五）と明石の入道に思いを馳せたり、「例よりもいたくしづまり、もの思したるさま」（若菜上四―一〇七）のように、ひどく思い沈んだようすを初めて見せるようになる。美しさの中にも憂いが影を落とすその表情から、明石の尼君の涙ながらの昔語りが、重みとともにしっかりと明石の女御の心に受け継がれていったことがうかがえる。

（12）栗山元子「明石尼君の造型をめぐる諸問題―六条院世界における『明石一族の物語』を担うものとして―」（『中古文学

論攷』第一八巻　一九九七年一二月）は、「女御が自らを明石一族の者と知る試練が女御にとっての通過儀礼となり、姫君から皇子の母へと成長することを可能にしたのだと思われる」と論じている。だが、通過儀礼の中に、明石の女御の涙の重要性に関しては触れられていない。

（13）外山敦子「老い人の系譜」（『源氏物語　宇治十帖の企て』関根賢司編　おうふう　二〇〇五年一二月）は、「限定的で特殊なことばとしての『老い人』は、一方で光源氏をはじめとした高貴な主要人物には老いが顕れず、常に周辺の人物にのみそれが現象するという、『源氏物語』固有の『老い』のあり方を象徴している」と言及している。

（14）「老い人」特有の動作は、明石の御方が目くばせするのも聞かずに流され続ける、明石の尼君の涙にも見られる。

尼君は、いとめでたううつくしう見たてまつるままにも、涙はえとどめず。顔は笑みて、口つきなどは見苦しくひろごりたれど、まみのわたりうちしぐれてひそみゐたり。あなかたはらいた、と目くはすれど聞きも入れず。（若菜上四―一〇七）

（15）小嶋菜温子「明石の君―后を『産み出でたる』女性―」（『解釈と鑑賞』第六九巻第八号　二〇〇四年八月）は、「物語は、明石の劣りの〈血〉を明滅させながら隠蔽しつつ、一族の王権譚を実現させていくのである」と指摘している。

（16）三田村雅子「明石からの手紙」（『源氏物語―物語空間を読む―』ちくま新書九四　一九九七年一月）は、明石の尼君の「ぼけ」は、明石の御方が抑制し、あえて言おうとしなかった肉親としての思いのほとばしりであり、代弁であると説いている。

（17）この場面は、松風巻における明石の入道と別離する日の暁の唱和と照応する。明石の入道、明石の尼君、明石の御方との唱和には、共通する語がほとんどない。小町谷照彦「唱和歌の表現性」（『源氏物語の歌ことば表現』東京大学出版会　一九八四年八月）は、明石の姫君の幸福と引き換えに、一門が離散せざるを得ないという明石一族の宿世が暗示され、心情の多様性が表出されていると論じている。

（18）註（17）に同じ。小町谷照彦は、海浜の風景を重ねていく明石の女御、明石の尼君の歌に対し「明かし」、「闇」の明暗の対照を趣向とする明石の御方の歌は、異質であると指摘している。

（19）亀田夕佳「明石一族の〈ことば〉―若菜上巻の唱和歌をめぐって―」（『日本文学』第五九巻第四号　二〇一〇年四月）は、「一般に『しほたる』は『涙を流す』意を表し、ことさら『悲しみ』や『辛さ』をいうものばかりでない」とした上で、「『しほたる』は、『あま』の泣くさまをいう場合においては、海浜の労役によって着物の袖がしたたるほど海水に浸かってしまうことに、自らが『辛苦の涙』を流す意味に限定して用いられる表現である。また『かひあり』は『貝あり』と『効あり』との掛詞としてしばしば海浜と結び付けられる表現であるが、辛い涙をいう『しほたる／あま』と共に一首中に詠まれるのは、この明石尼君詠だけに認められる特徴であった」と指摘している。

(20) 高橋文二「明石の君─斎王的立場としての自重と忍耐─」(『源氏物語作中人物論集』森一郎編　勉誠社　一九九三年一月)は、明石の御方の一族の世界に関して、「空間的にというより時間的な進展とともに確かさを増してくる世界」と説いている。

(21) 竹内正彦「山のかなたの明石入道─『若菜上』巻における山入りがはらむもの─」(『源氏物語発生史論─明石一族物語の地平─』新典社研究叢書一八八　二〇〇七年一二月)は、「夢の実現を図る明石入道を前にして、光源氏には明石入道のことばを信頼する道しか残されていない。明石入道は山に入ることによって、みずからのことばに力を与えている」とした上で、「明石入道の山入りは、光源氏が支配できない世界のあることを彼に知らしめているのである」と指摘する。

(22) 註(16)に同じ。三田村雅子は、三代にわたる明石の女たちを描くことで、すべての意味を掌握してきたはずの光源氏と紫の上を相対化し、明石からの手紙と願文から、六条院の栄華が実質的に最も控えめに生きてきた明石の君一族に担われていこうとしている事実を、明らかにしていると論じている。

(23) 光源氏の登場は、明石の入道の手紙に明石一族としての思いを強くする御息所と明石の御方との間を引き裂くようにして描かれる。だが、御息所の涙がすぐには抑えられないところに、明石の入道に寄せる深い悲しみとともに、明石一族への傾斜が見て取れる。

(24) 新編日本古典文学全集『源氏物語』(若菜上四─一一七)頭注に、「明石の君は、泣くときでも謙抑の態度をとる」とある。

(25) 新編日本古典文学全集『源氏物語』(若菜下四─二〇〇)頭注に、「生母の明石の女御ではなく、明石の君である点に注意。ここでも彼女は、したたかに一族の繁栄を願う」とある。

(26) 御法巻、幻巻における涙の場面を検討しておきたい。
　涙ぐみたまへる、御顔のにほひ、いみじうをかしげなり。などかうのみ思したらんと思すに、中宮うち泣きたまひぬ。

（御法四―五〇一）

明石の中宮が、紫の上を見舞いに訪れる場面である。死を覚悟した紫の上の張り合いのない言葉に、明石の中宮はただ涙する。明石の中宮の涙は、紫の上の涙と呼応するように流される。

いとかくあらぬさまに思しほれたる御気色の心苦しさに、身の上はさしおかれて、涙ぐまれたまふ。（幻四―五三六）

明石の御方は、紫の上を偲び悲嘆に暮れる光源氏を気の毒に思い涙する。ここに、自分のことはさておき光源氏の悲しみを思いやる、明石の御方の姿がうかがえる。

このように、御法巻、幻巻に見られる二例の涙は、いずれも紫の上の死と関わるようにして登場する点で共通している。物語は幻巻に至ると、他者との関わり合いを絶ち、独り静かに死と向かい合う光源氏の姿を描き出すのである。

第四節　夕霧物語の涙の構造
――紫の上をまなざす夕霧

はじめに

涙を「押し拭ふ」とは、溢れ出た涙はもちろんのこと、胸のうちに沸き起こる涙の要素を無理に押しとどめることである。(註1)従って、精神的な強さと忍耐を要するものであると同時に、そこには涙を拭う人物の胸に秘められた決意が表象されている。

『源氏物語』において、涙を「拭ふ」は七例、「押し拭ふ」は総数で二三例登場する。盧亨美は、『源氏物語』に登場する涙を「押し拭ふ」表現に関して、その力強いしぐさから、主に男性に用いられる涙表現であることを鮮やかに指摘している。(註2)この盧氏の論を踏まえ、本書・第四章第六節では、『源氏物語』の「押し拭ふ」表現と『とりかへばや物語』の「押し拭ふ」表現との差異と重なりを考察した。

そこでは、『源氏物語』に登場する、涙を「押し拭ふ」表現の描かれる場面を、相手に対して感情を込める時、心を切り替える時、故人を偲ぶ時（失踪した人物も含む）、別れに際する時の四つのパターンに整理し、さらに心を切り替える時に用いられる「押し拭ふ」表現が、主に夕霧に用いられる傾向にあることを明らかにした。涙を押し拭う表現は、「おし拭ひ隠してうちしはぶきたまへれば」（野分三―二七二）や「涙を拭ひて立ち出でたまへるに」（若菜下四―二三九）に見られるように、次の会話や行動と連動して描かれる用例が多い。（註3）このように、次の動作とセットになることで涙を押し拭う表現が、物語の新たな展開を促す役割を果たしていることを考察した。

本稿では、夕霧の涙を「押し拭ふ」表現に焦点をあてると同時に、涙を紛らわそうとするしぐさに注目していく。大宮とともに嘆き合う場面でも涙を紛らわそうとするしぐさは見られるのであり、夕霧の涙は拭われたり紛らわされることによって、流される涙がコントロールされる傾向にあり興味深い。

それでは、『源氏物語』において夕霧の涙は、どのように描かれるのだろうか。（註4）和歌五例、比喩表現を含み、総数で三五例登場する夕霧の涙を巻ごとに整理すると、次の通りである。

『源氏物語』夕霧の涙

	巻	涙（比喩を含む）	和歌（比喩を含む）	総数
1	少女	七例	二例	九例
2	蛍	一例		一例
3	野分	一例		一例
4	藤裏葉	一例		一例
5	若菜下	三例		三例
6	柏木	六例		六例
7	夕霧	八例	三例	一一例
8	御法	三例		三例

表から読み取れるように、夕霧の涙は夕霧巻に最も多く、全体的に若菜巻以降に増加していることがうかがえる。（註5）また、二番目に涙の用例が多い少女巻では、夕霧が雲居雁との別れを惜しみ互いに涙し合う場面や、雲居雁の出立する車の遠ざかっていく音に涙する場面、雲居雁との今後を憂う場面に描かれる。

第一部では、主に雲居雁を思う場面に、第二部では一条御息所や致仕の大臣と、亡き柏木を偲び涙を共有する場面に、夕霧の涙は登場する。また、紫の上の死がうわさされる場面、柏木を見舞い泣く泣く帰る場面や、一条御息所と柏木を偲ぶ場面、紫の上の臨終の場面にも流される。柏木、一条御息所、紫の上は、物語にその死を描かれる人物として共通していることから、夕霧の涙が、臨終や死者を悼む場面に流される傾向にあることがわかる。そのような中、野分巻、若菜下巻、御法巻における夕霧の涙が、すべて紫の上を想い流されていることは特徴的である。

以下、夕霧の涙を「押し拭ふ」表現を中心に、雲居雁や落葉の宮との関わりとともに紫の上を想う心情の揺れや涙のありようを読み解く一方、光源氏の涙との比較を通して、物語の方法としての夕霧の涙の関係構造を明らかにしていきたい。

一　夕霧の涙

夕霧はまめ人として名高いが、玉鬘や明石の姫君、女三の宮、紫の上を垣間見る人物でもある。とりわけ、野分の場面での紫の上垣間見は、夕霧の視界を大きく切り開くきっかけとなった。(註6)野分の垣間見以降、紫の上の面影が忘れられない夕霧は、三条宮で悶々とした夜を過ごし、さらなる思慕を募らせる。紫の上への想いは、夕霧の涙につながっていくのである。

日のわづかにさし出でたるに、愁へ顔なる庭の露きらきらとして、空はいとすごく霧りわたれるに、そこはかとなく涙の落つるをおし拭ひ隠してうちしはぶきたまへれば、　（野分三―二七一）

手入れされていたはずの庭は、野分による散乱した木々の枝ですっかり荒廃し果て、無残な姿を晒し出す。人知れず流され、押し拭われる夕霧の涙には、思いがけず紫の上を垣間見てしまったがゆえに光源氏体制から逸脱していく夕霧のありようがうかがえる。

また、紫の上が危篤に陥る場面において、夕霧の涙は他者に見られ読み取られるものとして機能する。

かく人の泣き騒げば、まことなりけりとたち騒ぎたまへり。

式部卿宮も渡りたまひて、いといたく思しほれたるさまにてぞ入りたまふ。人々の御消息もえ申し伝へたまはず。大将の君、涙を拭ひて立ち出でたまへるに、（若菜下四―二三九）

紫の上の死という非常事態に、夕霧は泣き騒ぐ涙の共同体ともいうべく人々に紛れ、涙していた。（註7）だが、紫の上がかろうじて一命を取り止めたと知ると、夕霧は一人その場を後にする。そして、夕霧が涙を拭い退出したところ、紫の上を見舞いに訪れた柏木と鉢合わせになることで、思いがけずも涙を目撃されてしまうこととなるのである。夕霧がまさに涙を拭い、平常心を取り戻そうとしていた矢先の出来事であった。

この場面には、夕霧にまつわる重要な出来事が凝縮されている。夕霧が人々に紛れ涙していたこと、紫の上が一命を取り止めたと知りその場を立ち去ったこと、柏木に涙を目撃されたことの三点である。この中でも三番目の、柏木に涙を目撃される場面には、特筆すべき問題が内包されているのである。

まことにいたく泣きたまへるけしきなり。目もすこし腫れたり。衛門督、わがあやしき心ならひにや、この君の、いとさしも親しからぬ継母の御事にいたく心しめたまへるかな、と目をとどむ。

（若菜下四―二三九）

拭われたばかりの夕霧の涙は、「まことにいたく泣きたまへるけしきなり」と描かれるだけでなく「目もすこし腫れたり」と、少し腫れた目とともに柏木の視線に捉えられる。(註8) 夕霧は、紫の上が息を吹き返したことを告げる際、柏木に「今もなお油断のならない状況にある」とつけ加えることを忘れない。そのようにして、夕霧は自分の涙を弁解し、正当化しようとしたのだと考えられる。しかし、夕霧の紫の上に寄せる想いは、柏木が女三の宮に抱く不相応な懸想と重ね合わせられることで、暗黙のうちにも悟られてしまう。ここで、夕霧の目の「腫れ」の問題が浮上する。

「腫れ」とは、一般的に皮膚などが膨れ上がり膨張することを意味する。それではなぜ、涙に加え美しい容姿を損なうような目の「腫れ」までもが描かれるのだろうか。『源氏物語』において、目の「腫れ」は若菜下巻の用例を含め、総数で五例登場する。

目すこしはれたる心地して、鼻などもあざやかなるところなうねびれて、にほはしきところも見えず。

（空蟬一―一二一）

空蟬と軒端の荻が碁を打つ姿を、光源氏が覗く。どちらかというと見栄えのしない空蟬の容貌は、涙による目の「腫れ」や、あまり通っていない鼻筋に映し出される。

御目のいたう泣き腫れたるぞ、すこしものしけれど、いとあはれと見るときは、罪なう思して、

（真木柱三―三六四）

玉鬘のもとを訪れる鬚黒の装束に、鬚黒の北の方が香を焚き染める。北の方のひどく泣き腫らした目は、鬚黒に疎ましく捉えられながらも同情される。この後、北の方が鬚黒に火取の灰を浴びせることから、目の「腫れ」は異変を暗示させる役割を果たすのだと考えられる。

目つややかに泣き腫れたる気色の、あやしく昔思ひ出でたるさまなれば、胸うちつぶれて、（若菜上四―一〇六）

憚りもなく明石の女御のもとにとどまる尼君を、明石の御方がたしなめる。明石の御方は、つややかに泣き腫れた尼君の目に、明石の女御の前で余計な昔語りをしたことを鋭く察知するのである。尼君の目の「腫れ」は、「老い泣き」によるものと考えられる。（註9）

また、雲居雁が内大臣邸に連れ去られたことを夕霧が嘆く場面においても、夕霧の目の「腫れ」は描かれる。

「参りたまへ」とあれど、寝たるやうにて動きもしたまはず。涙のみとまらねば、嘆きあかして、霜のいと白きに急ぎ出でたまふ。うち腫れたるまみも、人に見えんが恥づかしきに、宮、はた、召しまつはすべかめれば、心やすき所にとて、急ぎ出でたまふなりけり。

（少女三―五八）

雲居雁と引き離された夕霧は、泣き腫らした目もとを見られぬよう、大宮に呼ばれぬうちに急ぎ出立する。目の「腫れ」を気にする夕霧の、「人笑へ」の意識がうかがえる。

このように、目の「腫れ」は、空蟬、鬚黒の北の方、明石の尼君に一例ずつ、夕霧には二例見られる。(註10)夕霧以外は、女性に用いられており特徴的である。(註11)空蟬と少女巻の夕霧の用例を除く三例は、他者の視線を憚る余裕がなく、異変を暗示している点で共通している。

夕霧の紫の上への思慕は、野分の垣間見に始まり紫の上の危篤という非常時に増殖し、涙となって表出される。「さまよく」を超えた過剰な涙の跡は、目の「腫れ」としてより視覚的に描かれることで、紫の上を案じた夕霧の涙の時間が確かなリアリティーをもって立ち現われるのである。そこには、もはや「うち腫れたるまみ」を気にする夕霧はなく、他者に見られ読み取られていく夕霧の目の「腫れ」の変遷が表象されている。

二　夕霧の涙と「見る」しぐさ

紫の上を想い流される夕霧の涙は、物語の終焉に伴いさらに深まりをみせる。御法巻において、夕霧の涙は三例とも紫の上に寄せる思慕に流されるのである。

むなしき御骸にても、いま一たび見たてまつらんの心ざしかなふべきをりは、ただ今より外にいかでかあらむ、と思ふに、つつみもあへず泣かれて、(御法四—五〇八)

夕霧は、もう一度紫の上を見たいとする強い願望に突き動かされるようにして、涙ながらに亡骸に向かう。この機会を逃しては、二度と紫の上を見ることはできないと悟った夕霧の目に、涙は次々と流される。「つつみもあへず泣かれて」のように、人前を憚ることのできない抑制の効かない涙は、「見る」行為に先行するのであり、何としてでも見たいとする夕霧の強い思いがにじみ出ている。

紫の上の逝去に取り乱す女房たちを制するようにして、夕霧は御几帳の帷子を引き上げる。悲しみをこらえようと、行動することで涙を紛らわせ、自ら声を出すことで平静を装おうとするのである。夕霧と紫の上は、ともすれば光源氏と藤壺のような関係に陥る可能性もなかったわけではない。(註12) しかし、その可能性が完全に絶たれた今、紫の上の存在は夕霧の心に、より深く照らし返されていく。物語は、悲嘆に暮れる光源氏の涙を描く一方、夕霧の涙とまなざしを執拗に強調するのだと考えられる。

「かく何ごともまだ変らぬ気色ながら、限りのさまはしるかりけるこそ」とて、御袖を顔におし当てたまへるほど、大将の君も、涙にくれて目も見えたまはぬを強ひてしぼりあけて見たてまつるに、なかなか飽かず悲しきことたぐひなきに、まことに心まどひもしぬべし。（御法四―五〇九）

夕霧は紫の上の死という現実に動揺しながらも、ひたすら亡骸を「見る」ことに集中する。「涙にくれて目も見えたまはぬを強ひてしぼりあけて」とは、涙に曇り閉じられそうになる視界に逆らい、無理に目を開けようとする行為である。夕霧の涙の奮闘とまなざしに、紫の上への想いはそのまま表出されるのである。

一方、光源氏は紫の上の亡骸から視線をそらし、顔に袖を押しあて涙する。袖で視界を塞ぎ自己と向かい合うように涙する光源氏は、夕霧とは対照的である。夕霧の「強ひてしぼりあけて」見る行為は、物語の中で他に例がなく興味深い。次に、類似した表現である目を「押ししぼる」表現の描かれ方を分析することにより、「強ひてしぼりあけて」表現の持つ独自性、特異性を浮き彫りにしていきたい。

三　目を「押ししぼる」表現

「強ひてしぼりあけて」見る表現は、なぜ夕霧に選び取られたのだろうか。『源氏物語』において、目を「押ししぼる」表現は、総数で三例登場する。(註13)

御帳の前に御硯などうち散らして手習ひ棄てたまへるを取りて、目をおしししぼりつつ見たまふを、若き人々は、悲しき中にもほほ笑むあるべし。（葵二―六四）

葵の上の亡き後、左大臣は光源氏が残していった手習を手に取り、早く見ようと目を押ししぼる。だが、女房の視線には、老い人の滑稽なしぐさとみなされてしまう。

畳紙に、かの「柳のめにぞ」とありつるを書いたまへるを奉りたまへば、「目も見えずや」と、おししぼりつつ見たまふ。うちひそみつつぞ見たまふ御さま、例は心強うあざやかに誇りかなる御気色なごりなう、人わろし。

（柏木四—三三四）

亡き柏木を偲び、歌を書き留めておいた一条御息所の畳紙を、夕霧が致仕の大臣に渡す。涙を押ししぼりながら見る致仕の大臣の姿は、みっともないさまとして捉えられる。

葵巻と柏木巻の目を「押ししぼる」表現は、ともに故人を偲ぶ人々が悲しみを共有する場面に用いられ、周囲から揶揄されるものとして描かれる。また、紙に書かれた歌を「見る」行為に描かれる点でも共通している。ところが、夕霧巻に至ると目を「押ししぼる」表現は、「見る」ではなく「書く」行為の中に描かれるようになるのである。

なほ、いかがのたまふと気色をだに見むと、心地のかき乱りくるるやうにしたまふ目押ししぼりて、あやしき鳥の跡のやうに書きたまふ。

（夕霧四—四二五）

一条御息所は、訪れのない夕霧の出方を確かめるべく夕霧に宛てた手紙に目をおししぼり、なんとか歌を書きつける。鳥の跡のような文字には、落葉の宮の行く末をかけ最期の望みを託した、一条御息所の必死な思いが見て取れる。

以上のことから、目を「押ししぼる」表現は「強ひてしぼりあけて」と同様に、人物の死と密接に関わるようにして描かれる。だが、目を「押ししぼる」表現は、紙を媒介として文字を見たり書きつけたりする場面に限定されているのに対し、「強ひてしぼりあけて」は死者を直接まなざす行為に用いられ、その重要性が際立つ。「しぼりあけて」とは、「涙をしぼり出すようにしては凝視する」意味である。「押ししぼる」より、目を開けることに重点をおいた「しぼりあけて」に加え「強ひて」と強調されていることから、夕霧の渾身の思いは、全神経を伴うそのまなざしと涙の力学に集約されているのだといえよう。

四　落葉の宮の涙

夕霧を考察する上で鍵となる女君に、落葉の宮が挙げられる。落葉の宮は夕霧巻の中で涙が最も多く、さらに若菜巻以降、光源氏、夕霧につぎ三番目に涙の多い人物として位置づけられる。それでは、落葉の宮の涙は、夕霧とどのように関わり合いながら描かれているのだろうか。

物語において、落葉の宮の涙は和歌二例を含み、総数で一三例見られる。落葉の宮の場合、ほとんどの涙は一人の時間に流され、夕霧の前で流される涙は二例のみと数少ない。

「うきみづからの罪を思ひ知るとても、いとかうあさましきを、いかやうに思ひなすべきにかはあらむ」と、いとほのかに、あはれげに泣いたまうて、　　（夕霧四―四〇八）

夕霧に既婚者であることを仄めかされた落葉の宮は、対抗すべく言葉をつなげるものの、やがて涙が溢れ出る。落葉の宮に執着するがあまりの夕霧の強引なふるまいは、かえって落葉の宮の心を閉ざし涙を促すのである。

「いとほしさに、かのありつる御文に、手習すさびたまへるを盗みたる」とて、中にひき破りて入れたり。目には見たまうてけりと思すばかりのうれしさぞ、いと人わろかりける。そこはかとなく書きたまへるを、見つづけたまへれば、

朝夕になく音をたつる小野山は絶えぬ涙や音なしの滝

とや、とりなすべからむ、古言など、もの思はしげに書き乱りたまへる、御手なども見どころあり。

（夕霧四―四五四）

夕霧からの手紙の返事に、小少将が落葉の宮の歌を入れる。夕霧の返事の大幅な遅れは、一条御息所の精神を蝕み、死をもたらす原因となった。落葉の宮は、一条御息所が夕霧との関係を憂いながら息を引き取ったことに深く傷つき、返事もせずにいた。しかし、夕霧を気の毒に思う小少将によって、夕霧の手紙に書かれ引き破られた落葉の宮の手習は、密かに持ち出されてしまうのである。

落葉の宮が心の赴くままに書き散らした古歌は、本人のあずかり知らぬところで読み取られていく。夕霧は、落葉の宮の悲しみよりも、落葉の宮の古歌やもの悲しく書かれた筆跡に教養の度合いを図ろうとするのであり、落葉の宮が夕霧の格を高める存在として、夕霧の欲望や願望に絡み取られていった問題が浮上する。

引き破られた手紙をつなぎ合わせ、手紙が回復できたところで、落葉の宮のすべてが伝わるわけではない。（註14）落葉の宮を追いかけようと手習を見ることで、落葉の宮の無意識さえも自分のものにしようとする、夕霧のありようが映し出される。落葉の宮の思いを理解していると思いたい夕霧であるが、実際には落葉の宮の気持ちを理解できていないのであり、二人の心の〈ずれ〉が露呈されるのだといえよう。

夕霧と落葉の宮の思いはすれ違い、涙の共有は見られない。落葉の宮の歌に詠まれる涙は、時間の〈ずれ〉を伴い夕霧に感受されていく。ここに、涙することと読まれることがばらばらに描かれる二人の特徴がうかがえる。

単衣の御衣を御髪籠めひきくくみて、たけきこととは音を泣きたまふさまの、心深くいとほしければ、いとうたて、いかなればいとかう思すらむ、（夕霧四―四七九）

落葉の宮は単衣を髪ごと引き被り、塗籠でひたすら音泣く。[註15]かたくなに自分の衣に閉じ籠ろうとする落葉の宮の、精一杯の拒絶がうかがえる。母を失い、頼りにしていた小少将までもが夕霧に加勢する中、一人孤独との対峙を余儀なくされるのである。

「音泣く」とは、声を出すべきではない抑圧を超え、声を上げまいとしつつも声を上げて泣くことであり、声を上げない泣き方が主流の中、例外的で最も大きな感情表現である。窮地に追い込まれた女君が極限に発する、強さと弱さの交錯する表現である「音泣く」には、落葉の宮の心のうちから沸き起こる自己表現の思いがにじみ出ている。[註16]

一方、夕霧巻において夕霧の涙は八例描かれるが、落葉の宮の前で流されることはない。夕霧の落葉の宮を想う涙は、落葉の宮が不在の時に流される。

かのいまはの御文のさまものたまひ出でて、いみじう泣きたまふ。この人も、ましていみじう泣き入りつつ、（夕霧四―四五〇）

一条御息所の四十九日の喪が明ける前に小野を訪れた夕霧は、落葉の宮の冷淡さを小少将の前で嘆き涙することで、亡き一条御息所の手紙を引き合いに、強引にことを進めようとする。「いみじう」には、小少将の同情を得ようと激しく涙する夕霧のようすがうかがえる。それに対し、小少将は一条御息所の返事のなかったことを責め「ましていみじう泣き入りつつ」と、夕霧をしのぐほどの激しい涙を流す。小少将は、あたかも落葉の宮の分まで涙しているかのようであり、夕霧の自己中心的な涙に対抗するように描かれるのである。

このように、夕霧と落葉の宮は孤立的に自己憐憫の涙を流す。二人の心の溝は、それぞれの涙にも関わらず、深刻なすれ違いの一途を辿るのである。

五　雲居雁の涙

数多く見られる落葉の宮の涙に比べ、雲居雁の涙は、少女巻二例、梅枝巻二例、夕霧巻一例の、総数で五例と数少ない。雲居雁は、落葉の宮に夢中な夕霧に不満を募らせていたが、言葉巧みな夕霧を前にその涙は最小限に抑えられる。それでは、雲居雁の涙はどのような場面に描かれるのだろうか。

今さらに見棄ててうつろひたまふや、いづちならむと思へば、いとこそあはれなれ」とて泣きたまふ。姫君は恥づかしきことを思せば、顔ももたげたまはで、ただ泣きにのみ泣きたまふ。（少女三―五四）

夕霧と相思相愛の仲であることを内大臣に知られた雲居雁は、大宮のもとから内大臣邸に連れ戻される。雲居雁との別れを惜しみ涙する大宮に対し、雲居雁は大宮との別れを惜しむ気持ちよりも、夕霧への思慕が知られてしまったことを恥ずかしく思い、顔も上げずに涙する。ここに、雲居雁と大宮との涙の差異がうかがえる。

心弱くなびきても人笑へならましことなど涙を浮けてのたまへば、姫君、いと恥づかしきにも、そこはかとなく涙のこぼるれば、はしたなくて背きたまへる、らうたげさ限りなし。（梅枝三―四二六）

雲居雁は、内大臣に将来を心配されることを恥ずかしく思い、内大臣の涙に促されるように涙する。「あやしく心おくれても進み出でつる涙かな、いかに思しつらん」と記述されていることから、涙は流そうとしないのに流れ出るものとして描かれるのである。

また、雲居雁の涙のうち二例は夕霧の前に流される。

かたみにもの恥づかしく胸つぶれて、ものも言はで泣きたまふ。（少女三―五六）

大宮のはからいにより、雲居雁が内大臣邸に連れ去られる前に、夕霧との対面が叶う。夕霧と雲居雁は、気恥ずかしさと同時にこれから引き裂かれる悲しみに、無言で涙する。

第一部において、雲居雁の涙は恥ずかしさとセットで、他者の涙に促されるように流されていた。ところが、柏木亡き後、未亡人となった落葉の宮に夕霧が想いを寄せ始めたところから、雲居雁との間にすれ違いが生じていき、

第二部に入ると夕霧を引き止めたいとする雲居雁の思いは、抑制できずに溢れ出る涙となって流される。

また、よし見たまへや、命こそ定めなき世なれ」とて、うち泣きたまふこともあり。女も、君のことを思ひ出でたまふに、あはれにもありがたかりし御仲のさすがに契り深かりけるかなと思ひ出でたまふ。なよびたる御衣ども脱いたまうて、心ことなるをとり重ねてたきしめたまひ、めでたうつくろひ化粧じて出でたまふを灯影に見出だして、忍びがたく涙の出で来れば、脱ぎとめたまへる単衣の袖を引き寄せたまひて、

「なるる身をうらむるよりは松島のあまの衣にたちやかへまし

なほうつし人にては、え過ぐすまじかりけり」と、独り言にのたまふを立ちとまりて、（夕霧四―四七五）

夕霧は、落葉の宮のもとを訪れる支度を進める。夕霧と雲居雁の涙が同じ場面に描かれるのは少女巻以来であり、これが最後の用例となる。夕霧が、雲居雁と結ばれる前の過去を思い出す一方、雲居雁はこれから落葉の宮のもとへと向かう夕霧を前に、今までの夫婦仲に思いを馳せ、それぞれに涙する。

夕霧は雲居雁との二人の慣れた日常から脱するように、糊けのとれた着物を脱ぎ、落葉の宮との非日常の空間に向かうべく特別に整えた衣を着る。衣を着替え香を焚き染め美しく化粧をした夕霧を、自分のもとに引き止めたいとする雲居雁の思いは、こらえようもなく溢れる涙となって流れ出る。脱ぎ捨てられた衣に、雲居雁は自分を重ねるように夕霧の単衣を引き寄せるが、夕霧は落葉の宮のもとへと去っていくのである。響き合うことのない涙には、二人の心の〈ずれ〉が表象されているのだといえよう。

落葉の宮は涙することで心中を表現し、夕霧に抵抗、反発していく。翻って、雲居雁は「死」のような過激な言

葉を用いながらも、自分の思いをぎりぎりのところまで言葉に置き換えようとするのであり、両者の涙には差異が見られる。夕霧をめぐる二人の女君の涙の風景と、夕霧の押しとどめていく涙の表現が、物語の中でずれながらも浮き彫りにされることで、夕霧の素直に表出できない不器用なあり方を内側から照らし出していく。涙が有効に機能しない、すれ違いの様相を際立たせるのである。

おわりに

稿を閉じるにあたり、再び紫の上を想う夕霧の涙に戻ることで、紫の上の死を振り返っておきたい。

風野分だちて吹く夕暮に、昔のこと思し出でて、ほのかに見たてまつりしものをと恋しくおぼえたまふに、また限りのほどの夢の心地せしなど、人知れず思ひつづけたまふに、たへがたく悲しければ、人目にはさしも見えじとつつみて、「阿弥陀仏、阿弥陀仏」とひきたまふ数珠の数に紛らはしてぞ、涙の玉をばもて消ちたまひける。（御法四―五一二）

夕霧は紫の上の四十九日の喪に服する場面で、風が野分めいて吹く夕暮れに、紫の上を初めて垣間見た時を思い出す。かつての紫の上の面影は、亡骸とともに夕霧の心象風景となって、その心を捉え続けていたのではないか。(註17)爪繰る数珠の玉に涙を隠す夕霧は、「阿弥陀仏、阿弥陀仏」と唱え続けることで、込み上げる涙を押し殺そうとする。(註18)これは、「より合はせて泣くなる声を糸にして我が涙をば玉にぬかなむ」という『伊勢集』の歌を踏まえたものと考えられる。(註19) 夕霧は、数珠に亡き紫の上への思慕の涙を隠していくのである。

また、故人を追慕する涙として、光源氏が藤壺を偲び涙する用例が挙げられる。

人の見とがめつべければ、御念誦堂にこもりゐたまひて日一日泣き暮らしたまふ。夕日はなやかにさして、山際の梢あらはなるに、雲の薄くわたれるが鈍色なるを、何ごとも御目とどまらぬころなれど、いとものあはれに思さる。（薄雲二—四四八）

藤壺の死を悲しむ光源氏は、人目を憚り御念誦堂で一日中泣き暮らす。一人で御念誦堂に籠り長時間涙することで、胸のうちの悲しみを発散させるのである。

このように、涙を発散させる光源氏に対し、夕霧は不審に思われまいと数珠の玉の数をとるのに紛れるように、涙をそっと払い隠す。夕霧は自分の情動を隠すように涙し、涙を紛らわし払い隠すのであり、内なるものを外に発散するように涙することはない。

幻巻において、涙は比喩、和歌を含み、総数で二四例描かれるが、そのうち光源氏の涙は一四例と数多い。具体的には、「御目おし拭ひ隠したまふに紛れずやがてこぼるる御涙」（幻四—五二六）、「いとせきがたき涙の雨のみ降りまされば」（幻四—五二八）、「例の涙のもろさは、ふとこぼれ出でぬるも」（幻四—五三二）、「ましていとどかきくらし、それとも見分かれぬまで降りおつる御涙の水茎に流れそふを」（幻四—五四七）と描写される。(註20) 紫の上を追慕する光源氏の涙は、紫の上の存在の大きさを全面に押し出すようにして描かれるのである。

光源氏のさまよく涙することのできない、抑制の効かない涙には、紫の上の喪失という心の空洞化に加え、光源氏の「老い」が浮き彫りとなる。ここに、ひたすら流され続けるような紛らわすことのできない、涙を素直に表出することのできる光源氏と、涙を紛らわそうとする夕霧の涙の位相が明らかとなる。[註21]そのような夕霧の涙の状況の中、夕霧の目の「腫れ」や「涙にくれて目も見えたまはぬを強ひてしぼりあけて」表現は、特殊な位置づけにある。夕霧をめぐる物語の涙には、涙するものの涙を紛らわそうとするという、一つの性格が見られる。そこから派生して、涙を押ししぼっても紫の上を見たいとする、夕霧の注目すべき現象は描かれる。涙しているにもかかわらず見ようとするという矛盾を抱えながら、夕霧のせめぎ合う涙と特異なまなざしは、競い合うようにして紫の上へと収斂していく。ここに、一種の過剰な形としての、目を「押ししぼる」表現の特異性が見て取れる。

物語も若菜巻の後半に入ると、「酔泣き」や「えとどめず」のような、とめどない涙が数多く描かれる傾向にある。[註22]このように、物語全体に涙が多くなっていく過程に「御眼尻」（柏木四—三一六）、「目もあはず思ひ臥したまへり」（夕霧四—四三〇）、「目も見えたまはねど」（夕霧四—四三九）といった、目や涙への関心は高まりを見せる。[註23]抑制のない老い人たちの涙が増加する一方、涙を紛らわそうとする夕霧の涙は、次世代を担う若者を代表するように描かれるのだといえよう。

註

（1）本書・第四章第六節「『とりかへばや物語』の涙と身体——女主人公のジェンダーをめぐって」。

（2）盧享美「『源氏物語』における『涙』の性差について」（『日本女子大学大学院文学研究科紀要』第七号　二〇〇一年三月）。

（3）夕霧の涙を押し拭う用例は、「涙おし拭ひつつおはするけしきを」（少女三―五五）、「しばしばおし拭ひ鼻うちかみたまふ」（柏木四―三二九）にも見られる。

（4）夕霧に関しては、森一郎「まめ人夕霧」（『源氏物語考論』笠間叢書二〇七　一九八七年九月）。伊藤博「『野分』の後―源氏物語第二部への胎動―」（『源氏物語の原点』明治書院　一九八〇年一一月）。篠原昭二「夕霧の巻の成立」（『源氏物語の論理』東京大学出版会　一九九二年五月）は、夕霧巻が結婚拒否の物語の発展として、世間的なものの見方における条件を追求することによって成立していると説く。

（5）少女巻に見られる、夕霧と雲居雁がともに涙する場面も一例として数えた。

（6）高橋亨「可能態の物語の構造」（『源氏物語の対位法』東京大学出版会　一九八二年五月）は、「夕霧が紫上と密通して子どもが生れるというのが、六条院物語に底流する可能態の物語である。それはついに現実化することなく、野分の巻で物語の表層にかたちを現わした時も、すでにその不可能性を示しているというべきであった。構想の可能性と不可能性とが、主題的な状況の内で緊張関係を持続して現実化されていく」とし、「視点人物としての夕霧、認識者としての夕霧というのが、その不可能性を結果したゆえんである」と論じている。

　三谷邦明「野分巻における〈垣間見〉の方法―〈見ること〉と物語あるいは〈見ること〉の可能と不可能―」（『物語文学の方法Ⅱ』有精堂　一九八九年六月）は、野分巻で描かれる夕霧の垣間見に関して、「禁忌《タブー》の違犯の可能性が込められていると同時に、その可能性を摘み取ってしまう表現も描出されており、夕霧が〈見る人〉〈知る人〉としてのみ位置付けられている」と指摘している。

　また、助川幸逸郎「野分巻の季節の〈ずれ〉をめぐって―夕霧のまなざしがとらえなかったもの―」（『中古文学論攷』第一五号　一九九四年一二月）は、〈夕霧のまなざし〉が、〈季節のずれ〉と深く関わっていることに言及し、「夕霧が女君の姿をみずからのまなざしにとらえ、父の権威をおびやかすのは、春の町と夏の町――ようするに光源氏世界――に在るときに、かぎられている」と説いている。

（7）阿部好臣「紫上と桜―その二度の死をめぐりて―」（『語文』（日本大学）第七〇号　一九八八年三月）は、紫の上の二度の死を設定することは、物語の王権論理と密接に関わりながら、罪イコール桜を解体する目的によるものだったと位置づけている。

(8)「いたく泣く」は、総数で四例登場する。夕霧の他、夕顔の死に直面した光源氏や女童に乗り移った死霊、柏木の霊に突然夜泣きする夕霧の若君に見られた。つまり、霊に憑かれた子どもや死者、もしくは生死をさまよう女君を悲しむ男君に描かれていることがわかる。

(9)本書・第一章第三節「明石一族の涙と結束——涙をめぐる風景」。

(10)鬚黒の北の方と明石の尼君の用例は、「泣き腫れ」と記述されていた。単なる「腫れ」ではなく、あえて「泣き腫れ」と記述された背景には、鬚黒の北の方はもののけに、明石の尼君は「老い泣き」により、それぞれ抑制のない涙が流されたことによると考えられる。一方、空蟬は「目すこしはれたる心地して」と描かれる。

(11)「腫れ」とは異なるが、黒澤智子「源氏物語の赤い顔―赤らむ顔の関係性―」(『フェリス女学院大学日文大学院紀要』第一二号　二〇〇五年三月)は、『源氏物語』において赤い顔の用例が三〇例ほど見られることを指摘している。女性に用いられる割合が高い中、夕霧に二例も描かれることは興味深い。

(12)註(6)に同じ。

(13)目に関しては、朱雀帝が夢で故桐壺院と目を合わせた為に、眼病を患う場面が見られる。増田繁夫『源氏物語の人々の思想・倫理』(人文学のフロンティア　大阪市立大学　人文選書一　和泉書院　二〇一〇年三月)。

(14)『狭衣物語』において、狭衣が典侍を通して手に入れた女二の宮の破り反故を、女二の宮のように衣を引き被りながら、一心につなぎ合わせ読もうとする場面に類似している。本書・第四章第五節「メディアとしての涙——『狭衣物語』飛鳥井の女君と女二の宮」。

(15)橋本ゆかり「『源氏物語』の塗籠―落葉の宮の〈本当〉の生成と消滅―」(『源氏物語の〈記憶〉』翰林書房　二〇〇八年四月)は、夕霧巻の最後の砦として、機能せずに開かれる塗籠に関して説いている。

(16)本書・第一章第一節「末摘花の『音泣く』——涙に秘められた力」。また、落葉の宮の「音泣く」に類似した表現は、浮舟にも見られる。

顔を見んとするに、昔ありけむ目も鼻もなかりけん女鬼にやあらんとむくつけきを、頼もしういかきさまを人に見せむと思ひて、衣をひき脱がせんとすれば、うつぶして声立つばかり泣く。(手習六—二八四)

入水後、僧都に発見されるものの狐や鬼のしわざかと怪しまれた浮舟は、法師に着物を引き脱がされそうになり、うつぶしながら声を立てるばかりに泣く。「音泣く」ではないが、末摘花の「音泣く」と同様に、危機迫る浮舟の尋常でないようすがうかがえる。

(17) 松井健児「紫の上の最期の顔―『御法』巻の死をめぐって―」(『源氏研究』第六号　翰林書房　二〇〇一年四月)は、「夕霧にとっての起源としての紫の上の顔とは、まさに『野分』巻でかいま見た、『花の顔』としてのそれなのであり、『若紫』巻における無心な少女時代のそれではなかった」と言及している。

(18) 『源氏物語』において「数珠」の用例は、総数で一〇例登場する。装飾としての数珠や音に捉えられる数珠、几帳にかけられた数珠、明石の入道が素手で合掌する戯画的数珠、末摘花が手にしない数珠、人物が手にする数珠(五例)がある。また、人物が手にする数珠(五例)のうち二例は引き隠され、二例は数珠を繰る手が止められている。手にした数珠を爪繰るようすが描かれる場面としては、御法巻の、夕霧が紫の上を想い数珠に涙を紛らわそうとする用例のみといえる。涙に伴い数珠が描かれる場面は、須磨巻に一例見られる。

(19) 『伊勢集』による。

(20) 上原作和「『水茎に流れ添』ひたる《涙》の物語―本文書記表現史の中の『源氏の物語』―」(『光源氏物語　學藝史―右書左琴の思想―』翰林書房　二〇〇六年五月)は、「連綿のかな文字の喩であるところの『水茎』が、《涙》を導く序詞的な『水茎に流れ添ひたる』という熟語として生成され、約三例の用例が認められる」とし、「『涙の跡』と、その悲しみを書き流した『筆の跡』とを視覚的に表象しつつ、王朝文化の粋を極めた古筆美を、物語表現として巧みに援用している」と論じている。

(21) 本稿で取り上げた用例の他にも、夕霧が涙を紛らわす用例として次の二例が挙げられる。

親いま一ところおはしまさましかば、何ごとを思ひはべらまし」とて、涙の落つるを紛らはいたまへる気色いみじうあはれなるに、宮はいとどほろほろと泣きたまひて、(少女三―六九)

六位であるがゆえに他者から軽蔑されることや光源氏に距離をおかれること、母のいないことを嘆き、夕霧はこぼれる涙を紛らわす。

見たてまつりたまふよりいと忍びがたければ、あまりにをさまらず乱れ落つる涙こそはしたなけれと思へば、せめてぞもて隠したまふ。(柏木四―三二三)

柏木を偲び致仕の大臣を訪れた夕霧は、面やつれした致仕の大臣のようすに、子が親の喪に服する以上の悲しみを察し、とめどなく涙する。だが、見苦しいと強いて涙を隠す。

(22)『源氏物語』の涙表現の一つに、「酔泣き」が挙げられる。「酔泣き」は総数で七例登場し、すべて男君に用いられる点で共通している。中でも、光源氏には三例と数多く特徴的である。「酔泣き」は、感極まった時に流されるものと、装われ用いられるものとに分類できる。だが、装われた「酔泣き」は、次第に計算と「酔い」との境が揺らぎ曖昧なうちに描かれる。このように、「酔泣き」は酔いに頼り抑制を外す手段として用いられるのであり、物語は酔いの中に内面の屈折を巧みに打ち出そうとしたのだといえよう。

「酔泣き」に関して、三田村雅子「源氏物語の酔い」(『文学』増刊『酒と日本文化』岩波書店 一九九七年一一月)は、若菜巻の宴において、式部卿宮、蛍宮、光源氏が「酔泣き」をとどめられないことを指摘し、「『酔泣き』がただ単に袖を濡らしたり、『しほたれ』たりと、現象的に記述されていた段階を越えてしまう。とどめられない、こぼれ落ちる、取り散らかされた身体として捉えられるようになってくるのが、若菜巻から始まる源氏物語第二部の世界なのである」と説いている。『落窪物語』の「酔ひ」は、石井香織「『落窪物語』における飲酒表現―『酔ひ』の力学―」(『物語研究』第九号二〇〇九年三月)に詳しい。

(23)高橋亨「源氏物語の〈ことば〉と〈思想〉」(『源氏物語の対位法』東京大学出版会 一九八二年五月)は、柏木が光源氏や天の「目」を恐れるのは、〈見る〉という能動的な行為から〈見られる〉という立場に転換しているからであると言及している。

第五節　葵の上の死と涙

――光源氏と左大臣家の関わり

はじめに

『源氏物語』の死に関する研究は、物語において主要な登場人物の死が多く語られることや、葬送の悲しみが煙と雲に表現されることなど、さまざまに論じられている。(註1)だが、死に伴う人々の涙を軸とした研究はあまりなされておらず、まだ研究する余地が残されているように思われる。(註2)死をめぐる涙には、親の死に流される子の涙や子に先立たれた親の涙、女君を亡くした男君の涙、友人の死に流される涙などのように数多くのパターンが見られる。本稿では、光源氏の正妻である葵の上の死の場面に注目する。光源氏はその生涯に何人もの女君を亡くしているが、葵の上は葬送のみならず、死に伴う亡骸の損傷までもが克明に描写されており興味深い。(註3)葵の上の死をめぐる光源氏や左大臣の涙を読み解くことにより、葵の上の死後新たに構築されていく、光源氏と左大臣との関係性を探りたい。

一　葵の上の死

それでは、葵の上の死の場面において光源氏の涙は、どのように描かれるのだろうか。(註4)

内裏に御消息聞こえたまふほどもなく絶え入りたまひぬ。足を空にて誰も誰もまかでたまひぬれば、除目の夜なりけれど、かくわりなき御さはりなれば、みな事破れたるやうなり。（葵二―四六）

折しも除目の夜に急逝する葵の上は、右大臣勢力に対抗して、左大臣・光源氏連合で立ち向かおうとした政治的な試みの挫折をもたらすものとなった。そして、葵の上の死はたちまち世間に知れ渡ることとなる。「殿の内の人物にぞ当たる」や「揺すりみちて、いみじき御心まどひどもいと恐ろしきまで見えたまふ」と記述されているように、左大臣家の人々の動転ぶりは、悲しみよりも騒ぎといった様相を呈するのである。

御枕などもさながら二三日見たてまつりたまへど、やうやう変りたまふことどものあれば、限りと思しはつるほど誰も誰もいといみじ。

大将殿は、悲しきことに事を添へて、世の中をいとうきものに思ししみぬれば、ただならぬ御あたりのとぶらひどもも心憂しとのみぞなべて思さるる。院に思し嘆きとぶらひきこえさせたまふさま、かへりて面だたしげなるを、うれしき瀬もまじりて、大臣は御涙の暇なし。人の申すに従ひて、いかめしきことどもを、生きや

返りたまふとさまざまに残ることなく、かつ損はれたまふことどものあるを見る見るも尽きせず思しまどへど、
（葵二―四六）

妻に先立たれた光源氏の悲しみは、葵の上の死が確定された後に初めて語られる。しかし、六条御息所による生霊の出現に、光源氏の感情の矛先は男女の仲の煩わしさへとそらされ、流されるべき涙につながることはない。

一方、桐壺院の弔問は、葵の上の死に威厳と重厚さを添えるものとして機能する。葵の上の父である左大臣は、桐壺院の弔問に、嬉しさの入り混じった涙を流す。帝からのもったいない悲しみを受けることで、さらなる重みを得た葵の上の身体は、完全な死の状態に至ってもなお珍重され、奇跡的な回復という一縷の望みをかけられるのである。

葵の上が生死をさまよう状況に陥ったことで、左大臣は皮肉にも光源氏の心を呼び戻すことに成功した。そして光源氏を離すまいとしながらも、桐壺院の恩寵を糧に、さらなる繁栄を得ようとしたのだと考えられる。あらゆる手立てを尽くし葵の上を蘇生させようとする背後には、実の娘を救いたいとする親の思いに加え、光源氏の正妻としての娘の喪失を恐れる左大臣の権力への執着が見て取れる。

だが、蘇生が施されるそばから、「かつ損はれたまふことどものあるを」と崩れ始める身体に、葵の上の死はようやく位置づけられ、次第に本格的な悲しみをもたらしていく。亡骸の傷みは残酷だが、そこに感情的なうろたえは見られない。当時は、蘇生することもあろうかと、遺骸を何日か置いたままにしてようすを見たという。物語は、身体の綻びの過程をあえて描き出すことで、葵の上の世間的な存在意義を際立たせようとしたのではないか。葵の上は死してもなお、その存在を呼び起こされようとするのである。

二　左大臣と光源氏

それでは、葵の上の死をめぐる左大臣の涙は、どのように描かれるのだろうか。

大臣はえ立ち上がりたまはず。「かかる齢の末に、若く盛りの子に後れたてまつりてもごよふこと」と恥ぢ泣きたまふを、ここらの人悲しう見たてまつる。（葵二―四七）

左大臣の涙には子に先立たれた悲しみに加え、老いの涙が入り乱れている。さらに、桐壺院の悲嘆を受けることで高められた葵の上を、生の側に引き止められなかった無念の思いもまた、込められているのだと考えられる。我が身の不運を嘆く左大臣は、大勢の人々から痛ましい視線を浴びる。涙は、院や后の宮、春宮などの「御とぶらひ」による、形式的な哀悼の言葉によって代用されるにとどまる。葬送の人々や寺々の念仏僧たちで埋め尽くされる中、葵の上の悲しみは、涙ではなく人数と権威をもって表象されるのだといえよう。

大臣の闇にくれまどひたまへるさまを見たまふもことわりにいみじければ、空のみながめられたまひて、（葵二―四八）

一方、光源氏の涙はこの場面においても流されない。左大臣の取り乱しようを無理もないと傍観しながら、空に立ち昇った葵の上の亡骸の煙を慕わしく思い、ただ空ばかりを眺める。(註5) 光源氏は、一人悲しみを風景の中に昇華させていく過程に、心の安定を図ろうとしていたのではないか。(註6)

葵の上の忘れ形見である夕霧に涙を誘われる場面でも、光源氏の涙が流されることはない。葵の上の死にまつわる場面において、光源氏は一貫して涙しそうな時も押しとどめ、涙を流してもごく控えめにふるまう。そして、葵の上の死の直後に語られることのなかった悲しみは、時間を経る中に少しずつ思い起こされることにより、光源氏の新たな悲しみを促すのである。

三　涙の共有

女房たちは、光源氏との別離の近いことを悲しみ「いとどみな泣きて」(葵二—五九) と涙する。光源氏も、「灯をうちながめたまへるまみのうち濡れたまへるほどぞめでたき」(葵二—六〇) と目もとを濡らすが、一方で三位中将やあてき、中納言の君を始めとする、葵の上の女房たちのそれぞれの悲しみも語られるのである。

女主人である葵の上の涙が描かれないのにもかかわらず、まったく関係のない人物が涙しているところに、葵の上の死の特色がある。ここに、重要な人物だけが涙するわけではない物語のありようが見て取れる。このような一つ一つの涙のつながりに、総体としての涙空間が立ち現われてくるのだといえよう。

光源氏がついに左大臣家を去る場面では、降りだした時雨と木の葉を散らす風があわただしく吹き払うようすに、再び悲しみが込み上げる。「すこし隙ありつる袖ども湿ひわたりぬ」と、一同は涙に袖を濡らすのである。

いとどしく宮は目も見えたまはず沈み入りて、御返りも聞こえたまはず。大臣ぞやがて渡りたまへる。いとたへがたげに思して、御袖もひき放ちたまはず。見たてまつる人々もいと悲し。
大将の君は、世を思しつづくることいとさまざまにて、泣きたまふさまあはれに心深きものから、いとさまよくなまめきたまへり。大臣久しうためらひたまひて、（葵二―六二）

光源氏の手紙に泣き沈む大宮、袖を顔にあてて放さない左大臣、光源氏の三者の涙が描かれる。左大臣は込み上げる涙にものも言えずに、長い時間をかけてようやく涙を鎮め、言葉を交わす。「せめて思ひしづめて」や「『さらば、時雨も隙なくはべるめるを、暮れぬほどに』」という記述には、こちらに引き止めたいとする思いを押しとどめ光源氏を気遣う、左大臣の精一杯の配慮がにじみ出ている。また光源氏の涙には、葵の上に先立たれた悲しみから、世の儚さを憂う厭世的な思いが呼び覚まされていくありようがうかがえる。

この他にも、「君も、たびたび鼻うちかみて」（葵二―六三）、「女房三十人ばかりおしこりて、濃き薄き鈍色どもを着つつ、みないみじう心細げにてうちしほたれつつゐ集まりたるを」（葵二―六三）、「げにこそ心細き夕にはべれ』とても泣きたまひぬ」（葵二―六四）のように、光源氏、左大臣家の女房たち、左大臣の涙の共有は描かれる。ここに葵の上の死をめぐる、光源氏と左大臣夫妻との涙の共同体が浮き彫りとなる。

元旦の参賀の後、光源氏が左大臣家を訪れる場面では、以前と同様に御衣掛の装束がうち掛けてあるものの、隣りに並んでいた葵の上の装束はない。葵の上の不在は、日常の風景の変化となって深い悲しみを喚起する。そのような中、従来の例に倣い大宮によって用意された華やかな正月の装束を、光源氏が着用する。亡き葵の上を偲びながら、互いを思いやる光源氏と大宮の姿が象徴的に描き出されるのである。

あまた年今日あらためし色ごろもきては涙ぞふる心地するえこそ思ひたまへしづめね」と聞こえたまへり。御返り、

新しき年ともいはずふるものはふりぬる人の涙なりけり

（葵二―七九）

光源氏と大宮の歌の贈答には、葵の上を偲び涙の語が詠み込まれる。葵の上の死後、初めて迎える新年は、さらなる悲しみを呼び起こす。このように、月日の経過に伴い空虚さを募らせる光源氏と左大臣夫妻は、葵の上を偲ぶ涙の共有を通して心を寄り添わせ、両者の絆をより強固なものとしていくのである。

光源氏は、悲しみをあらわにすべき表舞台で、形式上の涙を見せることはない。だが、葵の上亡き後、自分の部屋というプライベートな空間に籠り、一人の悲しみとして個的な涙を流す。ここに、流される必要のない涙が流されるのであり、光源氏の遅延された涙が読み取られる。

光源氏の遅延された涙は、葬儀の時に涙を見せることへの抵抗の表れと考えられる。世間の常識を逸脱し、自然の涙に身を任せる光源氏のありようは、体裁を取り繕おうとすることのなかった葵の上との関係にも投影されている。そして、葵の上の不在が光源氏の心に空虚感をもたらしていくところに、長年打ち解けられずにいた心の距離が照らし出されるのである。

時の経過に伴い、光源氏や左大臣家の人々の間には新たな悲しみが生じるのであり、内輪で交わされる涙は、感情共同体として一つの勢力を形作っていく。故人を偲び、皆で涙し合う時間に絆の深さを確認し合い、より堅固なものとするのだと考えられる。「限りとて」と思えば思うほどに、悲しみは募る。ここに、公の儀礼的場面におい

てほとんど流されることのなかった、光源氏の涙の〈ずれ〉と遅れが表出されることで、その個別的でかけがえのない悲しみが浮かび上がるのである。

おわりに

葵の上の死の場面において、光源氏やその他の人々の涙はすぐには描かれず、ある程度時間が経過した後に描かれる。そこには、深い悲しみであればあるほどに、すぐには涙とならない人間の心理が映し出されている。

このようにして生じる涙の〈ずれ〉を、中にはごくあたり前のことであり、指摘するには及ばないと考える人もいるだろう。しかし、『源氏物語』に描かれる死にまつわる悲しみの涙は、どの場面にも共通して〈ずれ〉がもたらされているのである。今から千年も前に描かれた作品であるにもかかわらず、『源氏物語』は死に対する悲しみの涙を遅らせることによって死のもっと深い要素を描き出そうとしたのであり、これは重要な意味を持つ。

ジャック・デリダは、何かをわざと遅らせ〈ずれ〉を作り上げることで、［difference］ではなく差延［differance］という、時間を遅らせることによる異化作用を作り上げた。それは、遅らせた差異を明確に刻印することで、現実として気づかなかったところをくっきりと明らかにする手法である。このデリダの論は、まさに『源氏物語』の死と涙の〈ずれ〉に見られるのである。(註7)

以上のことから、『源氏物語』は光源氏の死に対する悲しみの涙を統一して遅らせることにより、すぐには涙につながらない死のもたらす深い悲しみや嘆きを、時間の〈ずれ〉の積み重ねに描き出していった。つまり、時間の〈ずれ〉に焦点を絞りながら物語を方法化していったのであり、ここに『源氏物語』の緻密な構造の一端がうかがい知れよう。

註

（1）林田孝和「源氏物語における死後の描写―ともし火をかかげつくして―」（『源氏物語の発想』桜楓社　一九八〇年三月）は、「『源氏物語』は、霊物の実在を信じる、いわゆる御霊信仰が生きている時代であった。それゆえ、主要な登場人物の死は、かなりの紙幅をさいてその死を哀惜・追悼する」と指摘している。また、鬼束隆昭「源氏物語における死・送葬・服喪の表現」（『源氏物語の探求』第七輯　風間書房　一九八二年八月）は、「源氏物語では死者の葬送における生者の悲しみは煙と雲によって表現される」としている。今西祐一郎「哀傷と死―『死』の叙法―」（『源氏物語覚書』岩波書店　一九九八年七月）、斎藤曉子「源氏物語の死者創造」（『源氏物語の仏教と人間』桜楓社　一九八九年六月）。

（2）死と涙の研究としては、高橋亨・関根賢司・ツベタナ・クリステワ「〈鼎談〉源氏物語の死と涙」（『源氏物語の鑑賞と基礎知識』第一五巻　二〇〇一年三月）が新しい。だが、鼎談形式であった為、場面を取り上げての細やかな考察はなされておらず、まだ研究する余地が残されていると思われる。

（3）土方洋一「『テクスト空間の儀礼―〈書くこと〉と鎮魂―」（『源氏物語のテクスト生成論』笠間書院　二〇〇〇年六月）は、死者が語られることのない世界に冥々の力となって宿る物語世界の構造は、桐壺巻において既に確定されていると説く。桐壺更衣、夕顔、葵の上、紫の上、宇治の大君に関しては葬送のことが叙述されるが、藤壺、六条御息所、柏木などには葬送が直接叙述されていない。

（4）註（2）に同じ。ツベタナ・クリステワは、鼎談の中で、涙は他のどの感情的な場面にも必ず浸透してくるものであり、死と密接につながっているとはいえないとした上で、『源氏物語』において、涙は悲しいことだけではなく心そのものを表すと論じている。

（5）三木紀人「死への想像力、そのよすが　空」（『国文学』第三七巻第七号　一九九二年六月）は、「故人を思って空をながめるならわしは、死者が火葬に付されたおり、肉体が煙となって上昇・拡散して行ったことによるものである。わが国の場合、死の世界は地下の暗黒に『よみ』(『やみ』の母音交替形とされる)の名とともに想像される一方、空とも思われたらしいことは『かむあがる』(神として天に上がる)の語などによってたしかめることができる。火葬が行われるようになって、その考え方が一般化して行ったのであろう。当然のこととして、火葬をもたらした仏教にねざす文章は、死の描き方において空を重視している」と言及している。このように、空は眺める人物とともに死を暗示しているのだと考えられる。

(6) 光源氏が空を見上げる場面は、藤壺の死の場面にも見られた。

人の見とがめつべければ、御念誦堂にこもりゐたまひて日一日泣き暮らしたまふ。夕日はなやかにさして、山際の梢あらはなるに、雲の薄くわたれるが鈍色なるを、何ごとも御目とどまらぬころなれど、いとものあはれに思さる。

入日さす峰にたなびく薄雲はもの思ふ袖に色やまがへる

(薄雲二―四四八)

藤壺の死を悲しみ、一人御念誦堂に籠る光源氏のもとに、夕日の光が射し込む。阿弥陀仏の来迎の光明を連想させるその陽射しは、尽きぬ涙を鎮めようとするかのようであり、空に浮かぶ鈍色の雲の薄くたなびくさまに、光源氏は心を慰められるのである。

この場面に関して、小林正明「差延化する光―『源氏物語』論―」(『日本の美学』第二六号 ぺりかん社 一九九七年九月)は、「山際の桜の梢であるが、光源氏の心象に咲くものは、『深草の』哀傷と宮中南殿の『花の宴』に染め上げられた、頽落した宇宙樹の桜と樹下美人たる藤壺の不在の面影に他ならない」と論じている。高田祐彦「逆境の光源氏―賢木巻後半の方法―」(『源氏物語の文学史』東京大学出版会 二〇〇三年九月)は、光源氏と藤壺の物語の終焉に重なるようにして、光源氏の流離の物語が胚胎する関係性を説く。

(7) ジャック・デリダ『哲学の余白(上)』(高橋允昭・藤本一勇訳 叢書・ウニベルシタス七七一 法政大学出版局 二〇〇七年二月)は、「存在と存在者の彼方でたえず(自己を)差延するその差異は(自己自身を)痕跡化するだろう。その差延は最初のもしくは最後の痕跡であるだろう(ここでまだ起源や終わりといった言葉が使えるとしての話だが)」と指摘している。

第二章　宇治十帖を織りなす涙

郵便はがき

料金受取人払郵便

神田支店
承認

790

差出有効期間
平成23年3月
15日まで

101-8791

504

東京都千代田区猿楽町2-2-3

笠間書院 行

■ 注文書 ■

◎お近くに書店がない場合はこのハガキをご利用下さい。送料380円にてお送りいたします。

書名　冊数

書名　冊数

書名　冊数

お名前

ご住所 〒

お電話

ご愛読ありがとうございます

これからのより良い本作りのために役立たせていただきたいと思います。
ご感想・ご希望などお聞かせ下さい。

この本の書名＿＿＿＿＿＿＿＿＿＿＿＿＿＿＿＿＿＿＿＿

本読者はがきでいただいたご感想は、お名前をのぞき新聞広告や帯などで
ご紹介させていただくことがあります。何卒ご了承ください。

■本書を何でお知りになりましたか（複数回答可）

1. 書店で見て　2. 広告を見て（媒体名　　　　　　　　　　）
3. 雑誌で見て（媒体名　　　　　　　　　　）
4. インターネットで見て（サイト名　　　　　　　　　　）
5. 小社目録等で見て　6. 知人から聞いて　7. その他（　　　　　　　　　　）

■小社PR誌『リポート笠間』（年1回刊・無料）をお送りしますか。

はい　・　いいえ

◎はいとお答えいただいた方のみご記入下さい。

お名前

ご住所　〒

お電話

ご提供いただいた情報は、個人情報を含まない統計的な資料を作成するためにのみ利用させていただきます。また『リポート笠間』ご希望の場合は、個人情報はその目的（その他の新刊案内も含む）以外では利用いたしません。

第一節　宇治中の君の涙
――見られる涙の力学

はじめに

『源氏物語』において、涙は比喩を含め総数で約八八〇例にも及ぶ。涙のもたらす役割は、正篇と宇治十帖でその性質を異にしているように見える。涙の全体像に関しては、既にきわめて示唆的な先学の指摘もあるが、ここであえてその指摘につけ加えれば、正篇では次のように一同に会して涙するような場面がいくつも表れる。(註1)

かうぶりしたまひて、御休所にまかでたまひて、御衣奉りかへて、下りて拝したてまつりたまふさまに、皆人涙落としたまふ。帝、はた、ましてえ忍びあへたまはず、思しまぎるるをりもありつる昔のこと、とりかへし悲しく思さる。いとかうきびはなるほどは、あげ劣りやと疑はしく思されつるを、あさましううつくしげさ添ひたまへり。（桐壺一―四五）

あかず口惜しと、言ふかひなき法師、童べも涙を落としあへり。まして内には、年老いたる尼君たちなど、まだ、さらにかかる人の御ありさまを見ざりつれば、「この世のものともおぼえたまはず」と聞こえあへり。僧都も、「あはれ、何の契りにて、かかる御さまながら、いとむつかしき日本の末の世に生まれたまへらむと見るに、いとなむ悲しき」とて目おし拭ひたまふ。

（若紫一—二二四）

このように、正篇では光源氏を中心とした皆で涙する涙の共有が多く描かれ、感情共同体としての光源氏体制を支える構造になっている。

一方、宇治十帖では、人物が他者を観察するといった場合に多く描かれ、個々の涙が人間と人間との関係性を明らかにするものとして機能していく、微細な涙が描かれる。また、舞台として設定された宇治は、山霧・川霧の名所として湿り気の多い土地であると条件づけられていることから、登場人物の数多くの涙を促し、響き合うものとなっている。(註2) こうした傾向は、紫の上、玉鬘などに早くに見られていたが、宇治十帖ではその傾向が一層追いつめられ、「見られる涙」の関係性の力学が物語の主要な推進力となるのである。(註3)

宇治十帖における主な人物の涙の用例を表にまとめると、次の通りである。全体の用例数は二二一例。なお、大君と中の君がセットで描かれる場面を、「姫君たち」と分類した。

薫、浮舟が多いのは当然、多情多感な匂宮が多

宇治の涙

	人物	涙（比喩を含む）	和歌（比喩を含む）	合計
1	薫	三四例	六例	四〇例
2	浮舟	三三例	三例	三六例
3	匂宮	一九例	五例	二四例
4	中の君	一九例	一例	二〇例
5	大君	八例	四例	一二例
6	姫君たち	九例		九例

いのもうなずける。本稿では、大君と浮舟との間に挟まれるように描かれる中の君像の形成に関して、涙の果たした役割に焦点をあてる。(註4)そして、涙するというより涙しない、涙の抑圧を余儀なくされた中の君の複雑なしぐさに絞って考察していきたい。中の君の生き方は、一般的に幸い人であることなど紫の上の二番煎じとして認識されがちであるが、そのように一括されることによって、注目すべき二人の差異が見落とされているのではないか。(註5)

中の君は、大君という姉の存在による影響を余儀なくされている。姉の意を推し量った上での「あるべき自己」に対して、一方で「封じ込めた自我」が冷静な視線を落としているように思われる。そのような環境において描かれる中の君の涙には、自然な感情から発露する涙という側面だけでは説明することのできない、複雑に絡み合った感情が内包されている。

また、紫の上も同様に自我を封じ込めているものの、紫の上の場合は「あるべき自己」というよりもむしろ、「ありたい自己」という理想の自己の型に、合てはめるような生き方を志しているように思われる。そこには、光源氏の最愛の女性という地位を守り続ける手段としての側面も否定できないが、紫の上は常に他者の視線を憚ることに心を砕き、涙を見せずに「ありたい自己」をふるまう中にプライドをかけていたのではないかと考えられる。

これらのことからも垣間見られるように、中の君は紫の上とは異なる性格を見せる人物であり、またその差異が顕著に表れる涙は、注目に値する。(註6)中の君の微妙な表情や涙に秘められた心情の揺れから、涙の変遷を追い、そこに中の君の成長と変容を読み解いていきたい。

一　中の君の「沈黙」

中の君は、匂宮への手紙の返事を八の宮や大君に促される存在として、繰り返し描かれる。このようにして、匂宮と結ばれる伏線が張り巡らされる反面、中の君の人生は姉の「御心深さ」によって規定されていく。八の宮に続く姉、大君の規定が中の君の涙を回避させ、やがて抑圧し「沈黙」させるものとして作用していったのではないか。

①中の君にぞ書かせたてまつりたまふ。（椎本五―一七五）

②そそのかしたまふ時々、中の君ぞ聞こえたまふ。姫君は、かやうのこと戯れにももて離れたまへる御心深さなり。（椎本五―一七六）

③中の宮を、例の、そそのかして、書かせたてまつりたまふ。（椎本五―一九三）

①は、八の宮が命じたと考えられるが、いずれにしても大君の性質上、手紙の返事は必然的に中の君の役割とされていく。（註7）③に「例の、そそのかして」と描かれていることからも、この場面では大君が返事をしたためたものの、既に中の君の役割として定着していることは明らかである。

当初、中の君の涙は「姫君たち」と、大君に重ねられて描かれていた。しかし、八の宮の死後、大君に匂宮への手紙の返事を庇護されて以来、夫となった匂宮を迎える準備の場面に至るまで、中の君の涙は一度も描かれなくなる。

まことなるべしといとほしくて、寝ぬるやうにてものものたまはず。

（総角五―二四一）

中の君は、大君の移り香や女房たちのささやき声を考え合わせ、薫との関係を疑う。だが、寝たふりをして沈黙を守り、姉を気遣うのである。

疎ましくつらく姉宮をば思ひきこえたまひて、目も見あはせたてまつりたまはず。

（総角五―二六九）

大君が、中の君に後朝の手紙の返事を書かせる場面である。姉に目を合わせようとしない中の君のようすから、妹の気持ちを察し誤解であると言い出せずにいる、大君の姿が描かれる。中の君の沈黙は、姉に対する無言の抵抗と考えられる。

御髪を撫でつくろひつつ聞こえたまへば、答へもしたまはねど、さすがに、かく思しのたまふが、げにうしろめたくあしかれとも思しおきてじを、人笑へに見苦しきことそひて、見あつかはれたてまつらむがいみじさをよろづに思ひゐたまへり。

（総角五―二七二）

匂宮を迎える準備を進める場面においても、衝撃から立ち直ることができずにいる中の君は、晴れがましい衣を身に纏いつつも、大君に背を向け髪を預けたままうつむき袖を濡らすことで、その心情を垣間見せていく。また、大君は袖の紅が濃く染み込んでいくようすにこらえきれず涙し、髪を撫で繕うという行為を通して、涙する中の君に心を寄せ慰めるのである。

新しい人生を歩み始めようとする中の君と、後ろから見送る大君。目さえも合わせようとしない中の君の抵抗が、気丈な大君を窮地に追い込み、中の君の袖を濡らした涙が大君の心を侵食し涙を促す。だが、一方で「目と目」は合わせなくとも互いの涙を媒介にして、隔たっていた二人の心の距離は近づいていく。大君の言葉を聞きながら、中の君は無言のうちにもこれからの自己の幸せを大君の面目に重ね、心に留めるのだといえよう。

言には出でねど、もの嘆かしき御けはひ限りなく思されけり。（総角五―二八四）

言葉には出さないものの無性に悲しそうな中の君の表情を、匂宮が愛しく思う場面である。中の君は、相手に表情を汲み取ってもらうことにより、その心情が理解されていく。「沈黙」する中の君は、匂宮に「控えめな」恨みのようすとして評価され、ある意味では匂宮の気を引く行為として作用する。

このように、大君の行動や考えに疑問を抱きつつも、中の君はあえてコミュニケーションをとらずに「沈黙」し、周囲のようすに注意を払い置かれた状況に対処していくことで、一種の自己主張をなす。つまり、「沈黙」や「臥す」行為の中にも、涙の代わりとなる要素が含まれているのである。

「沈黙」を守る中の君には、自己を管理する強さと冷静なまなざしが備わっているように思われる。それは、「ありたい自己」に合てはめるように、理想の女性になるべく努力する紫の上とは異なった、大君の強さとも関係してくるものである。

宇治の物語は、涙では打開することのできない、さし迫った現実をまのあたりにしてきた父八の宮の没落から始まった。中の君の強い精神は、侘び住まいでの忍耐を重ねた生活と、宇治の荒々しい地とが融合することにより育まれ、日々の中で定着していったのではないか。それに加え、宮家の姫君という自己のプライドが、中の君に涙を流すことをためらわせ、規制・束縛していったものと思われる。

二　大君の涙

それでは、中の君の涙に影響を与えた大君は、どのような状況において涙するのだろうか。大君の涙の対象相手としては、薫と中の君が挙げられる。また、他者に見られない涙も見られた。そのうち、薫に見られる大君の涙は、次の通りである。

末は言ひ消ちて、いといみじく忍びがたきけはひにて入りたまひぬなり。（椎本五—一九九）

大君は薫と対面するものの、八の宮を亡くした悲しみのあまり言葉にならず、奥に入ってしまう。ここに、拒否を示唆する大君の涙がうかがえる。ただしこの時点において、大君にはまだ涙を共有する中の君がおり、涙の収束場所があったといえる。

言ふかひなくうしと思ひて泣きたまふ御気色のいといとほしければ、（総角五—二三五）

この場面でも同様に、薫に迫られた大君がなすすべもなく涙する、拒否を示唆する涙が繰り返し描かれる。

げに、ながらへば心の外にかくあるまじきことも見るべきわざにこそはと、もののみ悲しくて、水の音に流れそふ心地したまふ。（総角五―二三七）

何事もなかったとはいえ薫と朝を迎えてしまった大君は、八の宮の遺言を守れなかったことに涙する。水の音とともに、とめどない後悔を思わせる大君の涙は流される。

「このたまふ宿世といふらむ方は、目にも見えぬことにて、いかにもいかにも思ひたどられず、知らぬ涙のみ霧りふたがる心地してなむ。（総角五―二六六）

匂宮が中の君のもとへ行ったことを薫に聞かされた大君は、涙が込み上げるような心地がすると告げる。困惑を隠せない大君の動揺が、涙を通して描かれる。

亡き人の御諫めはかかることにこそと見はべるばかりなむ、いとほしかりける」とて、泣きたまふ気色なり。（総角五―三〇六）

大君は病の床に臥しながらも妹のことを案じ、涙ながらに中の君の不憫さを訴え、薫に今後を託していく。

また、中の君に察知される大君の涙では、中の君の理解を得たいとする大君の、先の見えない涙が描かれる。同様に、他者に見られない涙にも、大君が一人これからの身の処し方を涙ながらに思案する、行き場のない涙が描かれるのである。

以上のことから、大君の涙は自己の悲しみから拒否する涙に、そして自己の行く末を憂う涙へと変化を遂げていることがうかがえる。当初、大君には涙を共有する中の君の存在が心のよりどころとなっていた為、涙の収束場所は確保されていた。だが、次第に薫との関係が、姉妹の仲を隔てていくのである。最終的に、大君の涙は独り自分の思いを秘め、他者に理解を得られぬままに尽きていったものといえよう。

三　中の君の涙

次に、中の君はどのような状況において涙を見せるのだろうか。中の君の涙の対象相手を「今にも泣きそうなようす」と「完全に泣いているようす」の二つのパターンに分類すると、次の通りである。なお、和歌一例は除くことにする。

中の君の涙

人　物	今にも泣きそうなようす	完全に泣いているようす	合　計
匂宮	一例	四例・（泣き終えた後のようす）一例	六例
薫	三例	一例	四例
自分		四例	四例
大君	一例	二例	三例
浮舟	一例		一例
中将の君		一例	一例

以上を考察した結果、大君、浮舟、中将の君に対する時、また一

人でいる時に関しては、中の君は本心から泣いていると考えられる。ところが、薫と匂宮については、やや事情が異なるように思われる。

次に、それぞれの用例を考察していきたい。大君に見られる中の君の涙は、次の三例が挙げられる。

今日までながらへて、硯など近く引き寄せて見るべき物とやは思ひし、心憂くも過ぎにける日数かな、と思すに、またかき曇り、もの見えぬ心地したまへば、（椎本五―一九三）

らうたげなるさまに泣きしをれておはするもいと心苦し。（椎本五―一九四）

この二例は、中の君が匂宮への返事を大君に促される場面である。しかし、中の君は「かき曇り」、「泣きしをれ」ることで、拒絶の意をあらわにする。結局、見かねた大君が自分の心情をも重ね合わせた「もろ声になく」の歌を詠むことで、中の君は庇護されるのである。

正身は、我にもあらぬさまにてつくろはれたてまつりたまふままに、濃き御衣の袖のいといたく濡るれば、（総角五―二七一）

新婚二日目の匂宮の訪れに、中の君は大君に身繕いをしてもらう。昨夜の衝撃に今もなお動揺する中の君の内面が、涙にひどく濡れた袖に表象されている。庇護される涙から視覚的に訴える涙へと変化する過程に、姉妹の心の距離がうかがえる。

他者に見られない涙は、総数で四例見られた。そのうちの二例は、亡き大君を偲ぶ涙であり、残りの二例は横になりながら匂宮が出かけていくようすを察知し、一人涙する中の君に描かれる。また、薫に見られる中の君の涙は、総数で四例描かれる。だが、四例中二例は、中の君が京に移る前日、薫と宇治での思いを共有しながらも、実際には自己防衛としての涙しか見せていないことがわかる。

それでは、匂宮に見られる中の君の涙は、どのように描かれるのだろうか。

うち赤みたまへる顔のにほひなど、今朝しも常よりことにをかしげさまさりて見えたまふに、あいなく涙ぐまれて、（宿木五―四〇七）

中の君は、匂宮の気を引く女君としての新しい側面を見せることで、都の論理に取り込まれていくのである。京に移った後、中の君はかつて姉の危ぶんでいた自身の幸せを獲得する為に、その具体化に努める。それは、幸せをつかむべく匂宮を引き止める意味をも担うものであった。

斉藤昭子の指摘にもあるように、中の君は匂宮の視線を意識した「ふり」を交えた涙を流し、匂宮の内なる欲望を巧みに掻き立てていく。(註8)このように、中の君は無意識のうちにも自己の管理のもと、かたくなな宮家のプライドを徐々に捨て去り、涙の解禁の中に自己を覗かせていくのである。つまり、中の君の涙は匂宮に涙として捉えられることで、初めて実質的な効果を得るのではないか。

とはいえ、こうした中の君の態度の変貌を、匂宮を籠絡しようとする姿勢のみであると捉えることはできない。そして、匂宮が都における幸せを手繰り寄せようとする一方で、中の君は生まれ育った宇治の地を懐かしく思う。

夕霧邸に通うさまから目を背けるように、宇治への懐旧の念を募らせ、自ら薫を呼び寄せていくのである。しかし、薫の行動による予期せぬ展開が中の君を現実へと連れ戻し、逆に今ある匂宮との現実を守る為に、中の君は拒否の涙を余儀なくされる。(註9)

いみじく念ずべかめれど、え忍びあへぬにや、今日は泣きたまひぬ。日ごろも、いかでかう思ひけりと見えたてまつらじと、よろづに紛らはしつるを、さまざまに思ひ集むることし多かれば、さのみもえもて隠されぬにや、こぼれそめてはとみにもえためらはぬを、いと恥づかしくわびしと思ひて、いたく背きたまへば、強ひてひき向けたまひつつ、「聞こゆるままに、あはれなる御ありさまと見つるを、なほ隔てたる御心こそありけれな。さらずは夜のほどに思し変りにたるか」とて、わが御袖して涙を拭ひたまへば、「夜の間の心変りこそ、のたまふにつけて、推しはかられはべりぬれ」とて、すこしほほ笑みぬ。

(宿木五―四〇八)

匂宮に涙を拭われることで近づく二人の身体とは裏腹に、中の君の心には冷ややかな感情が頭をもたげ、その瞬間、中の君は自分の流す涙に冷静な視線を落としていく。自己を「沈黙」に託すことの多かった中の君は、常に冷静な自己を失うことはなかった。そして、相手の心を敏感に捉えることで匂宮を引きつけた挙句、自ら心の距離を提示していくのである。

そこには、「夜の間の心変りこそ、のたまふにつけて、推しはかられはべりぬれ」の一言を言いたいが為の、中の君の皮肉な笑いが描かれる。普段笑うことのない中の君の、手段としての「ほほ笑み」である。「ほほ笑み」という行為は、それとなく自分の気持ちを伝えていく上で必要不可欠なものであったが、その反面、中の君の浮かべた「ほほ笑み」は自嘲をも含むものであった。現実を客観視する自我による視線を繕い、また「ふり」とのギャップを曖昧にする作用を併せ持つものでもあったといえよう。(註10)

うち泣きたまへる気色の、限りなくあはれなるを見るにも、かかればぞかしといとど心やましくて、我もほろほろとこぼしたまふぞ、色めかしき御心なるや。(宿木五―四三六)

涙ぐまるるが、さすがに恥づかしければ、扇を紛らはしておはする心の中も、らうたく推しはからるれど、かかるにこそ人もえ思ひ放たざらめと疑はしき方ただならで恨めしきなめり。(宿木五―四六六)

中の君は都における現実を生きながらも、意識の中では遠い宇治を回想し、さまよう。しかし、その意識に引きずられることなく、中の君は京の地で匂宮の妻としての新たな道を歩むのである。(註11)

四　他者に反映される涙

中の君は、感情表現を抑制せざるを得ない状況にあって、時に涙を「沈黙」へと代えていたことは、既に前にも述べた。だが、中の君の表出されることのない涙は、他者によって代弁され、流されているのではないかと考えられる。次に、他者に反映・反射される涙について見ていきたい。

「ここには、ともかくも聞こえたまはざめり。亡き人の御諫めはかかることにこそと見はべるばかりなむ、い

とほしかりける」とて、泣きたまふ気色なり。（総角五―三〇六）

大君は、中の君の心のうちを明かすかのように薫の前で涙する。中の君のことを薫に懇願し涙する大君は、あらわに流すことのない中の君の涙を表出しているかのようである。

（中の君）見る人もあらしにまよふ山里にむかしおぼゆる花の香ぞする

言ふともなくほのかにて、絶え絶え聞こえたるを、なつかしげにうち誦じなして、

（薫）袖ふれし梅はかはらぬにほひにて根ごめうつろふ宿やことなる

たへぬ涙をさまよく拭ひ隠して、言多くもあらず、（早蕨五―三五七）

薫は中の君の代弁者として涙するが、中の君が涙を見せることはない。京に移る前日にも薫が涙し涙を拭うが、ここでも中の君は薫に涙を見せていないのである。

いよいよ童べの恋ひて泣くやうに、心をさめん方なくおぼほれゐたり。（早蕨五―三六一）

涙を見せまいとこらえる中の君を見て、弁の尼が中の君の心のままに涙する。宇治十帖において、弁の尼は「老い」ゆえに気持ちの抑えようもなく涙に暮れる人物として描かれる。(註12)だが、この場面では「老い泣き」にとどまらず涙をこらえる中の君に代わり、思いを発散させる弁の尼のありようが見て取れる。中の君は、他者の涙を引き寄せる

力を内包しているのだと考えられる。

いますこしもよほされて、ものもえ聞こえたまはず、ためらひかねたまへるけはひを、かたみにいとあはれと思ひかはしたまふ。（宿木五―三九七）

弁の尼が、中の君に代わり涙する用例と同様に、薫が中の君の秘めた思いを掬い取るかのように涙する。だが、中の君が涙を見せることはない。大君を偲び涙する薫に対し、中の君は何も言わずに涙をこらえるのである。中の君に大君の面影を見出だす薫は、涙を「隠す」ように必死にこらえようとする中の君を代弁するかのように涙する。そして、中の君の心のうちにしまわれたままの涙もあわせて拭うことで、表出されることのなかった涙を汲み取っているのだといえる。

うち赤みたまへる顔のにほひなど、今朝しも常よりことにをかしげさまさりて見えたまふに、あいなく涙ぐまれて、（宿木五―四〇七）

匂宮は中の君の顔に涙の跡を察し、誘われるように涙する。目もとを赤くした中の君の、自分の前では涙を見せないそのけなげさに涙ぐむのである。(註13)

中の君の曖昧な表情は、相手の心の悲しみをあおり涙へと誘う。それは他者の涙をまのあたりにすることにより、無自覚であった悲しみの感情が呼び起こされ、自覚されるきっかけをもたらす。そのような意味でも、涙をこらえる中の君と涙をためらわない他者という繰り返される構図には、ともに涙すること以上に、悲しみを際立たせる効果があるのではないか。

このようにして、中の君の流されない涙は他者に取り込まれることで反映され、「描かれない涙」は、他者の涙とともに間接的に読者の想像の中に描かれるのである。以上のことから、中の君は自己の涙を汲み取られることで、他者による庇護を受けると同時に、他者の涙を促す人物として位置づけられるのだといえよう。

おわりに

涙とは、本来その人物の感情の発露により生じるものである。既に冒頭でも述べたように、『源氏物語』には数多くの涙が描かれる。涙は心の奥底に秘められた感情の表れであり、そこには言葉に置き換えることのできない思いや、言葉にしてはならない思い、声にならない「助け」など、さまざまな心理が浮き彫りにされている。また、同時にふとした気持ちの緩みから、普段は見せることのない自分の素顔をあらわにすることもある。涙する場面や、涙を誰に捉えられたかによって、涙はあらゆる意味を付与されその人物を象っていくのである。

しかし、いかなる時にも「さまよく泣く」ことが大人の規範とされていた時代にあって、赤子と老い人を除いては、感情の赴くままに涙することはできなかった。そのような中で、なおも女君たちの内面は、複雑を極めていたといえよう。平凡な常識人として生きた中の君は、平凡さを生きることの難しさや葛藤を、涙ににじませている。中の君の涙は、そのさまざまな人生史の屈折点で成長・変貌の跡が見られるものとして機能しており、これは死を選んだり出家を選んだりして、激しくこの世を突き抜けていった大君や浮舟には見ることのできない現象である。

中の君の涙の変遷を辿ることは、この世に踏みとどまりながら、妥協の生の苦悩を背負い続けた中の君という女性の内面を紐解く上で、重要な手がかりとなるのである。

姉である大君の存在の管理するまなざしに規定され、また中の君自身の自己を管理するまなざしによって規定されていく涙は、「沈黙」や「臥す」という行為の中にも意味を織り込まれていく。匂宮に引き取られ出産するなど、次第に都の論理に組み込まれていく中の君は、「ふり」を獲得する一方、流すべき涙を他者に代行させ反映させる中で、次第に複雑な屈折度のある涙へと移行していく。

以上のように、宇治十帖において中の君は、自己を突き放して見つめるもう一人の自己の監視下にあって、さまざまな「思い」を抱きながら涙を押し殺し、潜伏化させているのである。(註14) その結果、中の君は匂宮と生涯をともにするという「定められた道」を見据え受け止めていく中で、世間に言われる「幸い人」の生き方を、自らの心と重ね合わせながら手繰り寄せていく。(註15) 亡くなった大君に操られ、大君の管理、掌握の中にあった中の君は姉への反発に満ちていたが、京で過ごすようになると一転して、大君との心的距離はかえって近づいている。「大君の心」を生きようとしながら、現実には世俗の幸せを受け入れ、匂宮への愛情を提示していく妥協に満ちた道筋において、中の君の涙の「成長」と変転は取り押さえられよう。

註

(1) 本書・「はじめに」参照。

(2) 三田村雅子「濡れる身体の宇治―水の感覚・水の風景―」(『源氏研究』第二号　翰林書房　一九九七年四月)は、「宇治十帖の世界では、外界と内界の境目もあやふやな、濡れる相互浸透の感覚が張り巡らされる」と、宇治の空間全体が湿り気を帯びていることを指摘している。

（3）なお、『源氏物語』の涙を考察するにあたり「泣く」場面や「涙」が描かれる場面を取り上げるのはもちろんのこと、より広く解釈して涙を暗示するものと思われるしぐさに関しても積極的に取り上げ、それらの関係をより細やかに考察していきたい。

（4）中の君は、宇治の三姉妹の中で最も穏やかな生を送る人物である。それゆえに、大君、浮舟を中心に論じられたものに比べれば、中の君における研究は圧倒的に少ない。しかし、地味ではあるが、中の君は宇治を動かす機能の一端としてキー・パーソンの役割を担っていると考える。

（5）新編日本古典文学全集『源氏物語』（宿木五―四〇二）頭注に、「嫉妬や苦悩を表情に出すまいときびしく自制。このあたり、女三の宮の降嫁に際しての紫の上の思念と酷似」とある。また、斉藤昭子「中の君物語の〈ふり〉―宇治十帖の〈性〉―」（『新物語研究』第四号　一九九六年一一月）は、「中の君物語は一見、都で権門の貴公子の妻妾として生きる女の物語のなかに取り籠められてしまったようだ」と説いた上で、「紫の上の物語の二番煎じであるとされた所以である」と分析している。

（6）紫の上は、正篇において最も多く涙する女性として描かれる。市毛美智子「紫上の涙について―若紫巻を中心にして―」（『物語文学論究』第七号　一九八三年三月）は、紫の上の涙を、対象相手がさまざまな（尼君、父、乳母など）時期の涙、対象相手が光源氏にのみ限られる時期の涙、対象相手が光源氏ではない（明石の中宮と御子たちを主とする）時期の涙、と大きく三つに分けて分析している。紫の上の涙に関しては、本書・第一章第二節「涙の共有と〈ずれ〉――紫の上・光源氏関係をつなぐもの」。

（7）新編日本古典文学全集『源氏物語』（椎本五―一七四）頭注に、「八の宮が命じた。一説には大君が」とある。

（8）註（5）に同じ。斉藤昭子は、「中の君の〈ふり〉というのは匂宮のまなざしを取り込み、その欲望を映し、応えていくものであった」と論じている。

（9）鷲山茂雄「薫と中君―密通回避をめぐって―」（『源氏物語の語りと主題』武蔵野書院　二〇〇六年四月）は、中の君は危機的状況にあっても、己の身を巧みに処し得る人物として周到に造型されていたとし、中の君に玉鬘と類似した性格が付与されていると言及している。

(10) 紫の上は、「何心なし」という語でふちどられる人物である。三田村雅子「源氏物語のジェンダー――『何心なし』『うらなし』の裏側――」(『解釈と鑑賞』第六五巻第一二号　二〇〇〇年一二月)は、「何心なし」とは「外側から見える女の状況を表す言葉」と説いた上で、「紫上の内面に即して見れば、その『何心ない』外見とは異なる激しい相克があったはず」と指摘している。紫の上の無邪気なほほ笑みは、女三の宮の降嫁を受け「人笑へ」に恐れを抱く中に封印される。「人笑へ」に関しては、大森純子「源氏物語『人笑へ』考」(『名古屋大学国語国文学』第六九号　一九九一年一二月)。

(11) 吉井美弥子「中の君の物語」(『読む源氏物語　読まれる源氏物語』森話社　二〇〇八年九月)は、「中の君とは、『源氏物語』正編において描き出されてきた『ヒロイン』像をなぞることによって、ここではそうした女君がもはや『ヒロイン』にはなりえないことを示す、つまり、正編の『ヒロイン』のありかたそのものをも相対化している存在であるといえる」と言及している。

(12) 弁の尼のとめどない涙には、複雑な心境の表出という側面に加え、「老い」のもたらす影響が見られる。「老い」は、「さまよく泣く」という大人の規制を超えて、涙もろくさせるのである。「老いたる者は、すずろに涙もろにあるものぞと、おろそかにうち思ふなりけり」(東屋六―九五)において、頭注に「侍従の心。弁の尼の複雑な心中など察しがつかないので、老人の性と簡単にかたづける」とある。涙を禁じえない弁の尼は、侍従からも疎ましく思われ、大人という枠組みから一線を画されていく。このように、「さまよく泣く」ことのできなくなってしまった弁の尼は、社会的に外された存在として位置づけられていくものと考えられる。また、弁の尼に見られる老いの涙は、正篇に登場する明石の尼君、大宮の涙とも共通する。明石の尼君の「老い泣き」に関しては、本書・第一章第三節「明石一族の涙と結束――涙をめぐる風景」。

(13) 黒澤智子「源氏物語の赤い顔――赤らむ顔の関係性――」(『フェリス女学院大学日文大学院紀要』第一二号　二〇〇五年三月)は、刺激による反応として浮かび上がる赤い顔に注目し、赤い顔を通して繰り広げられる、見る者と見られる者とのまなざしの交錯について論じており示唆的である。

(14) 中の君は、いつも「思い」を抱いている女性として描かれる。この論では中の君を中心にしたので、宇治十帖のヒロインともいえる浮舟に関しては触れなかった。だが、中の君と浮舟との関係性においてつけ加えるならば、涙をためらわない浮舟は、感情の表出において中の君とは対照的な人物といえる。宇治の三姉妹は、さまざまなレベルで共通点と差異を設定されているが、浮舟の涙に関しては、本書・第二章第二節「浮舟物語の涙—浮舟・匂宮の相関—」。

（15）原岡文子「幸い人中の君」（『源氏物語の人物と表現—その両義的展開—』翰林書房　二〇〇三年五月）は、「幸い人」について、「『幸ひ人』の内実は憂愁に覆われている。しかも『幸ひ』とは、諸状況の極めて危ういバランスの上にかろうじて成り立つものにほかならない。『幸ひ人』とは、とどのつまり幸運とか幸福とかのそれ自体に担われた脆さ危うさの陰で、幸運や幸福を支える血の滲む努力を重ねる、幸運で不幸な存在に違いない」と説いている。

第二節　浮舟物語の涙
――浮舟・匂宮の相関

はじめに

宇治十帖は、霧、雪、雨など「濡れ」の感覚に満ちた、湿り気を帯びた空間である。(註1) とりわけ浮舟は、運命の変転が雨にまつわる場面に集中していることからも、「濡れ」と深く関わる人物といえる。(註2) そのような浮舟の「濡れ」の問題の一つに、涙も位置づけられよう。

浮舟の涙は、和歌を含め総数で三六例に上り、宇治十帖で最も多く涙する女君である。(註3) もちろん、薫と匂宮との狭間で苦悩する浮舟に、涙が付随することは取り上げるまでもないとする考え方もあるかも知れない。だが、浮舟の涙の描かれ方に注目すると、失踪を境に涙のありようが大きく変化しており興味深い。

浮舟に関する先行研究は数多く、浮舟物語を継子物語から読み解いたものや「隠す・隠れる」、「抱く・抱かれる」、「臥す」しぐさに着目し身体から論じたものなど、さまざまな角度から論じられている。(註4) 浮舟の涙に重点をおいた研究には、中村一夫「浮舟の『涙』」(註5)が挙げられる。中村氏は、宇治の涙表現の状況を表に提示した上で、浮舟が数多く涙する一方、多数の人々に涙を流させる存在であることを論じている。これは宇治十帖の涙の傾向を辿る上で、とても示唆的であった。

本稿では、浮舟が涙する場面を中心に読み解いていくことにより、匂宮と薫、母との関わりの中で、浮舟の涙がどのように描かれているのか、もう一度捉え直していく。そして、涙の変遷に浮舟の成長の過程を探りたい。

一　浮舟の涙

宇治十帖において、浮舟の涙はどのように描かれるのだろうか。浮舟の涙は、匂宮が浮舟のもとに忍び込む場面に初めて登場する。薫ではなく匂宮の侵入に愕然とした浮舟は、中の君に合わせる顔がないと涙する。しかし、中の君に対する憚りから流された涙も、次第に募りゆく匂宮への思慕に掻き消されていくこととなるのである。「大将殿を、いときよげに、またかかる人あらむやと見しかど、こまやかににほひ、きよらなることはこよなくおはしけりと見る」と記述されていることからも明らかなように、匂宮と一夜をともにした浮舟は、薫よりも匂宮に心惹かれる。そして、匂宮に寄せる想いは浮舟の涙にも反映されると同時に、匂宮のすさび書きに、涙となって溢れ出るのである。

いとをかしげなる男女もろともに添ひ臥したる絵を描きたまひて、「常にかくてあらばや」などのたまふも、涙落ちぬ。（浮舟六―一三二）

匂宮の情熱は、すさび書きや絵という形を伴い視覚的に表現される。（註6）そこには、絵心のあるところを披露することで浮舟の心を引きつけようとする、匂宮の意図的なふるまいが見て取れる。絵の内容は、年若い男女がともに添い寝をするというセクシャルなものであった。絵を通して、自分に注がれる愛情を感じ取った浮舟は、匂宮への思慕をより一層募らせるのであり、匂宮の絵はその後も浮舟によって繰り返し眺められることとなる。

匂宮と薫の両者から手紙が届く場面において、浮舟は長々と書き連ねられた匂宮の手紙を見ながら横になる。耽溺の二日間を経て、ますます匂宮に心惹かれていくありようは、浮舟の涙となって表出される。

宮の描きたまへりし絵を、時々見て泣かれけり。（浮舟六―一六〇）

浮舟は、時々匂宮の描いた絵を見ては涙する。じわじわと追いつめられ行き場をなくしていく中、やるせない思いは匂宮の絵の前に、涙となって流される。そしてついに死を決意する時、浮舟によって最後に眺められるのも、匂宮の絵であった。

ありし絵を取り出でて見て、描きたまひし手つき、顔のにほひなどの向かひきこえたらむやうにおぼゆれば、昨夜一言をだに聞こえずなりにしは、なほいま一重まさりていみじと思ふ。（浮舟六―一九二）

この場面に至り、初めて匂宮が絵を描いた時の手つきや顔の美しさが語られる。絵の制作過程は、浮舟の記憶の中で、匂宮のしぐさとともに鮮やかに思い起こされる。浮舟がすがるようにして眺めたのは、絵そのものというよりもむしろ絵という形に表象された、自分だけに向けられた匂宮の愛情であった。匂宮の絵は、ともに過ごした情熱的な時間を想起させる媒体として、浮舟に眺められるのである。

匂宮の絵を見て涙する浮舟のようすは、匂宮との関係を薫に知られた浮舟が、匂宮からの手紙に返事をすることもできずに、手紙を顔に押しあて涙する場面にも類似している。

例の、面影離れず、たへず悲しくて、この御文を顔に押し当てて、しばしはつつめども、いといみじく泣きたまふ。（浮舟六―一八七）

窮地に立たされた浮舟は、匂宮からの手紙を顔に押しあてしばらくは人目を憚るものの、こらえきれずに激しく涙する。(註7)単に涙するのではなく、他者の書いたものに顔を近づけて涙するという浮舟の行為は特徴的である。ここに、すべてのものをふさいで匂宮とともに過ごした過去の空間（手紙）に入り込み、匂宮と一体化しようとする浮舟のありようが浮き彫りとなる。(註8)

匂宮は、浮舟をひたすら恋い慕うことで、浮舟の渇望していた存在意義を見出だしていった。(註9)そうであるがゆえに、匂宮の存在を彷彿とさせるよすがとして匂宮の絵と手紙は眺められるのであり、緊迫した状況であればあるほど、浮舟の心により深く響くのだと考えられる。

二　切り拓く涙

入水前の浮舟の涙は、主に匂宮を想い流されるものとして描かれていた。しかし、一命を取り止め新たな人生を歩み出した浮舟の涙は、入水を境に大きな変貌を遂げる。[註10]涙の変化は、浮舟の生き方とも関わっていく問題と考えられるが、入水後の浮舟の涙はどのように描かれるのだろうか。

髪は長く艶々として、大きなる木の根のいと荒々しきに寄りゐて、いみじう泣く。（手習六―二八二）

浮舟は、宇治院で倒れているところを僧都に発見される場面において、激しく涙する。暗闇の中、声も立てんばかりに泣きじゃくり、他者から自分を守るようにして「顔をひき入れていよいよ泣く」、「うつぶして声立つばかり泣く」（手習六―二八四）と、今までにないほど涙に濡れる。[註11]

僧都に狐や鬼のしわざかと怪しまれ、法師によって着物を引き脱がされそうになると、うつぶしながら声を立てるばかりに泣く。「音泣く」ではないものの、そこには危機迫る浮舟の尋常でないようすがうかがえる。[註12]涙の抵抗という緊迫した状況の中、浮舟の新たな人生は拓かれるのである。

僧都の祈祷により少しずつ意識を取り戻していった浮舟は、妹尼の手厚い介抱を受ける。[註13]その間も、浮舟の涙は尽きることなく次々と流される。

さすがに、時々目見あけなどしつつ、涙の尽きせず流るるを、

（手習六―二八八）

時々目を開けては流されるとめどない涙は、記憶喪失という抑制の取り払われた状況の中、そのままに発散される。飽和状態となった浮舟の心は、涙の回路を通じ外へと表出されていく。

こうして浮舟の身体が回復の兆しを見せる一方、涙は変化を見せ始めるのである。妹尼に、自分が生きていることを明かさないでほしいと頼む場面において、浮舟は涙ながらに懇願する。

「世の中になほありけりといかで人に知られじ。聞きつくる人もあらば、いといみじくこそ」とて泣いたまふ。

（手習六―二九九）

妹尼の理解を涙ながらに求めようとするところに、新たな居場所を手離すまいとする、浮舟の強さが見られる。浮舟の涙は、妹尼にすがるように流されるのであり、涙をもって主張していく戦略的な側面が読み取られよう。また、僧都に尼にしてほしいと願い出る場面でも、浮舟の涙は流される。

亡くなるべきほどのやうやう近くなりはべるにや、心地のいと弱くのみなりはべるを、なほいかで」とて、うち泣きつつのたまふ。

（手習六―三三六）

僧都の前に流される浮舟の涙は、二度目に「いみじう」と描かれることから、先ほどよりも激しさを増していること

とがうかがえる。

「乱り心地のあしかりしほどに、乱るやうにていと苦しうはべれば、重くならば、忌むことかひなくやはべらん。なほ今日はうれしきをりとこそ思うたまへつれ」とて、いみじう泣きたまへば、聖心にいといとほしく思ひて、(手習六―三三七)

中将や俗世間から免れたいとする思いは、出家への願望を駆り立てていく。この好機を逃すまいと、何とかして僧都を説き伏せようとするのであり、浮舟の涙には強い意志が内包されている。[註14] 自分の思いを涙とともに語ることで、相手の心を捉え動かしていこうとする、今までにない浮舟の積極的な側面が台頭するのである。

そこには、もはや匂宮を想い一人涙に暮れていた姿はない。浮舟は涙ながらに懇願することで、相手の良心に訴えかけていく。このように、失踪後の浮舟の涙は自分の思いを主張する為の手段として、有効に機能するのだと考えられる。

三　薫と匂宮

それでは、浮舟をめぐりライバル関係にあった薫と匂宮の涙は、どのように描かれるのだろうか。浮舟の失踪後、薫と匂宮は互いに涙を交わし、悲しみを分かち合う。[註15] 二人が涙を共有する場面を検討することにより、涙に込められた意味を読み解いていきたい。

浮舟の失踪に正気も失せ、病と偽り籠っていた匂宮のもとを、薫が見舞いに訪れる場面である。

いとど涙のまづせきがたさを思せど、思ひしづめて、「おどろおどろしき心地にもはべらぬを、皆人は、つつしむべき病のさまなりとのみものすれば、内裏にも宮にも思し騒ぐがいと苦しく、げに世の中の常なきをも、心細く思ひはべる」とのたまひて、おし拭ひ紛らはしたまふと思す涙の、やがてとどこほらずふり落つれば、いとはしたなけれど、（蜻蛉六―二一八）

押し拭い紛らわそうとしても、止めようもなく流れ落ちる匂宮の涙に、薫は病の原因が浮舟であることを確信する。薫が「さりや」と納得するところに、匂宮の涙が浮舟を思慕する決定的な証拠を担っていることがわかる。抑制の効かない匂宮の涙には、気持ちを切り替えられずに浮舟を思い嘆く、深い悲しみが表出されているのである。

最初、匂宮と薫は互いに相手の表情を観察することで、心のうちを探ろうとしていた。だが、世間話をするうちに徐々に心を許していくのであり、薫は匂宮の前で涙するに至る。

今ぞ泣きたまふ。これも、いとかうは見えたてまつらじ、をこなり、と思ひつれど、こぼれそめてはいととめがたし。（蜻蛉六―二二〇）

「今ぞ」と記述されていることから、浮舟の失踪後、薫の涙が初めて流されることが明らかとなる。肝心の浮舟を失った今、涙の共有を経て、二人の間には浮舟を知る者同士の不可思議な連帯が生じるのである。（註16）

匂宮と過ごす過程において、薫の抱えるわだかまりや抑圧された涙は、外へと促される。一方、匂宮もまた薫に共感し薫の涙をまのあたりにするうちに、心中に渦巻く思いや悲しみを涙に表出していく。二人はそれぞれの思いを抱えながらも、涙を介して打ち解け浮舟の喪失を共有する中に、その絆を確認するのである。

薫が匂宮の前で涙するようすは、大君の死を悲しむ場面にも見られる。

こまやかなる御物語どもになりては、かの山里の御事をぞ、まづは、「いかに」と宮は聞こえたまふ。中納言も、過ぎにし方の飽かず悲しきこと、そのかみより今日まで思ひの絶えぬよし、をりをりにつけて、あはれにもをかしくも、泣きみ笑ひみとかいふらむやうに聞こえ出でたまふに、ましていと、さばかり色めかしく、涙もろなる御癖は、人の御上にてさへ、袖もしぼるばかりになりて、かひがひしくぞあひしらひきこえたまふめる。空のけしきも、また、げにぞあはれ知り顔に霞みわたれる。（略）さりながらも、ものに心得たまひて、嘆かしき心の中もあきらむばかり、かつは慰め、また、あはれをもさまし、さまざまに語らひたまふ、御さまのをかしきにすかされたてまつりて、げに、心にあまるまで思ひむすぼほるることども、すこしづつ語りきこえたまふぞ、こよなく胸のひまあく心地したまふ。

（早蕨五—三四九）

薫は大君を亡くした悲しみを、今までの経緯とともに「泣きみ笑ひみ」しながら話す。聞き役にまわる匂宮も、薫の話に袖もしぼるばかりに涙するのであり、涙を象徴する霞が立ち込める中、頼もしく薫の相手を努めるのである。

匂宮は、あたかも完全に涙できずにいる薫の分まで涙しているかのようであり、薫の大君への癒えぬ悲しみを鎮めようとしているのだと考えられる。匂宮と時を共有することで、次第に薫の抑制していた感情は解き放たれ、その心には癒しがもたらされるのである。

このように、浮舟を失った薫の悲しみは、匂宮の前で語り合い自らも涙し匂宮の涙も見るという過程を経て、発散、解消されていく。そのようにすることで、薫は受け入れがたい事実をようやく受け入れることができたのではないか。薫と匂宮は、欲望を模倣するように感傷を模倣し、共有する存在として位置づけられる。(註17)ライバルでありながらも、互いの良き理解者であるという二人の関係性とともに、薫と匂宮の涙の共感構造は築かれるのだといえよう。

四　母と浮舟

浮舟と大きな関わりを持つ人物は、薫と匂宮のみにとどまらない。浮舟にとって、忘れることのできない最も大きな存在に、浮舟の母が挙げられる。浮舟は、入水を決行する当日も「親もいと恋しく」と、母のことを思い出していた。

入水後、一命を取り止めた浮舟は、時間をかけて点々と記憶を回復していく。過去を思い出す行為とともに涙が流される一方、思い出したくない記憶を強く抑圧していくのであり、浮舟の母への思いは入水を経て封印されるのである。(註18)

衰弱した浮舟を、亡き娘の身代わりと思い心を込めて介抱したのは、妹尼であった。

夢のやうなる人を見たてまつるかなと尼君はよろこびて、せめて起こし据ゑつつ、御髪手づから梳りたまふ。

さばかりあさましう引き結ひてうちやりたりつれど、いたうも乱れず、ときはてたれば艶々とけうらなり。

（手習六―二九八）

妹尼は、浮舟を無理に起こし座らせては、浮舟の髪を梳く。髪を梳くという行為の中に、浮舟の代理の母としての妹尼のありようが見て取れる。

また、妹尼が初瀬に参詣する為に留守の折、突然中将が訪れる場面において、浮舟は母尼のもとへと逃げ込む。尼君の部屋に一度も足を踏み入れたことのなかった浮舟であるが、中将の侵入を恐れるがあまり、気味がわるいと思いながらも安全な母尼のもとで夜を過ごすのである。このように、母尼は妹尼に代わり浮舟の身を守る最後の砦となり、浮舟の母役割を担うのだと考えられる。

そして、鶏の鳴く声に母の声を恋しく思いながら迎えた夜明け、僧都が下山する話に、浮舟は出家の決意を固める。

例の方におはして、髪は尼君のみ梳りたまふを、別人に手触れさせんもうたておぼゆるに、手づから、はた、えせぬことなれば、ただすこしとき下して、親にいま一たびかうながらのさまを見えずなりなむこそ、人やりならずいと悲しけれ。

（手習六―三三二）

母尼のもとから自分の部屋に戻った浮舟は、いつも妹尼が梳いてくれていた髪を、自らほんのわずか梳き下ろす。あたり前のように髪を梳いてくれる人のいない心もとなさに、浮舟は実の母を思い出すのである。母役割を担う妹尼に、浮舟の実の母が重ねられるようにして、母を恋しく思う気持ちは育まれていく。ここに、浮舟の母の問題が浮上してくるのだと考えられる。

妹尼、母尼と、母の代わりとなる人々に守られながら日々を重ねる中に、実の母への思慕は募る。入水以降、閉ざされていた母への思いは、出家ゆえに噴き上げるのである。

「親の御方拝みたてまつりたまへ」と言ふに、いづ方とも知らぬほどなむ、え忍びあへたまはで泣きたまひにける。（手習六―三三八）

いよいよ出家する場面において、浮舟は親のいる方角がどちらかも分からずに涙する。礼拝を促す僧都の言葉は、これからまさに絶たれようとする親子の縁を、真正面から突きつけるものであった。ようやく出家の望みが叶うというこの期に及んで、浮舟の心中は母で溢れる。

このように、出家の直前に妹尼、尼君、実の母といったさまざまな母たちの思いが交錯することと、浮舟の奥深くにしまわれていた母への思慕が呼び覚まされていくありようは、密接に関係しているのである。

おわりに

当初、薫に想いを寄せていた浮舟であるが、匂宮との逢瀬を重ねるうちに匂宮へと心惹かれていく。そのありようは、浮舟のしぐさの変化となって表れる。

かの人の、のどかなるべき所思ひまうけたりと、昨日ものたまへりしを、かかることも知らで、さ思すらむよ、とあはれながらも、そなたになびくべきにはあらずかしと思ふからに、ありし御さまの面影におぼゆれば、我ながらも、うたて心憂の身やと思ひつづけて泣きぬ。
（浮舟六―一四四）

薫が浮舟を訪問し、その大人びたようすを喜ぶ場面において、浮舟は薫と対面しながらも目の前の薫ではなく、不在の匂宮に想いを馳せる。そして、そのようなあさましい自分に、浮舟は涙するのである。(註19)こなびいてはいけない相手と自覚すればするほどに、浮舟の心は、かえって匂宮へと強く引き寄せられていく。ここに、中の君への憚りを超え匂宮に想いを募らせていく、もはやコントロールすることのできない浮舟の心情が浮き彫りとなる。

女はかき集めたる心の中にもよほさるる涙ともすれば出で立つを、慰めかねたまひつつ、
（浮舟六―一四五）

浮舟の匂宮を想う涙は、さらに流される。一方、薫は浮舟を慰めることができずに、その涙を持て余す。浮舟と匂宮との関係を知るよしもない薫は、自分の訪れの途絶えを恨むがゆえに流されるものと思い込むのであり、皮肉な構造となっている。(註20)

浮舟の風情が以前より格段に勝ったことも、薫の前で流される浮舟の涙の原因も、匂宮の存在に他ならない。しかし、そのように匂宮を慕っているにもかかわらず、浮舟の涙は時に誤解を招くものとして作用する。

匂宮から、薫に会わないようにと無理なことを誓わされる場面において、浮舟は「答へもやらず、涙さへ落つる気色、さらに目の前にだに思ひ移らぬなめり、と胸いたう思さる」（浮舟六—一五五）と返事もできずに涙する。ところが、浮舟の涙は匂宮に、薫を想い涙したものと誤解されてしまうのである。浮舟の涙は本人の意思に反し、匂宮の嫉妬心をくすぐるものとして機能する。（註21）

それでも浮舟は、匂宮を想い涙する。薫に引き取られる期日が決まり、ますます苦悩を募らせる場面に至っても浮舟が想いを馳せるのは、匂宮との思い出であった。

有明の空を思ひ出づる涙のいとどとめがたきは、いとけしからぬ心かなと思ふ。（浮舟六—一六五）

明るい月に、浮舟はかつて匂宮に抱かれて川を渡った折の有明の空を思い出し、いよいよ涙を抑えきれない。ここに、今後の行く末に苦悩を深めながらも匂宮に想いを寄せ涙する、浮舟の姿が垣間見られる。

本稿では、浮舟の涙の変遷を、薫と匂宮の涙のありようや、浮舟と母との関わりとともに辿った。入水に至るまでの涙は匂宮を想い流されていたのに対し、失踪後は一転して、外部に積極的に訴えかけるものとして流される。宇治の「濡れ」空間の一翼を担うのみならず、涙を媒介として物語全体に新たな流れを吹き込むのであり、浮舟の涙の果たした役割は少なくなかったといえよう。

註

（1）三田村雅子「濡れる身体の宇治―水の感覚・水の風景―」（『源氏研究』第二号　翰林書房　一九九七年四月）は、宇治十帖の「濡れ」は自己の欲望を認識し、受容する過程であると言及している。

（2）安藤徹「境界のメディア」（『源氏物語と物語社会』森話社　二〇〇六年二月）。原岡文子「雨・贖罪、そして出家へ」（『源氏物語の人物と表現―その両義的展開―』翰林書房　二〇〇三年五月）は、浮舟物語は重層する雨のイメージをさながらに取り込むことで、宇治川の力と併せ超越的な力をもって運命を導くとともに、流し清める水の力を呼び込み、贖罪の女君の生を深く刻み上げたと指摘している。

（3）本書・第二章第一節「宇治　中の君の涙――見られる涙の力学」。

（4）浮舟物語を継子物語から読み解いたものに、足立繭子「小野の浮舟物語と継子物語―出家譚への変節をめぐって―」（『中古文学論攷』第一四号　一九九四年三月）、鈴木裕子「中将の君と浮舟＝縛る母・『反逆』する娘」（『源氏物語』を〈母と子〉から読み解く』角川叢書三〇　二〇〇五年一月）が挙げられる。

井野葉子「〈隠す／隠れる〉浮舟物語」（『源氏研究』第六号　翰林書房　二〇〇一年四月）は、浮舟の身体に注目し、浮舟が自らの意志で隠れようとする物語ですら、他者が浮舟を隠す物語に侵食されていることを指摘する。橋本ゆかり「抗う浮舟物語―抱かれ、臥すしぐさと身体から―」（『源氏物語の〈記憶〉』翰林書房　二〇〇八年四月）は、「繰り返し語られる『抱かれる』しぐさと『臥す』しぐさとで物語が明らかにしたものは、『自分の思う自分だけの自分』などというものは存在しないということと、身体さえも自分だけが所有し、管理するものではないということであった。自己のリアリティは他者の言葉、視線によってこそ保証されていた」と説く。

また、浮舟の呼称という視点から、相馬知奈「多様化する浮舟呼称―関係規定装置として―」（『フェリス女学院大学日文大学院紀要』第八号　二〇〇一年三月）は、浮舟の担う役割について「浮舟は移動を繰り返す度に、他者の欲望を一方的に押し付けられ、役割を演じさせられる宿命を背負った存在として描かれていく」と論じている。

（5）中村一夫「浮舟の『涙』」（『源氏物語の本文と表現』おうふう　二〇〇四年一一月）。榎本正純『涙の美学―日本の古典と文化への架橋―』（新典社新書四六　二〇〇九年一二月）。

（6）葛綿正一「絵をめぐって―主題と変奏―」（『源氏物語のエクリチュール―記号と歴史―』笠間書院　二〇〇六年一月）

は、音と関わる薫は時間性の人であり、絵と関わる匂宮は空間性の人と説いている。清水婦久子「源氏物語の絵画性」（『源氏物語の風景と和歌』（増補版）研究叢書二一〇　和泉書院　二〇〇八年四月）。

（7）浮舟が、糊けの落ちた着物を顔に押しあて伏せる場面も見られる。

（8）匂宮からの手紙に、浮舟が顔を押しあて涙する場面に関しては、本書・第四章第五節「メディアとしての涙――『狭衣物語』飛鳥井の女君と女二の宮」。

（9）平林優子「浮舟の回想―生と死のはざまで―」（『源氏物語女性論―交錯する女たちの生き方―』笠間書院　二〇〇九年一月）は、浮舟の心内に、匂宮はいつも「死」のイメージと結びついていたと論じている。浮舟の「つれづれ」に関しては、高橋汐子「『つれづれ』の女君―浮舟物語における『つれづれ』考―」（『物語研究』第四号　二〇〇四年三月）。

（10）東原伸明「召人浮舟入水と続篇の物語主題―身代りの〈生〉の反復と離脱―」（『古代散文引用文学史論』勉誠出版　二〇〇九年一二月）は、入水が身代りの〈生〉からの離脱であると説く。

（11）「いといたく荒れて、恐ろしげなる所」に、不似合いに広がる長く美しい黒髪は、死を求める意志とは逆に、浮舟の美しさと若さを強調していく。それは、せめぎ合う心と身体との間で今なお息づく、生きようとする内なるエネルギーの表れであった。

（12）本書・第一章第一節「末摘花の『音泣く』――涙に秘められた力」。

（13）石阪晶子「『起きる』女の物語―浮舟物語における『本復』の意味―」（『源氏物語における思惟と身体』翰林書房　二〇〇四年三月）は、浮舟物語の「水」は人を脅かす荒々しい暴力であり、枯渇を潤す泉でもあるとする。そして、「水」が生と死の境目さえ見えなくさせていくという意味で、浮舟物語は忌むべき負の世界を排除するのではなく引き受けていくことの中に、生の本質を捉えようとするのだと指摘している。

（14）戦略的な浮舟の涙は、朱雀院に出家を願い出る女三の宮の涙にも類似している。

（15）薫に関しては、清水好子「薫創造」（『文学』第二五巻第二号　一九五七年二月）。

（16）神田龍身「分身、差異への欲望―『源氏物語』『宇治十帖』―」（『物語文学、その解体―『源氏物語』『宇治十帖』以降―』有精堂　一九九二年九月）は、浮舟を共有したことで薫と匂宮は限りなく接近し、対象を除外したところで戦いの為の戦いを生きているとし、当人たちも意識しないところで男色の世界に入りつつあると言及している。

（17）ルネ・ジラール『欲望の現象学―ロマンティークの虚偽とロマネスクの真実―』（古田幸男訳　叢書・ウニベルシタス二九　法政大学出版局　一九七一年一〇月）。

（18）註（4）に同じ。鈴木裕子は、浮舟が母からの分離が不徹底のまま、葛藤を回避する方法として入水を選択してしまったと説いている。

（19）浮舟が匂宮のことを思い出す場面は、この前においても「いかで見えたてまつらむとすらんと、空さへ恥づかしく恐ろしきに、あながちなりし人の御ありさまうち思ひ出でらるるに」（浮舟六―一四二）と描かれていた。

（20）浮舟の涙を考察するにあたり、薫の涙に関しても触れておきたい。橋姫巻において、「山おろしにたへぬ木の葉の露よりもあやなくもろきわが涙かな」（橋姫五―一三六）と、木の葉の露よりももろくこぼれ落ちる薫の涙が描かれる。薫は、宇治の中でもよく涙する人物であり象徴的である。

大君亡き後、薫が初めて浮舟の容姿を垣間見る場面において、薫の涙は早くも「例の、涙落ちぬ」（宿木五―四九三）と描かれる。これは、大君の形代としての浮舟に対して流されたものであり、大君を追慕する涙と考えられる。その後も、薫の涙は「また涙ぐみぬ」（東屋六―五三）、「涙を拭ひつつ」（東屋六―八五）、「例の、涙ぐみたまへり」（東屋六―八六）と、大君を度々想起することにより流される。だが、薫は次第に浮舟への想いを募らせていくのである。

註（5）に同じ。中村一夫は、「浮舟に泣いてもらえない薫は三角関係の敗北者になるしかない」とし、一方の薫も、浮舟の失踪後にようやく涙しているのみであることを指摘している。註（5）に同じ。榎本正純も、浮舟巻において薫の涙が一度も描かれないことを説く。このように、浮舟と匂宮との関係に対し、浮舟と薫の間には涙が希薄であることがうかがえる。

（21）三田村雅子「浮舟を呼ぶ―『名づけ』の中の浮舟物語―」（『源氏研究』第六号　翰林書房　二〇〇一年四月）は、「薫が大君との比較で浮舟の美点により少なくしか反応しないのに対して、匂宮は薫と競おうとするが故に浮舟の魅力により敏感に反応しているのである」と論じている。

第三章　涙から読む平安物語——『源氏物語』以前

第一節　『伊勢物語』の「血の涙」

――『うつほ物語』・『源氏物語』の涙の変遷

はじめに

『伊勢物語』において、涙は和歌を含み総数で四〇例登場する。そのうち「涙」と記述されている用例は九例、「泣き」の記述は二〇例、比喩表現は一一例見られる。この結果から、「涙」に比べ「泣き」の記述の方が多いことがうかがえる。それでは、「泣き」の記述は物語においてどのように描かれるのだろうか。(註1)

まずは、『伊勢物語』の「泣き」の描かれ方を考察することにより、「泣き」表現の特徴を探りたい。「泣き」の用例を表に整理すると、次の通りである(144頁)。

表から、「泣き」が用いられる人物には、男が一〇例、女が七例、子どもが一例、その他二例(船中の人々と娘の親が各一例)見られる。また、第四段、第六段、第三九段、第六五段は、「泣き」が同じ章段に重複して用いられていることがわかる。

『伊勢物語』の「泣き」

	章段	用例	人物
1	第四段	うち泣きて、	男
2	第四段	泣く泣くかへりにけり。	男
3	第六段	足ずりをして泣けどもかひなし。	男
4	第六段	いみじう泣く人あるを聞きつけて、	女
5	第九段	船こぞりて泣きにけり。	船中の人々
6	第二一段	いといたう泣きて、	男
7	第三九段	うち泣きてやみぬべかりけるあひだに、	隣に住んでいた男
8	第三九段	年経ぬるかと泣く声を聞け　（和歌）	隣に住んでいた男
9	第三九段	いとあはれ泣くぞ聞ゆる　（和歌）	源至
10	第四〇段	男、泣く泣くよめる。	男
11	第四一段	せむ方もなくて、ただ泣きに泣きけり。	姉妹の一人
12	第四五段	泣く泣くつげたりければ、	娘の親
13	第六五段	女はいたう泣きけり。	女
14	第六五段	泣きける。	女
15	第六五段	蔵にこもりて泣く。	女
16	第六五段	音をこそ泣かめ世をば恨みじ　（和歌）	女
17	第六五段	泣きをれば、	女
18	第六九段	男、いといたう泣きてよめる、	男
19	第八三段	泣く泣く来にける。	馬の頭だった翁
20	第八四段	かの子、いたううち泣きてよめる。	子

2、10、11、12、19番は、「泣く泣く」と「泣く」が二語重ねられている点で共通している。これは、昔物語初期の特有の表現といえる。その他の用例にも、「足ずり」や「いといたう」のように程度の激しい「泣き」が多く見られる。(註2)「泣く泣く」の語は『源氏物語』にも描かれるが、『源氏物語』ではむしろ、6、9、18番に見られる「いと」の語が多用されるようになる。「泣く」が重ねられる「泣く泣く」は、次第に「いと」の語に代用されていくものと考えられ、ここに涙表現の変化が見て取れる。(註3)

このように、『伊勢物語』には全体的に程度の激しい「泣き」が多く描かれる傾向にある。しかし、「泣き」の場面を考察すると、「泣き」のほとんどが報われることのない、甲斐のないものである

ことがわかる。(註4)

翻って、「涙」の記述はどのように描かれるのだろうか。(註5)九例の「涙」のうち、五例は和歌に詠まれる。一方、残り四例のうち二例の「涙」が、「血の涙」に用いられていることに注目したい。「血の涙」とは、泣き続けて涙が尽きると出るというものであり、悲しみに絶えない時の涙を意味する。この「血の涙」の用例が、『伊勢物語』において二例も描かれていることは特徴的である。

「血の涙」に関しては、佐伯雅子の緻密な先行論文がある。(註6)本稿では、『伊勢物語』の「血の涙」から派生して『うつほ物語』の「紅の涙」や「紅の涙」の比喩、「赤く黒き涙」も含めて考察することで、『源氏物語』の「紅の涙」に至るまでのありようを、もう一度捉え直していく。そのようにすることで、『伊勢物語』、『うつほ物語』、『源氏物語』における「血の涙」の変遷の過程を新たに探っていきたい。

一　『伊勢物語』の「血の涙」

『伊勢物語』において、涙はどのように描かれるのだろうか。まずは、四例と限られた「涙」の記述から考察していくことにする。

みな人、かれいひの上に涙おとしてほとびにけり。（第九段―一二一）

男の詠んだ「かきつばた」の歌に、人々は愛しい人を思い出し一同で涙する。その涙が乾飯の上に落とされることにより、涙を含んだ乾飯がふやける場面である。

いとはづかしと思ひて、いらへもせでゐたるを、「などいらへもせぬ」といへば、「涙のこぼるるに目も見えず、ものもいはれず」といふ。

（第六二段―一六四）

何年もの間、男の訪れのなかった女が頼みにもならぬ人の言葉に従い、地方在住の人に使われていたところ、以前夫だった男の前で給仕することになる。男の歌に、女は恥ずかしさのあまり、涙に視界が閉ざされ目も見えないと答える。ここにも涙は描かれる。

それでは、『伊勢物語』の「血の涙」は、どのように描かれているのだろうか。[註7]

にはかに、親、この女を追ひうつ。男、血の涙を流せども、とどむるよしなし。

（第四〇段―一四八）

男は召し使いの女を愛しいと思っていたが、女への執着を懸念した親によって追い出されるのであり、悲しみのあまり「血の涙」を流す。力を持たない男であったがゆえに、引き裂かれそうになればなるほど、女に愛情を募らせていったのだと考えられる。「血の涙」には、男の身を切るほどの苦しみとともに、言葉にならない無念さが表象されている。

狩の使ありと聞きて、夜ひと夜、酒飲みしければ、もはらあひごともえせで、明けば尾張の国へたちなむとすれば、男も人しれず血の涙を流せど、えあはず。

（第六九段―一七四）

狩の使いに伊勢の国へ行った男が、出立する最後の夜、伊勢の斎宮にもう一度会いたいと思う。だが、伊勢の国の守の訪問により願いは叶わず、再会できぬままに別れを余儀なくされる。男は、密かに悲しみの「血の涙」を流す。そして、伊勢の斎宮に会えないつらさは、夜明けの近づく頃に女の側からさし出された別れの盃の皿の下の句に、松明の燃え残りの炭をもって書きつけられる。(註8)

このように、『伊勢物語』の「涙」は「落とす」や「こぼる」、「流る」と表現され、後の『うつほ物語』にも受け継がれていくこととなる。(註9)また、『伊勢物語』の「血の涙」は、二例とも「血の涙」の後に「流せど」と続くのであり、どれほど思っても思いの叶わないつらさが表現されているのだと考えられる。(註10)

つまり「血の涙」とは、別離の悲しみの深さとともに、好転することのない絶望的な状況を暗示させるのである。(註11)

この『伊勢物語』の「血の涙」と同様の用いられ方は、『竹取物語』にも見られる。(註12)

その後、翁、嫗、血の涙を流して惑へど、かひなし。あの書き置きし文を読みて聞かせけれど、「なにせむにか命も惜しからむ。誰がためにか。何事も用もなし」

（『竹取物語』―七六）

かぐや姫が月へと昇天する場面において、別離の悲しみは、竹取の翁と嫗に流される「血の涙」に表出される。(註13)ここに、『伊勢物語』の「血の涙」が、『竹取物語』を受け継ぐようにして描かれていることが読み取られる。

ところが、『うつほ物語』に至ると「血の涙」に代わり、新たに「紅の涙」が多用されるようになるのであり、

「血の涙」はわずかしか見られなくなる。

二 『うつほ物語』の「血の涙」／「赤く黒き涙」

それでは、『うつほ物語』において「血の涙」は、どのように描かれるのだろうか。『うつほ物語』に二例登場する「血の涙」は、いずれも源実忠に用いられる。

妹を置きて賀茂の社に詣で来ても血なる涙をえこそとどめね（菊の宴─三三六）

賀茂神社に参詣した実忠が、大願を立ててもなお一層悲しく思い、社からあて宮に歌を贈る場面である。だが、あて宮からの返事はない。「血なる涙」には、実忠のあて宮に寄せる思慕の深さがにじみ出ている。

身の内に、火の燃ゆる心地すればぞや。助け給へ」と、血の涙を流してのたまへば、（菊の宴─三四二）

実忠は、あて宮に歌を贈るべく血の涙を流しながら、兵衛の君に取りつぎを頼む。「助け給へ」の直後に流される「血の涙」には、兵衛の君にすがるようにして頼み込む、実忠の渾身の思いが象徴されている。

また、実忠には「血の涙」のみならず、「赤く黒き涙」の用例も見られる。「赤く黒き涙」は、『うつほ物語』において一例のみであった。これは、『伊勢物語』にも見られなかった初めての涙表現であり、注目に値する。

源宰相、時の変はるまで思ひ入りて、赤く黒き涙を滝のごとく落として、千両の黄金を、三十両づつ、白銀の鶴の壺に入れて、七大寺より始めて、香華所・比叡・高雄に誦経す。（菊の宴―三四五）

兵衛の君にあて宮との仲介を断られ、千両の黄金を返された実忠は、悲しみのあまり赤く黒い涙を滝のように流す。「黒」は、濃い紅色が黒みを帯びて見えるさまを示し、「黒き涙」には「血の涙」以上の悲しみが表現されている。（註14）そのような「赤く黒き涙」を「滝のごとく」流すところに、実忠の壮絶な悲しみが読み取られる。

実忠は『うつほ物語』の中で、三番目に多く涙する人物である。（註15）実忠に涙が多い現象は、当初実忠を主人公として描こうとしたが仲忠にしたという、物語の構想と深く関わるものと考えられる。

「血の涙」、「赤く黒き涙」は、いずれもあて宮を思慕する実忠に集約されるように描かれる点で共通している。あて宮に寄せる想いは、実忠の家庭崩壊を引き起こし、真砂子君が父恋しさに命を落とす要因となる。だが、真砂子君の死を知った時でさえ、実忠の悲しみは「驚きて泣き惑ひ」と描かれるのみであった。（註16）我が子の死を経てもなお、あて宮を思慕してやまない実忠の異常なまでもの執着が、「血の涙」、「赤く黒き涙」には表象されているのである。

三　『うつほ物語』の「紅の涙」

『うつほ物語』において、「紅の涙」は総数で一二例登場する。物語は、「血の涙」の醸し出す強烈な赤のイメージを和らげることにより、「紅の涙」という新たな涙表現を造形したのだと考えられる。(註17)『うつほ物語』に描かれる「紅の涙」の全用例は、次の通りである。

『うつほ物語』の「紅の涙」

	巻	頁	用例	人物
1	俊蔭	9	夕べの遅なはるほどだに、紅の涙を落とすに、	俊蔭の父母
2	俊蔭	12	その父母、紅の涙を流してのたまはく、	俊蔭の父母
3	俊蔭	18	七人、紅の涙を流して惜しむ。	七人の仙人
4	祭の使	227	藤英、紅の涙を流して、「恥づかしく、悲し」	藤原季英
5	祭の使	227	藤英、紅の涙を流して、	藤原季英
6	祭の使	231	そこばくの博士の前にて、紅の涙を流して申す。	藤原季英
7	吹上・下	287	山臥、紅の涙を流して奏す、	山臥(忠こそ)
8	菊の宴	324	「紅の涙の流れ溜りつつ花の袂の深くもあるかな	三の皇子
9	あて宮	358	振り出る時は紅の涙とまらぬものにぞありける	源仲頼
10	あて宮	367	湯して飲き入れて、紅の涙を流して、	源仲澄
11	あて宮	368	白き髪・髭の中より紅の涙を流して、愁へ申す。	滋野真菅
12	沖つ白波	460	紅の涙流れて、悲しく侍る」。	忠遠

表から、「紅の涙」は全員男性に用いられていることがわかる。中でも、「紅の涙」が三例と最も多く描かれる人物として藤原季英が、二番目に多い人物に俊蔭の父母が挙げられる。巻別では、俊蔭巻、祭の使巻、あて宮巻が三例ずつとなっている。また、「紅の涙」の用例のうち和歌は二例のみであり、涙表現としては「紅の涙」のほとんどが「流す」と描かれていることが読み取られる。

それでは、「紅の涙」はどのように描かれるのだろうか。まずは、「紅の涙」が最も多く描かれる藤原季英の用例から考察していきたい。

これかれうち笑ふを、藤英、紅の涙を流して、「恥づかしく、悲し」と思ひて、

（祭の使―二二七）

季英は、貧しさを理由に皆から笑いものにされ「紅の涙」を流す。「紅の涙」は、笑いものにされた季英の悔しさを表すものとして機能する。

そこばくの博士の前にて、紅の涙を流して申す。聞こし召す人、涙を流し給はぬなし。（祭の使—二三一）

源正頼の問いかけに対し、季英が多くの博士たちの前で自らの不遇を訴える場面にも、「紅の涙」は描かれる。さらに、「紅の涙」の中で唯一、喜びの涙として用いられる用例が季英に描かれることは特徴的である。

藤英、紅の涙を流して、
恥をのみ八重着る衣に脱ぎ替へて薄き衣に涼みぬるかな（祭の使—二二七）

門出の祝いの饗応をする日、忠遠は祝いの席に季英を招待し、新しい夏衣に歌をつけて贈る。忠遠の歌に、季英は嬉しさのあまり「紅の涙」を流す。この用例から、「紅の涙」が季英の喜びと悲しみという、対照的な感情に用いられていることがわかる。

また、季英が貧窮していた時に引き立ててくれた忠遠にも、「紅の涙」は描かれる。

老いたる親・小さき妻子の泣き悲しぶを見給ふるなむ、紅の涙流れて、悲しく侍る」。（沖つ白波—四六〇）

かつての恩に報いるべく忠遠への尽力を約束した季英に、忠遠は感謝し、年老いた親や妻、幼い子どもの嘆き悲しむ姿を見ることが「血の涙」を流すほどに悲しいと話す。

このように、祭の使巻の「紅の涙」の用例は、すべて季英に用いられる。また、季英に関連し忠遠にも「紅の涙」は流されるのであり、ここに出世を遂げた季英の年月を経た恩返しが描き出される。季英に用いられる「紅の涙」には、不遇な状況にあった季英に一人救いの手をさしのべてくれた、忠遠との二人の絆が内包されているのである。

次に、「紅の涙」が二番目に多い俊蔭の父母の用例を見ていきたい。

朝に見て夕べの遅なはるほどだに、紅の涙を落とすに、遥かなるほどに、あひ見むことの難き道に出で立つ。父母・俊蔭が悲しび思ひやるべし。（俊蔭―九）

俊蔭の両親は、俊蔭の帰りが少し遅くなっただけでも「紅の涙」を流すほどに心配する。

その父母、紅の涙を流してのたまはく、『汝、不孝の子ならば、親に長き嘆きあらせよ。孝の子ならば、浅き思ひの浅きにあひ向かへ』（俊蔭―一二）

遣唐使となった俊蔭は、嘆き悲しむ両親との別れを経て、波斯国に漂着する。俊蔭と俊蔭の両親との別離は、「紅の涙」に集約され後から想起される形で、父母の言葉とともに繰り返し語り直される。「紅の涙」は、このように俊蔭の記憶の中で、悲しみをより深めるものとして作用するのである。
　また、俊蔭が七人の仙人に別れを告げる際、仙人たちが別れを惜しむ場面にも「紅の涙」は流される。俊蔭巻の「紅の涙」は、共通して別離の悲しみに用いられるのである。

四　『うつほ物語』の「紅の涙」の比喩

　俊蔭巻、祭の使巻と同様に「紅の涙」が三例登場する巻に、あて宮巻が挙げられる。あて宮巻の用例は、すべてあて宮入内の悲しみに流される。(註18)

　　今はとて振り出る時は紅の涙とまらぬものにぞありける
とだに、賢しうも言はで、泣き惑ふこと限りなし。（あて宮—三五八）

あて宮の入内を悲しむ源仲頼は、あて宮づきの女房である木工の君に、出家を決意した歌を詠む。この後、涙ながらに帰邸するや否や、仲頼は出家を果たす。出家した後もあて宮に歌を贈るが、そこでは「紅の涙」ではなく、「紅の涙」の比喩が詠み込まれていることに注目したい。

　　「紅の袖ぞ形見と思ほえし今は黒くも染むる涙か
これならぬはなきこそ、いみじく」など聞こえたり。（あて宮—三六五）

出家した仲頼は、墨染めの衣を着用する。「紅の涙」は衣の上に流されることで、今度は墨染めの衣を黒に染めていくのであり、この用例は実忠の「赤く黒き涙」にも類似している。このように、『うつほ物語』には「紅の涙」と記述されないものの「紅の涙」を暗示させるような場面が数多く見られるのである。

白き御衣の袖に、涙かかりて、掻練なんど映りて濡れたるを、取り放ちて、それに書きつけ給ふ、
「解きて遣る衣の袖の色を見よただの涙はかかるものかは
いとめづらかになむ。さるは、綻びにけりや」

（嵯峨の院―一七〇）

宮あこ君を介し、良岑行正があて宮に歌を贈る。白い着物の袖が涙に濡れ、下の掻練の紅色が透けて見えるところに「紅の涙」を表現し、「紅の涙」を流すほどにつらいと訴える。涙によって色が透け、下の紅色が浮かび上がる過程に、物語は総体としての「紅の涙」を描き出す。二つの色の重なりに、「紅の涙」では表現することのできなかった「紅の涙」の語の枠を超えた、絶妙な色の重なりを映し出すのである。

また、「紅の涙」の比喩は、源仲澄があて宮に歌を贈る場面にも用いられる。

臥しまろび唐紅に泣き流す涙の川にたぎる胸の火

と書きて、小さく押し揉みて、御懐に投げ入る。あて宮、「散らさじ」と思して、取りて立ち給ひぬるを見る

ままに、絶え入りて息もせず。

（あて宮―三五六）

あて宮がいよいよ東宮に入内するという時に、仲澄は会いたい思いを歌に詠み小さくまるめ、あて宮の懐に投げ入れる。そして、あて宮が落とすまいと手紙を受け取ったようすを見届けた後に、仲澄は気絶する。自分の思いを受け止めてもらえたことに感極まった、仲澄の興奮したありようが見て取れる。

あて宮は仲澄の実の妹にあたる存在であり、他人でない分より一層、禁忌の恋に胸を焦がす。「唐紅」は輸入された紅であり、単なる「紅」よりも強い「紅」と考えられる。泣き流す唐紅の涙が川と詠まれるところに、「紅の涙」の表現を超えた、仲澄の嘆きの深さが表象されるのである。

気絶したものの息を吹き返した仲澄であったが、あて宮への恋しさが募る反面、衰弱していく身体に、あて宮への最後の歌を贈る。

侍従、見給ひて、文を小さく押しわぐみて、湯して飲き入れて、紅の涙を流して、絶え入り給ひぬ。

（あて宮―三六七）

仲澄はあて宮からの返事を見ると、そのまま小さく丸めてお湯で飲み込み、「紅の涙」を流して息絶える。

このように、あて宮を恋い慕うがあまり、男たちは「紅の涙」を流しながら悲嘆に暮れる。そして、出家したり命を落としたり、滋野真菅のように流罪を余儀なくされるなど、深刻な事態を引き起こすのである。

一方、「紅の涙」は、冤罪により出家し行者となった忠こそにも用いられる。

山臥、紅の涙を流して奏す、「山にまかり籠りしは、父、『剣を持ちて殺害すとも、汝が罪をば咎めじ』

（吹上・下―二八七）

吹上において盛大に催された菊の宴の後、皆が寝静まった明け方に、はるか遠くから聞こえてくる行者の声を耳にした嵯峨の院が、その人物を探し出すよう命じる。そのようにして連れて来られた人物が、忠こそであった。嵯峨の院に失踪のわけを聞かれた忠こそは、過去の悲しみに「紅の涙」を流しながら、その問いかけに答える。忠こその「紅の涙」には、現在に至るまでの言葉にならない苦労がにじみ出ているのである。

以上のことから、『うつほ物語』の「紅の涙」は、歓喜のあまりに流される一例を除き、別離や心配、相手に思いを訴える場面、労苦の果てに流されるものなど、主に悲しみの場面に流されることが明らかとなる。

『伊勢物語』において、流しても甲斐のない悲しみとして描かれる「血の涙」は、『うつほ物語』では一例のみと限定され、望みは叶えられるものの最終的には報われない例として描かれる。また、「紅の涙」は季英と俊蔭の父母に集中して用いられる傾向にあり、物語は「紅の涙」の中に、家族との関係性や他者との絆、あて宮をめぐる激しい執着心ゆえの悲劇を描き出そうとしたのではないか。

さらに、『うつほ物語』は「紅の涙」のみならず「紅の涙」の比喩をも積極的に描き出すことで、「紅の涙」の色彩をより視覚的に映し出し、涙表現に新たな広がりをもたらしていった。とはいえ、「紅の涙」が新たに描かれ始めた『うつほ物語』では、まだ「紅の涙」が物語に馴染むまでには至らない。涙表現が整えられ、洗練され、全体的に美しく用いられるようになるのは、やはり『源氏物語』に入ってからといえるだろう。

次に、『源氏物語』の「紅の涙」を考察していきたい。(註19)

五　『源氏物語』の「紅の涙」

『源氏物語』において、「血の涙」は見られず、「紅の涙」の用例もわずか二例と数少ない。『源氏物語』の「紅の涙」は、二例とも和歌に詠み込まれる形で描かれている点で共通している。それでは、なぜ「紅の涙」は『源氏物語』に、ほとんど登場しないのだろうか。

その背景には、『うつほ物語』に見られる「紅の涙」の、美しさに欠如した大胆な用い方への抵抗があったのではないか。『源氏物語』は『うつほ物語』に描かれる「紅の涙」を受け継ぎながらも、その用例数を最小限にとどめることで、「紅の涙」をより効果的に描き出そうとするのである。

くれなゐの涙にふかき袖の色をあさみどりとや言ひしをるべき　（少女三―五七）

浅葱色の袖も、雲居雁を想う涙で深紅色になるという、夕霧の苦しい心情を詠んだ歌である。(註20)「紅の涙」とは、雲居雁を恋い慕い流す涙のことを意味している。

くれなゐに落つる涙もかひなきはかたみの色をそめぬなりけり

聴色の氷とけぬかと見ゆるを、いとど濡らしそへつつながめたまふさま、いとなまめかしうきよげなり。

大君の死に、薫が歌を詠む場面である。大君とは他人であったがゆえに、喪服の着用を許されないことのやるせなさを詠む。(註21)「紅の涙」には、冷静な薫の悲痛な心情が端的に表現されているのである。

（総角五—三三一）

ところが、薫の用例は、単に「紅の涙」が歌に詠み込まれるのみにとどまらない。「紅の涙」の歌の直後に、「聴色の氷とけぬかと見ゆるを、いとど濡らしそへつつながめたまふさま」と、薫の涙が描かれているところに注目したい。(註22)宇治において、涙は「濡れ」の感覚とともに描かれるが、中でもこの場面に見られる薫の涙は、物語において屈指の象徴的な涙といえる。

薄紅色の袖を一層涙に濡らす薫のようすは、氷が融けたように光り濡れていたと美しく象られる。涙は、砧で打ち艶を出した直衣のつやつやと光る袖の上を、次々と転がるように流されるのであり、袖の質感と涙の雫の流れ落ちる感覚が見事に調和している。

このように、「紅の涙」は夕霧と薫という「まめ人」に用いられるとともに、衣の色へのこだわりが見られる点で共通している。「まめ人」の二人に用いられるからこそ、「紅の涙」も決して大げさにならず、かえって重々しさが添えられるような形で、物語の中に上手く馴染ませることができたのではないか。また、宇治において物語は、「紅の涙」を斬新な涙表現と袖の感覚を組み合わせるようにして描き出すことにより、「紅の涙」の格を上げ、さらなる高みを目指そうとしたのだと考えられる。

『源氏物語』に至ると、「紅の涙」以外の涙表現に関しても、「涙ぐむ」、「涙拭ふ」、「涙浮く」、「しほたる」、「涙川」、「涙を紛らはす」、「涙を一目浮けて」などに見られるように、さまざまな種類が形作られるようになる。多彩な涙表現が編み出された背景には、「涙する」という事実よりも「どのように涙しているのか」という点に重点が移行していったことが指摘できる。涙の宿り方、流され方一つに、物語は人物の微妙な心理状態を、より鮮明に表現しようとしたのである。

おわりに

『伊勢物語』に描かれる涙表現は、それほど語彙が豊富とはいえないが、深い印象を残す特別な表現である。それは、『うつほ物語』に受け継がれ『源氏物語』で高められ、緻密な計算のもとに張り巡らされることにより、物語全体に奥行きと深みをもたらしていった。

『源氏物語』では、『うつほ物語』の「紅の涙」を厳選した人物に用いることで、誇張された側面を削ぎ落とし、深い思い入れを語る表現を手に入れた。斬新な涙表現を袖の感覚とともに描き出す過程に、「紅の涙」をさらに洗練された表現として、位置づけようとしたのである。

『源氏物語』は、『伊勢物語』や『うつほ物語』の涙表現をもどきながらも独自の変化を加えることで、従来の涙表現に繊細さと広がりをもたらしていった。このように、人物の微妙な心情を描き分ける手法を獲得していく過程に、『源氏物語』は透明度のある新たな涙表現を生成していったのだ。

註

（1）今関敏子「王朝人の涙―泣く男・泣く女の文学表象―」（今関敏子編『涙の文化学―人はなぜ泣くのか―』青簡舎　二〇〇九年二月）は、『伊勢物語』の泣く場面・涙を流す場面は、歌物語独自の造型であるが、『泣く』と表現されている場面では、作中人物はひそかに涙したのではなく、声をたてて泣いた、と捉え得る」と論じている。

（2）『伊勢物語』の「足ずり」に関しては、閔丙勳「『伊勢物語』六段の俗信性（一）―足ずりをして泣く男―」（『歌物語の淵源と享受』おうふう　二〇〇二年二月）。

（3）『源氏物語』は、『伊勢物語』の涙表現をもとに「泣きこがれ」や「泣きわびて」など、さまざまな「泣き」の種類を生成していったと考えられる。

（4）『伊勢物語』第四〇段、第四五段は、いずれも親を媒介とした「泣き」が語られ、恋死にするほどに相手を想う一途さが映し出されている。親が男女の恋愛に介入し、我が子の恋心を遮断したり伝達する点において、内容的に類似する。第四五段は、男に娘の想いを涙ながらに伝える場面において、迫り来る娘の死を悲しむ親の涙が流される。なお、涙表現とともに死が描かれる場面は、第三九段にも見られる。第三九段では崇子の死に際し、御殿の隣に住んでいた男が「うち泣きてやみぬべかりけるあひだに」というところから、話が展開されていく。だが、実際に涙が流されることはない。ここに、皇女に対する儀礼的な距離を置いた悲しみが浮き彫りとなる。崇子の死は、恋の舞台を設える役割を果たすのみにとどまることから、この場面に死と涙が直接関連することはない。

（5）『伊勢物語』の涙の比喩は、すべて和歌に用いられる。

（6）佐伯雅子「『紅の涙』（1）―藤原為時の文学世界と源氏物語―」、「『紅の涙』（2）」、「『紅の涙』（3）」（『源氏物語における「漢学」―紫式部の学問的基盤―』新典社研究叢書二〇九　二〇一〇年四月）。また、血の涙の表現史に関しては、中村康夫「血―平安文学における表現の様相―」（『〈水〉の平安文学史』平安文学場面生成研究プロジェクト論文集一国文学研究資料館　二〇〇五年二月）。

（7）註（6）佐伯雅子「『紅の涙』（2）」に同じ。佐伯雅子は、「中国漢文学の側から見た場合、『血の涙』には、卞和の故事に代表される切磋琢磨して報われない者の歎きがあり、或いは、『文選』の李陵に代表される冤罪の意識があり、その一方では、不条理にもあらぬ恥を受けたり、世に顧みられない者の嘆きを見て、その背後に人の真価を見抜けない帝王批判がある」とした上で、「我が国の漢文学において、中国の故事を意識した帝王批判のことばが直接帝王を批判する体裁になっていない」と論じている。

『今昔物語集』巻第二四第三〇話「藤原為時、作詩任越前守語」に、紫式部の父親である藤原為時の句がある。ここにも「紅の涙」が用いられている。

苦学寒夜紅涙霑襟　除目後朝蒼天在眼

（8）『枕草子』に、「炭櫃に、消え炭のあるして、『草の庵を誰かたづねむ』と書きつけて取らせつれど、また返事も言はず」（第七八段―一三六）と、炭櫃に消え炭を使って手紙に書きつける場面が見られる。

（9）『伊勢物語』には、男を追いかけたものの追いつけず、清水の湧いているところに倒れ伏した女が「およびの血して書きつけける」（第二四段―一三九）と、指の血で岩に歌を書きつける場面が見られる。

血で文字を書きつける場面は、『うつほ物語』にも見られる。俊陰が日本に持ち帰る琴に「おのが腕の血をさしあやして、琴の名を書きつく」（俊蔭―一八）と、名前を書きつける。また、忠こそがあて宮を見て「散り落つる花びらに、爪もとより血をさしあやして、かく書きつく」（春日詣―一四八）と、散り落ちる花びらに、爪先から血をさし流して歌を書きつける場面が挙げられる。

（10）『うつほ物語』の主な涙表現には、「涙流る」や「涙落つ」、「泣く泣く」などがある。

（11）註（6）に同じ。佐伯雅子は、『伊勢物語』の第四〇段と第六九段に触れ、漢文学での帝王批判と『伊勢物語』の「血の涙」が直接ぶつかり合ってこないことの重要性を説き、『伊勢物語』の目指しているものと不条理にも自分を見る目がない帝王を批判している漢文学と、主題的に異なると言及している。そして、歌物語における『血の涙』は、概して和歌的表現の恋、死、別離の状況からの完全な脱却に至っておらず、用語の上では漢語の「血涙」を下地にしたと思われるが、あくまで和歌文学の範囲の中に位置づけられると指摘している。

木下美佳「泣く昔男―『伊勢物語』の物語構成―」（『詞林』（大阪大学古代中世文学研究会）第三六号　二〇〇四年一〇月）は、失ってしまった過去を望んでも戻らないと実感した時に、男は激しく泣くという共通した物語構造を論じている。

（12）『竹取物語』にはこの用例の他、石作の皇子の歌に「血の涙」が見られる。

海山の道に心をつくしはてないしのはちの涙ながれき（『竹取物語』―二六）

（13）白楽天の『長恨歌』にも、楊貴妃を失った玄宗皇帝の悲痛な涙が描かれる。

君王掩面救不得
回看血涙相和流
芙蓉如面柳如眉
対此如何不涙垂

ツベタナ・クリステワ『涙の詩学―王朝文化の詩的言語―』（名古屋大学出版会　二〇〇一年三月）は、「血涙」は単に〈女性の涙〉ではなく〈美人の涙〉を意味するので、美化の対象でもあったことは間違いないが、『長恨歌』において「血涙」は〈美女が流す涙〉から〈美女のために流す涙〉に移り変わり、美を思い慕う心を映し出すようになったとする。そして『竹取物語』に登場する「血の涙」は、「この世にない」かぐや姫の美を通じて、その意味をさらに理想化すると指摘している。

（14）室城秀之『うつほ物語　全』（菊の宴―三四五）頭注による。

（15）本書・第三章第二節「『うつほ物語』の秘琴伝授と涙――泣く俊蔭の女と泣かないいぬ宮」。

（16）国譲中巻に至ると、実忠と崩壊した家族が再び築き上げられていく過程が、細やかに描写される。そして、実忠の涙はわずかながらも、袖君や真砂子君の乳母など家族にも流されるものへと変化するのである。亡き真砂子君を思う場面を最後に、実忠の涙は見られなくなるのであり、最終的に真砂子君への贖罪行為に締め括られるのだと考えられる。

（17）「紅の涙」とは、漢文を翻訳した時に用いられた語であり「血の涙」の和語的表現である。『古今和歌集』以降、「紅の涙」は、赤いイメージを秋の紅葉や装束の色に託しながら詠まれる。

（18）「紅の涙」の用例は、三の皇子や滋野真菅にも用いられる。

三の皇子、雨の降りたる頃、御前の紅梅の匂ふ盛りに、

「紅の涙の流れ溜りつつ花の袂の深くもあるかな

大空さへこそ」など聞こえ給ふ。（菊の宴―三二四）

三の皇子は、あて宮入内のうわさに悲しみのあまり、庭にある紅梅の花に、紅の涙に染まった袂をなぞらえ歌を詠む。

帝の南殿に出で給へるに、立ちて、白き髪・髭の中より紅の涙を流して、愁へ申す。（あて宮―一三六八）

三奇人の一人である滋野真菅は、あて宮の入内に立腹し、帝の前で紅の涙を流しながら愁訴する。結果、常軌をいっした無礼な行動に、滋野真菅の一族は流罪を命じられるのである。

（19）『落窪物語』には、「血の涙」、「紅の涙」のいずれの涙表現も描かれない。

（20）註（6）に同じ。佐伯雅子は、この夕霧の歌は、和歌や漢文学や紫式部の実体験などのさまざまな文脈の総体として捉えることができるとし、光源氏によって六位にされた夕霧の嘆きに、帝王である光源氏への批判を読み取る。そして、元服と同時に、光源氏王権の批判者としての夕霧の誕生があったという意味で、漢文学にいうところの帝王批判と『源氏物語』の構造との響き合いに言及している。

註（13）に同じ。ツベタナ・クリステワは、「袖」の紅の色がベニバナの染色ではなく「涙」の色であることを顕示していると説く。さらに、「血の涙」、「紅の涙」、「からくれなゐの涙」の表現は、八代集全体の中で、わずか一例ずつしか見られないと論じている。

（21）森田直美「紅の涙と墨染の衣―『源氏物語』総角巻の描写をめぐって―」（『文学・語学』第一八四号　二〇〇六年三月）は、薫の哀傷歌を涙と衣との対比の中で読み解く重要性を指摘している。

（22）三田村雅子「濡れる身体の宇治―水の感覚・水の風景―」（『源氏研究』第二号　翰林書房　一九九七年四月）は、「通り一遍の鈍色の喪服とは違って、衣の『濡れ』こそ、薫に聴された唯一の色（『聴色』）、唯一の喪服だった」と指摘している。

＊『竹取物語』、『枕草子』、『今昔物語集』の本文の引用は、新編日本古典文学全集（小学館）による。

第二節　『うつほ物語』の秘琴伝授と涙

——泣く俊蔭の女と泣かないいぬ宮

はじめに

『うつほ物語』において、亡き俊蔭がどのように回想され再評価されていくかは、物語全体を貫く大きな課題である。俊蔭は最終的に帝から贈位されるまでに至るが、それは俊蔭の琴を受け継ぎ子孫に継承していった、俊蔭の女、息子の仲忠の存在なくして語ることはできない。

兼雅に発見されることにより、俗世から遠く隔てられたうつほでの生活を脱した俊蔭の女は、俊蔭の琴の貴重な継承者として、次第に栄華の道を極めていく。俊蔭の女は、亡き俊蔭から直接琴の手ほどきを受けた、俊蔭の琴の音色を知る唯一の人物であった。そして時の経過に伴い、世間に名高い仲忠の母としてもまた、人々から羨望のまなざしを浴びるようになるのである。

ところが、何一つ不自由のない満たされた環境にある時も、俊蔭の女の心は常に過去へと傾斜していく。そこには、外面的な充実とは対照的に心からの充足を得られずにいる、俊蔭の女の内面との〈ずれ〉が浮き彫りとなる。俊蔭の女は、過去に思いを馳せ、過去を捉え返すことによって自己を見つめる人物として位置づけられるのであり、俊蔭の女が過去を思う時、涙は流される。（註1）

『うつほ物語』の涙は、総数で三八七例にも上る。その詳細は、比喩を含む涙が二六二例、涙の比喩を含む和歌が一二五例である。（註2）それでは、物語全体において涙は、どの人物に多く描かれるのだろうか。『うつほ物語』に描かれる涙を整理すると、次の通りである。

『うつほ物語』の涙

	人物	涙（比喩を含む）	和歌（比喩を含む）	合計
1	俊蔭の女	三五例	八例	四三例
2	藤原仲忠	二五例	一五例	四〇例
3	源実忠	一九例	二〇例	三九例
4	藤原兼雅	一七例	一〇例	二七例

表から、俊蔭の女が最も多く涙していることが読み取られる。ここに、最も涙する人物として造型された、俊蔭の女の重要性が見て取れる。（註3）

本稿では、俊蔭の女が過去を思い返す行為に付随して立ち現れる涙に着目することにより、楼の上での秘琴伝授の成功に至るまでの過程を考察する。そのようにすることで、涙に支えられるようにして築き上げられてきた、俊蔭の女の栄華と記憶との関わりを明らかにしたい。さらに、秘琴伝授の継承者であるいぬ宮に着目することにより、涙の〈ずれ〉という問題から、家族との関係性をもう一度捉え直していきたい。

一　俊蔭の女の涙

俊蔭の女の涙を検討する前に、『うつほ物語』全体において、俊蔭の女はどのように位置づけられているのだろうか。涙の用例数は、物語の進行に伴い増加する一方、和歌の用例数は減少していく傾向にある。(註4) 和歌的表現が少なくなる現象は、物語において和歌の果たす役割が変更されていることを示すものであり、ある意味当然のことと考えられる。それを認識した上で、あえて涙という視点から比較しておきたい。(註5)

涙の用例数の変化は、和歌の総数の移り変わりに比例した現象であるが、ここに『うつほ物語』における涙が和歌に詠み込まれるものから、流されるものへと変化していることが指摘できる。これは、秘琴伝授の披露という物語の大団円が、実は人々の流す涙によって支えられ補強されていることと大きく関係している。物語は秘琴伝授に際し、感動の涙を流す人々の姿を丹念に描くことにより、涙を通して正頼側の勢力に対し、大勢の涙を促す俊蔭一族の優越性を描き出そうとしたのではないか。

俊蔭の女の涙は、俊蔭巻、蔵開中巻、楼の上上巻、楼の上下巻にわたり登場するものの、その描かれ方は過去に対する捉え方に伴い、移ろいを見せるのである。俊蔭巻では、主に両親を失った悲しみや心細さに流され、蔵開中巻では、仲忠や兼雅に共有されるものとして描かれる。また、俊蔭の女は自分の存在により犠牲となっていた兼雅の妻妾に涙するのであり、涙は贖罪のきっかけとしても作用するのだと考えられる。(註6)

それでは、楼の上上巻、楼の上下巻において、俊蔭の女の涙はどのように描かれるのだろうか。

二　俊蔭の女の涙と「昔」

今まで俊蔭の女にとって、過去の記憶は涙を促すものでしかなかった。ところが、京極邸への移住を希望する場面や追善供養に関して語られる場面を境に、俊蔭の女の涙は「昔」の語とともに描かれるようになり、過去と対峙するものへと変化する。

年ごろ思ふに、なほ、ただ渡り住ままほしう思ひ侍り。『心のどかに、昔を思ひ出でて、さべき尊きことをもせさせ、行ひもかしこにてせむ』となむ思ひ侍る」などのたまふに、涙もとどめがたう落ち給ひぬ。大将も、悲しきことや思ひ出で給ふらむ、泣き給ふ。（楼の上・上―八五一）

この場面に至り、京極殿を造営させて移り住みたいと願っていた、俊蔭の女の長年の胸中が初めて明かされる。俊蔭の女は、過去を想起し涙することで、自分の意志を明らかにするのである。仲忠も俊蔭の女の涙に、幼少期の母との生活を思い出し、涙を共有しながら京極邸造営に向けて動き出す。過去に対して涙するだけでなく、過去と向かい合うことにより清算していこうとする、俊蔭の女の積極的な態度が読み取られる。

物語が栄華の絶頂へと近づくに従い、俊蔭の女が「昔」を思い出す場面は増加していく。

尚侍の殿、昔思ひ出で給ふこと多くて、「いづ方ぞや、『木の葉高くてあるに、憂し』とのたまひしは」とのたまふままに、涙こぼれ給ふ。

（楼の上・下―八九二）

「昔思ひ出で給ふこと多くて」と語られるところから、過去の回想に浸りがちな俊蔭の女のようすがうかがえる。俊蔭の女は仲忠と会話するうちにも、築山の木々の紅葉や風、山の中から落ちる滝の音による自然の眺めに、過去の生活を思い出し涙する。

中でも楼の上からの雪景色は、俊蔭の女の心を「昔」へと呼び覚ます。

人々、「この年ごろ、いとかかる雪は降らずかし。これに歩きたるをば、おぼろけならずかし」と言ふを、尚侍の殿、あはれ、昔、かかる年ありきかし、「いとさるには、いかでか」と言ふをも聞かで、「山へこそ行かざらめ。河面は」とて、しひて歩み出でておはせしを思ひ出で給ふに、雨の脚よりもけに繁く涙の落ち給ふも、ゆゆしうおぼえ給へど、え念じ給はで、

（楼の上・下―八九五）

雪がたいそう高く降り積もり、面白い雪景色となった庭や池の光景に、人々は「この年ごろ、いとかかる雪は降らずかし。これに歩きたるをば、おぼろけならずかし」と何げない言葉を交わす。その会話に、俊蔭の女は大雪の降った昔、仲忠が無理を押して魚を取りに出かけたことを思い出し、激しく涙する。

俊蔭の女や仲忠は、今でこそ大雪の中を歩く困難さを想像し、傍観する側にある。だが、当時の俊蔭の女と仲忠親子にとって、雪は食糧難という深刻な事態をもたらす障害として現実的な痛みを伴い、立ちはだかるものであった。楼の上でともに雪を眺める人々は、おそらくそのような生死の危機に晒された経験はないだろう。雪の重さや

その冷たさが、時に脅威となって降りかかることを認識しているがゆえに、俊蔭の女の涙は激しい。ただでさえ過去を想起してしまいがちな俊蔭の女にとって、雪にまつわる記憶は、否応なく引きずり出されるのである。（註7）大雪は、人並みの生活とはほど遠い道のりを歩んできた俊蔭の女に、仲忠としのぎつないだ日々を、密かに思い出させるものとして作用するのだと考えられる。

　このように、楼の上上巻、楼の上下巻において、俊蔭の女の涙の多くは過去を回想する「昔」の語とともに語られる。（註8）俊蔭の女の「昔」と涙がセットで描かれる場面は、総数で九例挙げられる。（註9）また、涙表現とともに「昔」が語られる用例は、俊蔭の女の用例以外にも、兼雅、仲忠、実忠に数例見られる。だが、「昔」と涙表現に加え「思ひ出で」がセットで描かれるのは、兼雅の一例を除き俊蔭の女に数多く見られ、俊蔭の女の用例の特徴といえる。物語は、俊蔭の女にのみ「昔」の語と涙を、意図的に集約して描いていったのである。

　俊蔭の女が、何かの折に繰り返し過去を思い返し涙する背景には、現在の煌びやかな生活に満ち足りず、どこか喪失感を抱えているからに他ならない。俊蔭の女にとって、「昔」は俊蔭の存在を彷彿とさせる一方、苦しい生活を強いられた日々でもあった。とはいえ、つらいものでしかなかっただけの「昔」ならば、記憶をそのまま封印してしまうに違いなく、少なくとも繰り返し思い返すことなどしないはずである。それでも「昔」を排除できずにいるのは、俊蔭の女にとって「昔」が、悲しみ以上にかけがえのない記憶であった証拠であろう。確かに、「昔」は俊蔭の死や、うつほでの人並み外れた生活なども容赦なく映し出す。しかし、そこには同時に俊蔭とともに過ごした時のあたたかさや、うつほでの何者にも囚われることのない厳かな時間も内包されているのである。つまり、俊蔭の女にとって「昔」の記憶は、困難な記憶をはるかにしのぐ、必要不可欠な心のよりどころとして存在するのではないか。

俊蔭の女は、心の渇きを潤すようにして「昔」を強く意識し引き寄せ、「昔」の記憶と現在とを行き来する。そして、「昔」との共存を願い涙することで感情を発散させる一方、心身の安らぎを得ていたのだと考えられる。さらに、俊蔭の存在や俊蔭を近くに感じることのできた日々を思い起こし涙する行為を通して、琴に少しでも俊蔭の魂を込めようとしたのだといえよう。

俊蔭の女の精神的な支えとなる「昔」の記憶は、涙を伴い思い出されることにより、俊蔭の女の琴の音に深みをもたらしていく。俊蔭の女は、そのような過程の中でより奥ゆきの増した音色を、いぬ宮に伝えようとするのである。(註10)それでは、物語において俊蔭の女の思いは、いぬ宮にそのまま継承されたのだろうか。次に、いぬ宮の涙の描かれ方を検討していきたい。

三　いぬ宮の秘琴伝授

『うつほ物語』は、全体的に男君の涙が多く描かれるのに対し、女君の涙は比較的少ない傾向にある。そのような状況の中、俊蔭の女の涙は特別多く描かれる反面、あて宮やいぬ宮、女一の宮の涙は数例しか描かれることはない。(註11)

特に、俊蔭の秘琴の継承者であるいぬ宮においても、実際に流される涙が三例のみであることは問題である。そこには、琴の一族の共同体に属しながらもずれる、いぬ宮の姿がうかがえるのであり、『うつほ物語』の涙表現の独自性が垣間見られる。そして、いぬ宮の涙の〈ずれ〉は、秘琴伝授の方法と密接に関わっているように思われる。

従来の研究では、いぬ宮のかわいらしさに焦点があてられがちであったが、本稿ではいぬ宮の涙の流され方を考察することにより、かわいらしいだけではない、どこか感情に欠落のあるいぬ宮の側面に注目する。まずはいぬ宮の秘琴伝授のあり方を、俊蔭の女や仲忠の時と比較しておきたい。

俊蔭の女の秘琴伝授は、三条京極邸のゆったりとした時の流れの中、惜しみない時間が注がれた。しかし、俊蔭の死を境に秘琴継承の先細りが避けられない状況のもと、物語は仲忠の秘琴伝授の舞台を雄大な自然に屹立する、うつほに据える。そのようにすることで、俊蔭の琴をなるべく損なわずに継承しようとしたのだと考えられる。世俗を捨てた俊蔭と俊蔭の女、同様に世俗を逃れうつほに移り住んだ俊蔭の女と仲忠は、ともに周囲に気がねすることなく、ただひたすら琴に明け暮れる日々を過ごした点で共通する。また、習得期間が定められていなかった点でも一致している。

仲忠は、うつほとうつほを取り巻く大自然に守られ抱かれるようにして、宇宙樹が天上界と交信するように、琴の伝授を成し遂げていく（註12）。それは、俊蔭の女が広大で風流な邸の自然とともに秘琴伝授を受け、成長していった過程と類似している。音もなく降り積もる雪の白さや冷たさなど、自然を肌で感じる生活の中に仲忠の五感は育まれ、無意識のうちにも自然と調和した音色へと整えられていくのである（註13）。

このように、俊蔭の秘琴の継承者である俊蔭の女と仲忠は、都の権力から離れ、世俗から隔てられた環境の中、自然と一体化しながら琴を掻き鳴らす。そこには、大自然と融合した琴の音色が奏でられるのである。

一方、いぬ宮の秘琴伝授のなされ方は、俊蔭の女や仲忠の場合とは、やや異質である。俊蔭から琴の手ほどきを受けた俊蔭の女も、うつほを取り囲む自然を我が家に秘琴を吸収していった仲忠も、山の自然に抱かれながら秘琴伝授を受けた。それに対し、いぬ宮の場合は、秘琴伝授の為に設えられた楼の上において伝授がなされる。高い木で抱かれるイメージの楼は木と同じ高さにあり、建築材である梅檀の匂いを身近に感じることのできる建築物である。贅を尽くして設えられた楼の上も、京極邸の面影を残した俊蔭の霊の宿る神聖な場所にあり、超越的な空間に変わりない。仲忠によって作り上げられた、四季折々の情感溢れる環境や超越的な空間は、過去そのものではなく、取り戻そうと新たに再構築された過去であったと考えられる。

また、秘琴伝授は今まで親子だけの空間でなされ、権力とは切り離されてきた。ところが、いぬ宮の秘琴伝授に至っては、楼を設計する段階から既に世間の注目を浴びることとなり、にわかに権力性、世俗性を帯び始める。いぬ宮や俊蔭の女、仲忠は、秘琴伝授を開始する以前から、早くも披露の日を待ち望む人々の期待を背負いつつ、いざ楼の上での籠りの時を迎えるのである。

秘琴伝授を受ける時期が普通よりも遅いいぬ宮は、俊蔭の女や仲忠よりも短期間での琴の習得を余儀なくされる。さらに、いぬ宮の場合は秘琴伝授にかけられる時間が一年と限定されている為、伝授がある程度集中的に行われざるを得ない。(註14) 伝授を待ち望んでいた時が長かった分、いぬ宮の琴への興味は掻き立てられ、意欲の向上につながったとも推測できる。だが同時に、秘琴伝授の完了まで、いぬ宮は母である女一の宮や祖父の兼雅との面会を禁じられるのであり、秘琴伝授はまさに自由と引き換えの乗り越えるべき課題であった。

いぬ宮にとって、秘琴伝授の早期習得こそが母との再会を許される条件であり、自由を獲得する唯一の道である。そこには、自然に委ねられたあるがままの成長というよりも、むしろ周囲から一刻も早い成長を迫られ早熟を強いられた、いぬ宮の孤独がうかがえる。いぬ宮の母と隔てられた寂しさは、涙となって流されそうになる。(註15)

「宮のも、かくやあらむ。宮見奉り給へるか。『恋しうとも念ぜよ』とのたまひしを、今は忘れやし給ひぬらむ。御文も賜へかし」とのたまふままに泣きたまひぬべければ、「な泣き給ひそ。御文侍り。それには、『よく習ひ給ふや。今は、さらば、渡り給ひて見奉らむ』となむ侍りつる」と聞こえ給へば、「いとうれし」と思ひ給ひて、いとよう弾き給へり。

（楼の上・下―八九一）

いぬ宮は、檀の色がたいそう趣深く変化していくようすに、母である女一の宮を恋しく思い、思わず涙しそうになる。ところが、「な泣きたまひそ」と、涙さえ仲忠に制されてしまうのである。

仲忠の行為は、琴の習得に伴う、通過儀礼の厳しさと考えることができるかも知れない。また、いぬ宮の涙を、四季の移り変わりに母の不在を思い悲しむ、自然の変化に寄せて育まれた情緒によるものと読めるかも知れない。だが、そもそも女一の宮との間に隔てを置くという状況を設定したのは仲忠である。つまり、この場面におけるいぬ宮の涙は、人工的に整えられた環境の中に方向づけられていった情緒、といえるのではないか。ところが仲忠は、ある意味仕組まれた中に芽生えた情緒さえも、抑圧していくという行動に出る。

振り返れば、仲忠はいぬ宮の誕生時から、極力いぬ宮を他人の目に触れさせまいと注意を払ってきた。(註16)それは、将来のいぬ宮の入内をにらみ、いぬ宮を大事に思うがゆえの行為であった。また、秘琴伝授において、いぬ宮に女一の宮や兼雅との面会を禁止する行動に出たのも、琴の一族以外の人物を排除する為の策であった。しかし、涙まで禁止するという仲忠の行いは、いぬ宮を強引にも「大人」の枠に合てはめようとするものに他ならない。いぬ宮の流されそうになった涙は、大人らしさを身につけてきたいぬ宮の大人になりきれずにある、母を慕う感情の表出であったと考えられる。

にもかかわらず、仲忠はそのようないぬ宮の寂しさに、正面から向き合おうとしない。仲忠はいぬ宮の涙を制した後、女一の宮から手紙のあったことを告げ、いぬ宮の涙が流される前にその涙を紛らわせようと努めるのである。

いぬ宮の感情との対峙を避け、話をすり替えようとする仲忠のふるまいには、いぬ宮の情緒までも管理、掌握しようとする、大人の巧みな戦略が見て取れる。

感情の発散場所を失ったいぬ宮は、涙することさえままならないうちに成長していくこととなる。早期熟成を求める仲忠の教育は、一見効率的なように思われるが、実はいぬ宮の情緒に重大な欠陥をもたらしていった。仲忠に涙を禁止されたいぬ宮が、今度は俊蔭の女に対して涙を禁止するようすが次のように描かれる意味は、一体どのように考えたらよいのだろうか。

四　いぬ宮の涙の〈ずれ〉

いぬ宮が俊蔭の女に対し、涙を禁止する場面を検討していきたい。

いぬ宮、「な泣き給ひそ。まろも念じてこそあれ」と聞こえ給へば、おとど、「宮をば、いと恋しうや思ひ聞こえ給ふ」。「いかがは降りし。雪の降るまで見奉らねば、いとわびしけれど、父の、『な泣きそ』とのたまへば。宮は、雪をぞ山に作らせ給ひて、まろと二の宮とは並びて見侍りしかし」とのたまふままに、泣き給ひぬべければ、異ごとに紛らはし給へり。（楼の上・下―八九五）

この場面から、いぬ宮は仲忠に涙を禁止されていたことが明らかとなる。仲忠の言いつけを守ろうとするいぬ宮は、俊蔭の女に、女一の宮に会えない悲しみを一生懸命にこらえていることを話し、俊蔭の女の涙まで制するのである。

いぬ宮の涙は母恋しさであるのに対し、祖母である俊蔭の女の涙は、過去へと遡るものであった。だが、いぬ宮は俊蔭の女との涙の差異に気づかない。

いぬ宮は雪景色に、母である女一の宮が雪山を作ってくれたことを思い出す。いぬ宮の発した「な泣き給ひそ」には、涙する行為を注意されるであろうことを心得たいぬ宮が、涙してしまいそうな自分自身を戒めるべく発したものとも考えられる。だが、「な泣き給ひそ」の後には、「まろも念じてこそあれ」と続くのであり、そこには母を恋しくとも心のままに涙することのできない、いぬ宮の父への不満が表出されている。一方で、いぬ宮は「清らに、いよいようつくしげになりまさり給ふ」（楼の上・下―八九六）のように、より一層美しいようすとともに描かれるのであり、その類まれな成長との差異が浮き彫りとなる。[註17] 最終的に母を恋しく思う涙は、仲忠によって雪山や人形遊びに紛らわされていくのであり、大人らしい外見と年相応の内面との違和感は、いぬ宮の不安定さを表象するのである。

このように、仲忠からいぬ宮に親から子へといさめられてきた涙は、逆にいぬ宮から俊蔭の女に、子どもから大人に禁止されるものへと変化する。ここに、涙の禁止の逆転の構図が読み取られる。物怖じすることのないいぬ宮の姿には、従順なだけではない側面が垣間見られ、興味深い。そこには同時に、「昔」を思い出す俊蔭の女や仲忠に対し、「昔」を知り得ず共有することのできないいぬ宮の孤独が照らし出されるのであり、両者の間に生じた心の齟齬が浮き彫りとなる。俊蔭の琴を継承するものでありながらも、琴の一族という共同体における涙からは逸脱していくいぬ宮の〈ずれ〉が、涙表現に描き出されているのである。[註18]

また、俊蔭の女と仲忠が、涙しながら曲の意味を伝授する場面においても、いぬ宮と共感できずにずれてしまうさまが読み取られる。

月のいと明らかに、空澄みわたりて静かなるに、山の木陰、水の波、やうやう風涼しくうち吹き立てたるに、いと大人大人しう弾き合はせ給へるを、大将、尚侍のおとども、折も心細くなりゆくに、涙落ちて、ことの心教へ奉り給ふ。泣き給ふ気色を、いぬ宮、「まろをのたまへど、宮恋しくおぼえ給ふべかめり。母君も泣き給ふか」と、尚侍に聞こえ給へば、皆、いとをかしくなり給ひぬ。

（楼の上・下―八九一）

明るい月が空一面に澄み渡る中、俊蔭の女と仲忠は、大人びたようすで琴を引き合わせるいぬ宮に、涙しながら曲の意味を伝授する。二人の涙は、晩秋の時期のもの寂しさによるものであるが、そこにはいぬ宮の琴の成長への感動も内包されていると考えられる。

だが、涙することを禁じられているいぬ宮にとって、二人の涙は、女一の宮を心細く思うがゆえのものと受け取られてしまう。琴を弾くいぬ宮は、「いと大人大人しう」と描かれるものの、まだ季節の情緒を解するまでには至らない。現在に「昔」を重ねることのできないいぬ宮は、琴の一族という共同体にありながらもずれるのであり、その〈ずれ〉が、いぬ宮の涙には顕著に表れているのだといえよう。

おわりに

最後に、兼雅と仲忠が「昔」を想起し涙する場面を検討することで、もう一度、俊蔭の女の「昔」と涙の特異な結びつきを照らし返しておきたい。

かくて、おとど、巡りて見給ひて、昔は、方々に、「我も、我も」と、けうらを尽くして住みしものを、今日は、掻い払ひて、人もなし。花は、色々に咲き乱れたり。かすかに見給ふに、あはれに思さるれば、うち泣きて、

（蔵開・下―六一五）

兼雅と仲忠は、無人の一条殿を訪れる。兼雅は一条殿に咲き乱れる花や、ひっそりとした邸内のようすをしみじみと哀れに思い涙する。

月の光に染みて居給へりしほどを見つけ給へりしこと、わりなく出で給うし折の心地の思ひ出でられ給ふに、いといみじう胸ふたがる心地し給ひて、涙のつぶつぶと落ち給ふを、大将、「昔思し出で給ふなめり」と見給ふにつけては、何ごとも、片時忘られ給ふ世なく、物のおぼえ給へば、我も涙のこぼれ給ひぬべけれど、

（楼の上・上―八七八）

兼雅と仲忠は、ともに京極の庭を巡る。兼雅は、もとの邸の土台に建てられた京極邸を見るにつけ、自然と俊蔭の女を発見した当時のことを思い出し涙する。仲忠は、そのような「昔」を想起する兼雅の心中を思いやるのである。

次の用例は、仲忠が「昔」を思い涙する場面である。

昔、若くおはしましけむ世には、はかりなかりけむことにつけて、仲忠らが物の心も知らぬを掻き持ては、い

かばかりかは悲しび給ひし」と聞こゆるままに、涙は雨のごとくにこぼす。父おとど・母北の方も、いみじう泣き給ふ。（蔵開・中―五六一）

仲忠が兼雅に、今となっては女三の宮を迎えても心配はないと、女三の宮の受け入れを説得する。そして、女三の宮母子に、かつての俊蔭の女と自分との境遇を重ね合わせ、思わず涙するのである。

このように、「昔」を想起し涙する場面は、兼雅に二例、仲忠に一例挙げられるが、三例とも兼雅と仲忠が二人で描かれる点で共通しており注目できる。兼雅は、ひっそりとした邸のようすや、かつての京極邸の面影を目にすることにより過去の時間を思い出し、当時の女君の心情に寄り添い涙する。一方、仲忠は相手を思い出すというよりも、俊蔭の女と同様に目の前の現象に過去の自分を重ね合わせるように涙しており、違いが見られる。これは育った環境による差異といえるが、いずれにしても両者の場合は、俊蔭の女のような「昔」の語と涙との密接なつながりは見られない。

俊蔭の女の「昔」の語が涙とともに見られなくなるのは、治部卿への追贈により俊蔭の名誉が回復された場面からである。取り戻された俊蔭の名誉のうちに、俊蔭の女の本意は遂げられるのであり、後は物語には描かれないものの安らかな死を迎えるのみとなる。

本稿では、俊蔭の女が「昔」の記憶と現在とを行き来しながら涙することで、現在を新たに生きようとする過程の重要性を明らかにした。「昔」と現在との挟間で揺れ動く俊蔭の女の微妙な心情は、琴の音色にさらなる深みをもたらし、涙することで過去から現在までを辿り直すのである。過去に軸を置いた俊蔭の女にとって、「昔」を想起し涙することこそ、現実を生き抜き栄華を獲得する上で必要不可欠な行為であった。（註19）

俊蔭と過ごした時間やうつほでの日々の記憶は、俊蔭の女が「昔」に想いを馳せ涙する過程に、繰り返し呼び覚まされる。「昔」への思いは、俊蔭から吸収し受け継いだ、技術面以外の精神的な要素を伝える唯一の糸口であり、秘琴伝授を通していぬ宮に伝えられるのである。つまり、「昔」を思い返す行為は自分の中でのみ収束するものではなく、琴の調べに乗って現在へとつながり、確実に働きかけていくのだと考えられる。

俊蔭の女が「昔」を思い涙することと、琴を弾くことは同じベクトルであり続け、見事に一致する。その一方で、同じ感激を共有できないノイズとして、いぬ宮の涙の〈ずれ〉は位置づけられる。いぬ宮が、琴の一族に参与しているとする考えもあるかも知れない。だが、物語の復元している琴の一族の結束と同時に、いぬ宮の涙の〈ずれ〉が描き込まれているところにこそ問題があるのではないか。

本稿では、いぬ宮の涙という微細な表現にこだわることで、大筋の枠組みに吸収される論理とは違うところに位置する、いぬ宮の論理を明らかにした。俊蔭の女の中で生き続ける伝承と記憶とは別の論理も、物語はまた描き始めようとする。そのような幅のある動きの中に、『うつほ物語』の琴の伝授が、最後に問いかけられているものといえよう。

註

（1）西本香子「俊蔭女と予言の行方―『楼の上』下巻・波斯風弾琴をめぐって―」（『中古文学』第四九号　一九九二年六月）は、「俊蔭女は父の遺言を受けることによって、俊蔭の運命そのものをも、引き受けたことになるのである。だからこそ俊蔭は俊蔭女の中に生き続け、俊蔭女の存在は物語に俊蔭の面影を喚び起こすのだ」と、俊蔭の女が現在と過去をも媒介する存在であることを指摘している。

（2）『うつほ物語』に描かれる涙表現は、「涙流る」や「涙落つ」、「泣く泣く」などのように素朴な表現が多いが、似通った涙表現が繰り返し用いられる中にも、涙の〈ずれ〉が描き出されている。そのような点では、涙表現に人物間の心情の〈ずれ〉が浮き彫りにされている『源氏物語』に、『うつほ物語』の涙表現は少なからず影響を与えたといえよう。本書・第三章第一節「『伊勢物語』の『血の涙』――『うつほ物語』・『源氏物語』の涙の変遷」。

（3）藤原家の勢力が続く中、あて宮に心を奪われる実忠の涙表現が多いことも興味深い。この現象は、『うつほ物語』が当初、実忠を物語の主人公として描こうとしたものの、仲忠を中心人物に据えることにしたという物語の構想と深く関わっていると考えられる。

（4）和歌の表の巻別の用例数は、中野幸一「うつほ物語における長編構築の方法」（『うつほ物語の研究』武蔵野書院　一九八一年三月）の「『うつほ物語』の巻別和歌数」の表による。

三田村雅子「若小君物語の位相―宇津保物語における文脈の差異と統合―」（『玉藻』第二一号　一九八五年一二月）は、『うつほ物語』の歌の大部分は、祝祭の折の晴の歌やあて宮への贈答歌の羅列であり、きわめて散文的な機能しか持たないものであったと言及している。

（5）俊蔭系物語と正頼系物語の主題の異なる二つの系統により、それぞれの文体に異質性が認められるという意見もあるが、そのように峻別のできない可能性もあり、なお検討を重ねたい。

（6）俊蔭の女の涙は、妊娠の恥ずかしさによる二例に加え、犠牲となっていた一条殿の妻妾たちの存在を知る場面や、中の君の境遇に自分の過去を重ねる場面にも描かれる。

（7）大井田晴彦「栄花と憂愁―『楼上』の主題と方法―」（『うつほ物語の世界』風間書房　二〇〇二年一二月）は、自然がことごとく俊蔭の女に過去を想起させるものとして機能していると論じている。そして「俊蔭女は、いわば過去に生きる人物であり、その思考は常に過去へと向かう。それは、日々成長著しいいぬ宮との対照によって、ますます際立つ」と説く。

（8）「昔」に関しては、既に数多くの先行研究がなされている。竹原崇雄「『楼の上』の構造」（『宇津保物語の成立と構造』風間書房　一九九〇年五月）は、楼の上に入って、俊蔭の女の「昔」への回想が多くなることはゆえなきことではなく、

「『昔』への回想によって、父俊蔭と共に過した幼い日々、兼雅とのつらい別れの年月、仲忠と『うつほ』で琴を弾いた日への思いが、哀しさとなつかしさとを織り込みながら、犬宮に伝授する琴の音色に響いていく」と指摘している。

(9) 俊蔭の女の「昔」と涙がセットで描かれる場面に、「涙もとどめがたう落ち給ひぬ」(楼の上・上―八五一)、「涙落ち給ふを」(楼の上・上―八五二)、「え念じ給はず、涙のこぼれ給へば」(楼の上・上―八七四)、「涙の落ちつつのたまふ」(楼の上・下―八八四)、「涙こぼれ給ふ」(楼の上・下―八九二)、「雨の脚よりもけに繁く涙の落ち給ふも」(楼の上・下―八九五)、「いみじう泣き給ふ」(楼の上・下―九〇七)、「つくづくと、涙のみこぼれ給ふ」(楼の上・下―九一〇)、「まづ涙落ちて」(楼の上・下―九三三)の九例が挙げられる。なお、「いにしへ」の用例も含む。本論に取り上げた用例は、涙表現に傍線を付した。

(10) 猪川優子「『うつほ物語』俊蔭女の〈尚侍物語〉―仲忠への女一宮降嫁からいぬ宮入内へ―」(『国語と国文学』第八〇巻第七号 二〇〇三年七月)は、俊蔭の女が弾琴に懐旧を込めることで、過去は賤しさという負の属性から聖なるものへと昇華され、人々に認識されると指摘している。また、「俊蔭女の手はしばしば昔を喚起させるものとして、仲忠の興趣に満ちた手と対照的に描かれている。過去の呼び戻しは俊蔭女が持つ力である」と言及している。本稿では、俊蔭の女の涙と「昔」をセットで捉えることにより、「昔」を思い出しながら涙することの重要性を示した。

(11) あて宮が涙する用例は五例、涙を流しそうになる用例は一例。女一の宮が涙する用例は二例見られるが、会話の中で自分の涙を語るという形で描かれる。涙を流しそうになる用例は一例。いぬ宮が涙する用例は三例、涙を流しそうになる用例は二例見られた。

(12) 高橋亨「うつほ物語の琴の追跡、音楽の物語」(『国文学』第四三巻第二号 一九九八年二月)は、「俊蔭は西方に向かい、阿修羅が切る宇宙樹というべき巨大な桐の木の一部を得た」と論じている。

(13) 仲忠の琴の音色は、俊蔭の女の琴の音色に比べ、荒らぶる点で違いが見られる。

(14) 三田村雅子「宇津保物語の論理―祝祭の時間と日常の時間と―」(『初期物語文学の意識』論集中古文学二 笠間書院 一九七九年五月)は、「俊蔭が全身的に不遇な籠りの生活を選んだのとは対極的に、仲忠の楼上籠りは明らかに彼の一面にすぎない。しかもそれは一年間の限定づきの『籠り』である」と指摘している。

また、野口元大「物語の結収―『うつほ物語』『楼の上』を中心に―」(『国文学』第四三巻第二号 一九九八年二月)

は、一二カ月の四季の時間が、『うつほ物語』では全体として一貫した一つのサイクルをなしており、時間は一方的に流れ去るものではなく、一つのサイクルを形成する円環にイメージされる性質のものに転換されたと説いている。

(15) 西山登喜「『うつほ物語』における兼雅の機能―仲忠との関係性をめぐって―」(『物語研究』第五号 二〇〇五年三月)は、「秘琴伝授の間、女一の宮といぬ宮が互いに求め合う姿が繰り返し描写され、琴の継承者として非・人間的、神秘性が求められるべきいぬ宮は、女一の宮との繋がりによって、人間的、俗的な世界との境界に存在することが表象されるのである」と論じている。

(16) 立石和弘「抱擁と童名―『うつほ物語』心性の生育儀礼―」(『生育儀礼の歴史と文化―子供とジェンダー―』服藤早苗・小嶋菜温子編 森話社 二〇〇三年三月)は、幼少期の仲忠に関して、見知らぬ人でさえ抱きたくなるという記述があるにもかかわらず、父母に抱かれたとは記されていないとし、仲忠の孤独を捉えている。さらに、父となった仲忠が、いぬ宮をまるで失われた記憶を取り戻すかのように慈しむことを指摘し、物語はいぬ宮を抱擁する仲忠の姿を繰り返し語ることで、「親と子」の関係が形成されていく過程を丹念に描き込んでいることを明らかにしている。

(17) 「『御髪、心もとなし』とのたまひし、丈になり給ひにけり。御かたちも、変化の者のやうになりまさり給ふ」(楼の上・下―九〇五)のように、髪や美しい容姿においても、いぬ宮の人並み外れた早さでの目覚ましい成長がうかがえる。

(18) 野口元大「『楼の上』の世界」(『うつほ物語の研究』笠間書院 一九七六年三月)は、いぬ宮に関して「自分の立場を理解し、音楽を愛し、その修練に専心する決意はしているものの、やはり折にふれて母が恋しく涙をこぼす少女である」と、いかにも子どもらしいいぬ宮の側面を説きながらも「子の方は未知の世界への期待が大きく、母親の思うほど涙っぽくはない」と指摘している。

(19) 俊蔭の女の視点人物のほとんどが兼雅か仲忠であり、「昔」を想起する俊蔭の女の心情に思いを重ね、共感の涙を流している場面が読み取られ特徴的であった。また、仲忠の涙は最初はあて宮を思うものであったが、女一の宮の出産を案じる激しい涙や、過去を想起する涙が次第に台頭するものへと変化していった。

第三節　『落窪物語』の笑いと涙

――落窪の君と道頼の関係性

はじめに

『落窪物語』は継母の垣間見に始まり、垣間見場面が数多く登場する。(註1) 相互に見合う場面や互いの情報を得る場面など、物語中に多く描かれる人物の視線は、後の『源氏物語』へと引き継がれ、さらに有効に機能していくのである。

『落窪物語』の先行研究には、徹底した現実主義を指摘した論などさまざまになされているが、中でも畑恵里子は、落窪の君の縫う行為の重要性に着目する。(註2)「高度な縫製技術という言葉では説明することのできない〈力〉が、一針ずつ縫いこめられ、衣装に憑き、宿る」とし、「女君の内部から生成し、衣装を通じて発現する〈力〉は、他の継子いじめの物語に見られる神仏の加護などの超自然的な〈力〉に拮抗する存在感を見せつけ、聖性をちらつかせている」と説く。(註3)

確かに、落窪の君の縫いあげる衣装には、抑圧され虐げられてきた落窪の君の苦悩や孤独などさまざまな思いが込められており、常人には持ち得ない力を生み出したという畑氏の指摘には、示唆を得た。[註4] しかし、落窪の君の裁縫場面には、涙を伴う箇所が多く見られることを見逃すわけにはいかない。落窪の君が衣を縫う行為と涙する時間が、同時に描かれているところにこそ意味があるのであり、重要な鍵が隠されているのではないか。

本稿では、今まであまり注目されることのなかった、落窪の君の涙に焦点をあてる。落窪の君と道頼との関わりを涙から分析することにより、全体を統括するような人物と涙との相関を探りたい。さらに、涙と対をなす笑いの描かれ方にも着目することで、物語における涙と笑いの有機的な関係構造を明らかにしていく。

一　落窪の君と裁縫

『落窪物語』において、涙はどのように描かれているのだろうか。『落窪物語』の涙の用例は、比喩や和歌を含め、総数で八七例にも上る。主な登場人物の涙の用例数は、次の表の通りである。[註5]

『落窪物語』の涙

	人物	涙（比喩を含む）	和歌（比喩を含む）	合計
1	落窪の君	二八例	六例	三四例
2	あこぎ	一三例		一三例
3	道頼	八例	三例	一一例
4	継母	一一例		一一例
5	四の君	一〇例		一〇例
6	中納言	五例		五例
7	三の君	四例		四例

表から、落窪の君が圧倒的に涙する人物として描かれていることがわかる。そして二番目に涙の多い人物に、あこぎが挙げられる。また、継母の涙は、道頼の復讐により次々と災難に遭う場面や、四の君との別離の場面に流される。四の君の涙は

三の君の二倍と数多く、主に面白の駒との結婚において見られるのである。

落窪の君の涙の多さは、継子いじめ譚であるがゆえに、ある程度予想がつくとする考えもあるかも知れない。しかし、落窪の君の涙は道頼との関係性の中で計算され、意図的に配置されているのだと考えられる。それでは、物語において落窪の君の涙は、どのように描かれているのだろうか。始めに、落窪の君の裁縫と涙の場面から考察していきたい。

落窪の君は継母の指示により、ひたすら裁縫に明け暮れる過酷な日々を過ごしてきた。落窪の君の最初の涙も、まさに裁縫の場面とともに流される。

落窪の君、まして暇なく、苦しきことまさる。若くめでたき人は、多くかやうのまめわざする人や少なかりけむ、あなづりやすくて、いとわびしければ、うち泣きて縫ふままに、

（巻之一―一九）

落窪の君は、裁縫が軽蔑されがちであることをつらく思い涙する。裁縫は継母から管理、抑圧される強制的な作業である一方、落窪の君にとって我が身を守る唯一の手段であり、得意芸であった。裁縫に費やされる時間は、落窪の君の日常生活の核を担うものとして、着実に積み重ねられていく。そして、裁縫の時間は無意識のうちにも、落窪の君のアイデンティティーを確認する大切な時として機能していったのではないか。

このように落窪の君の涙の時間は、着物の一目一目にそのまま縫いつけられるように描かれるのであり、特徴的である。

道頼の訪問中も、落窪の君の意識は常に、裁縫を仕上げることに向けられている。しかし、継母の讒言により縫

い物の不熱心さを道頼の前で罵られる場面では、実の父親である中納言に罵られた上、道頼に「落窪の君」が自分のあだ名であると知られてしまった恥ずかしさに、落窪の君は自ら裁縫を押しやり涙する。

「夜のうちに、縫ひ出ださずは、子とも見えじ」とのたまへば、女いらへもせで、つぶつぶと泣きぬ。おとど、さ言ひかけて帰りたまひぬ。人の聞くに恥づかしく、〈恥の限り言はれ、言ひつる名を我と聞かれぬること〉と思ふに、〈ただ今死ぬるものにもがな〉と縫物はしばしおしやりて、灯の暗きかたに向きていみじう泣けば、少将、あはれにことわりにて、〈いかに、《げに恥づかし》と思ふらむ〉と、我もうち泣きて、「しばし入りて臥したまへれ」とて、せめてひき入れたまひて、よろづに言ひ慰めたまふ。（巻之一—八六）

ここで、落窪の君の涙が「つぶつぶ」と描かれていることに着目したい。「つぶつぶ」という涙表現は『落窪物語』において、この場面に限定されて用いられる。（註6）道頼の見ている中、継母ならまだしも、実の父にひどい扱いを受ける落窪の君の屈辱の大きさが表現されていると考えられる。

いつもならば、道頼が落窪の君の縫い物を無理にでも中断させてしまうところであるが、この場面では落窪の君が自ら作業の手を止めて、縫い物を押しやっている。縫い物を放棄しひたすら涙に暮れることで、どうにか心の回復を図ろうとする、落窪の君の必死なようすが浮き彫りとなる。

また、道頼も落窪の君の心中を察し、落窪の君の涙に心を寄り添わせるようにして涙する。道頼の涙は、物語において初めて流されるのであり注目できる。中断された縫い物の時間は、二人が涙を交わし合う重要な場としても機能するのである。

落窪の君は、継母の指示により遣わされてきた少納言に縫い方を教えるべく、再び起き上がり縫い物を手にする。

「今、しばし、教へて縫はせむ」とて、からうじて、起きてゐざり出でたり。少将見れば、少納言火影に、〈いと清げなり〉と、〈よきものこそありけれ〉と見たまふ。女君をうち見おこせたれば、いといたう泣きつやめきたるを見て、（巻之一―八七）

涙の乾く間もなく裁縫の再開を余儀なくされた落窪の君のようすは、涙でつやつやと光る頬に象徴されている。とはいえ、落窪の君の涙は道頼の前で流されたものであり、孤独のうちに流された涙ではない。落窪の君の涙の後に笑いが初めて登場することからも、道頼の存在に心を救われ、少しずつ元気を取り戻していくありようが見て取れる。

少将、「ひかへむ」とのたまへば、女君、「見苦しからむ」とのたまへど、几帳を外のかたに立てて、起き出で、「なほひかへさせたまへ。いみじき物師ぞ。まろは」とて、向ひて折らせたまふ。いとつれなげなるものから、心しらひの用意すぎて、いとさかしらがなり。女君、笑ふ笑ふ折る。（巻之一―九四）

落窪の君を手伝おうとする道頼が、袍を折るという慣れない作業に慎重になるがあまり、かえって余計なことをする場面である。そのような道頼のようすに、落窪の君は笑う。律義にも真剣に取り組む道頼に対し、落窪の君は恐縮の意を表すどころか、笑いを見せるのである。しかも「笑ふ笑ふ」と、笑いが二度も繰り返されており興味深い。

落窪の君の笑いには、道頼に助けられながらも、一方では道頼を包み込んでいくような包容力が見られ、落窪の君の大らかな人柄がにじみ出ている。

物語において、涙は落窪の君の代名詞として、笑いは道頼を中心に描かれてきた。ところが、道頼は落窪の君の涙に共感するように涙するのであり、落窪の君は袍を折る共同作業をきっかけに、笑いを獲得していく。涙と笑いを交換し、共有し合うことで連帯を深める二人の間には、常に縫いかけの衣があった。狭い空間の中、縫いかけの衣を介在として、互いの心の距離は徐々に近づいていくのである。ここに、衣の仕上がりに至るまでの時間こそが重要であったのだと指摘できよう。

二　あこぎの涙

それでは、この物語の副主人公ともいえるあこぎの涙は、どのように描かれるのだろうか。(註7) あこぎの涙はすべて落窪の君を思い流されるのであり、親身になって落窪の君を思うありようがうかがえる。また、あこぎは落窪の君に必要なモノを調達すべく、自分のネットワークを駆使して奔走する、いわば舞台まわしの役割を担う。帯刀と連携し、道頼と落窪の君との間を取り持つことで、物語を展開させる重要な人物として位置づけられるのである。

あこぎが、典薬助から落窪の君との結婚の話を耳にする場面である。

「落窪の君をおのれに賜へれば、この御方の人にはあらずや」と言ふに、驚き惑ひて、ゆゆしく思ふに、涙もつつみあへず出づれど、つれなくもてなして、　（巻之二―一二〇）

あまりの忌まわしさに、あこぎはこらえきれずに涙する。急な事態に対応できず、ただ流される涙には、落窪の君の心情を案じる思いやりに満ちたあこぎの姿がうかがえる。

あこぎは、落窪の君と典薬助との結婚という信じがたい事実に、思わず感情的な側面を覗かせるものの、すぐに気持ちを切り替え冷静さを取り戻していく。落窪の君が物置のような部屋の中に閉じ込められた当初も、あこぎは動揺を抑え臨機応変に対応する、理想的な侍女として描かれていた。この場面においても、涙の直後に「つれなくもてなす」と描かれることから、いつものように機転を利かせ行動に移していく、あこぎのしなやかさが見て取れる。(註8)

はしたなげにのみあれば、〈その人〉と言ふべきこともおぼえず、いみじうかなしくて、〈ただ頼むこと〉とては、涙とあこぎとぞ心にかなひたるものにて、さらにここに今宵はあれば、誰も誰も泣くほどに、

（巻之二―一二五）

典薬助に焼石を頼むことにより、あこぎが落窪の君を守る場面である。あこぎの機転は功を奏し、一時的に典薬助を追い出すことに成功する。落窪の君の孤独な涙とあこぎの存在が一体となって語られることにより、落窪の君のやるせない思いは映し出される。ここに、落窪の君にとって涙が唯一の慰めとなり、涙することこそが心の支えとなっていくありようがうかがえる。悲しみが継母への怒りや恨みに転じることなく、あくまでも個的な涙に終結されていくところに、落窪の君のか弱さ、非力さが強調されるのである。

三　落窪の君と道頼

落窪の君の涙は、道頼に引き取られることとなった直後の場面を最後に、物語から姿を消す。(註9)そして涙に代わるようにして、落窪の君の笑いは登場するのである。

「人もなければ、いと心やすし」とて、おろしたてまつりたまひて、臥したまひぬ。日ごろのことどもかたみに聞こえたまひて、泣きみ笑ひみしたまふ。（巻之二―一三七）

落窪の君と道頼は、つい先ほどまで続いていた継母の壮絶ないじめの日々を、泣いたり笑ったりしながら語り合う。典薬助の一件で落窪の君のことを案じていた道頼も、いつもの笑いを取り戻していく。落窪の君は、夫となる道頼の庇護のもとに継子いじめから解放され、ようやく涙とは無縁の幸せな生活を手に入れるのである。(註10)

継母から受けた数々の仕打ちに拘泥することのない落窪の君は、継母に仕返しを謀ろうとする夫の企てを阻止しようとする。継母に憎さを覚えることなく、かえって寛容に応じようとしていくところに、落窪の君の類いまれな心根が映し出される。

しかし、落窪の君の涙は、実の父の死に際しても流されることはない。この現象は、さすがに不自然と言わざるを得ない。それでは、なぜ落窪の君の涙は流されないのだろうか。

そこには、父との死別を悲しく思うものの、現在の幸せな日々を前に涙を抑制しようとする、落窪の君の心理が働いたのだと考えられる。中納言の為の盛大な法華八講も実現し、大納言の位まで賜るに至ったのも、ひとえに道頼の権力の賜物であった。そのような恩恵に預かり、満足のうちに死を迎えた父の姿を見ていたからこそ、快く最善を尽くしてくれた夫を前に、悲しみの涙を流すわけにはいかなかったのではないか。以前までの境遇が現在とは比べようもないほど過酷なものであったがゆえに、幸せな立場にある今、涙を見せるべきではないと、落窪の君は涙を戒めたのだと考えられる。

一方、大納言の葬送においてもあらゆる指揮を執る道頼は、涙を見せない落窪の君とは対照的に、その悲しみを涙に表していく。

大将殿は、若君たちに添ひたまひて、わが御殿におはす。日々に立ちながらおはしつつ、泣きあはれがり、かつは後の御事、あるべきやうの御沙汰も、みづからも〈入りゐなむ〉としたまひけれど、（巻之四—二八七）

服喪の間、道頼は落窪の君のもとを毎日訪れる。鈍色の喪服に、落窪の君は夫に悟られぬようにして、胸のうちの悲しみを鎮めるのである。

女君の御服のいと濃きに、精進のけに少し青みたまへるが、あはれに見えたまへば、男君うち泣きて、
涙川わが涙さへ落ち添ひて君が袂ぞふちと見えける
とのたまへば、女、
袖朽す涙の川の深ければふちの衣といふにぞありける
（巻之四—二八八）

道頼は、少し青ざめた落窪の君の顔色に、涙こそ見せないものの落窪の君の胸中に渦巻く、深い悲しみを察知する。そして、その心中を思いやり、落窪の君の分まで代わるように涙するのである。それは、あたかも自分の涙を見せることで、落窪の君が抑制しようと努める涙を解放に導こうとするかのような光景であった。

道頼の涙は、落窪の君をいたわるがゆえに流される。だが、涙ながらに歌を詠みかける夫に対し、落窪の君は歌に涙を詠み込むものの、実際に涙を見せることはない。落窪の君に涙が描かれなかったということは、逆にそれだけ夫が頼りになる人であったという証拠である。このように、落窪の君の流されない涙には、互いを思いやる深い愛情と信頼で結ばれた夫婦の絆が内包されているのである。

おわりに

『落窪物語』の特徴の一つに、苦境においても笑いが多く見られることが挙げられる。物語に描かれる笑いには、裏のない余裕すら感じさせる、場面に明るさをもたらしていく笑いが多い。『源氏物語』に見られるような皮肉を込めた笑いではなく、継子いじめの先に待つ幸福を見越し、展開を先導していくような笑いといえる。

激しい雨の中、道頼が落窪の君のもとに忍び出かける場面では、雑色に遭遇し、ひどい扱いを受ける。だが、そのような時もプライドを誇示することなく大らかに笑う、道頼の笑いが描かれる。物事を楽観的に捉えていくような道頼の笑いは、逞しさに満ちている。その他にも、いじめを排除するような攻撃的な笑いも見られるのであり、『落窪物語』にはさまざまな笑いが登場するのである。(註11)

このように、『落窪物語』には涙や笑いに象徴されるような、複眼的なまなざしが見て取れる。（註12）『源氏物語』は、秘密など外に出ないものに激しく執着する傾向にあり、涙を複雑に隠していく。涙として表現されるものと心中が捩れていたり裏切りが見られる『源氏物語』に対し、『落窪物語』の涙は直情的であり、両者の涙の描かれ方には大きな開きがあるといえよう。

註

（1）『落窪物語』には垣間見の場面が五例も見られる。今井源衛「物語構成上の一手法―かいま見について―」（『王朝文学の研究』角川書店　一九七〇年一〇月）は、「古代小説において表現上の客観性と構想上の合理性との二者を併有する為の便利な一方法であったかいま見が、落窪物語の作者の手腕を俟って始めて、長篇の上に十分にその手法的意義を具体化し得たのであった」と論じている。

（2）日向一雅「落窪物語論―現実主義の文学意識―」（『源氏物語の王権と流離』新典社研究叢書三一　一九八九年一〇月）。三谷邦明「落窪物語の方法―読者と享受あるいは表現と構造―」（『物語文学の方法Ⅰ』有精堂　一九八九年三月）は、『落窪物語』が、「即物的な、露骨なほどの現実性と、浪漫的なものを超克し、純粋に理念化した理想とが奇妙に同居しており、それが表現・主題・人物・構成等々の全てを覆っている」とし、『落窪物語』ほどその評価において、背反・矛盾する価値を負っている物語も少ないと言及している。

（3）畑恵里子「縫いこめられた落窪の君の〈力〉」（『名古屋大学国語国文学』第九八号　二〇〇六年七月）。

（4）畑恵里子「落窪の君の縫製行為」（『日本文学』第五二巻第二号　二〇〇三年二月）は、縫製行為は虐待でもあり理想化の素材ともなるとし、女君が縫製行為の〈俗性〉に紛れながらも〈聖性〉を保持し続けることを指摘している。

（5）車に乗っていた継母一行が、「皆泣きにけり」（巻之二―二〇七）と皆で涙する用例は、継母、三の君、四の君に、それぞれ一例ずつ数えた。

（6）「つぶつぶ」の語は『伊勢物語』には見られない。『うつほ物語』には総数で四例登場し、そのうちの三例が涙とともに描かれる。一方、『源氏物語』には総数で一〇例登場するが、主に身体描写に用いられる。「つぶつぶ」が涙とともに描かれる用例は、一条御息所に一例のみ見られる。

（7）藤井貞和「少女の物語空間」（『物語の結婚』創樹社　一九八五年七月）。

（8）あこぎは、『落窪物語』において「おとなおとなしう」と表現されており、判断の良くできる侍女として賞賛されている。

（9）継母の策略により、落窪の君が物置のような部屋に幽閉される場面において、一度だけ落窪の君の涙が流されなくなった例が見られた。

君よろづに物の香くさくにほひたるがわびしければ、いとあさましきには、涙も出でやみにたり。（巻之一―一〇四）

物置の中の酢や酒、魚などが放つ密室に入り混じったさまざまな刺激臭は、落窪の君に精神的な打撃をもたらす。ひたすら涙することで耐え忍び、心を慰めてきた落窪の君であったが、雑多な品々に囲まれたこれまでとは異質な環境の中、もはや悲しみの涙までもが奪われていくありようが浮き彫りとなる。継母の非情な仕打ちに、放心のあまり閉ざされていく感情の過程が、落窪の君の流されることのない涙には表象されているのである。

（10）藤井貞和「落窪物語―継母哀しき―」（『国文学』第三一巻第一三号　一九八六年一一月）は、継母はもう一人の母、裏返しの慈母、決して優しくなれない代理の母であると説く。

（11）柳田国男「笑の本願」（『不幸なる芸術・笑の本願』岩波書店　一九七九年一〇月）。

（12）神尾暢子「弱者女君の笑咲行動―虐待攻撃と笑咲攻撃―」（『落窪物語の表現論理』新典社研究叢書一八九　二〇〇八年二月）は、「継母北の方は、虐待行為によって、女君を直接攻撃し、女君は、笑咲行動によって、北の方を間接に攻撃したことになる」と論じている。

第四章　平安後期物語の涙から――『源氏物語』以後

第一節　『浜松中納言物語』のとめどない涙

——唐后の面影

はじめに

『浜松中納言物語』は転生を主題とした物語であり、人物の死が一つの終着点とならないところに、他の平安文学には見られない特色がある。（註1）物語は、亡き父が転生したという唐の国の三の皇子と再会を果たすべく、中納言が唐に渡る場面から始まる。そこで唐后と出会うことにより、中納言の涙が数多く流されることに注目したい。

『浜松中納言物語』において、涙は比喩表現や和歌含め、総数で二四一例登場する。それでは、中納言をめぐる人々の涙は、どのように描かれているのだろうか。主な人物の涙の用例数は、次の通りである。

『浜松中納言物語』の涙

	人物	涙（比喩を含む）	和歌（比喩を含む）	合計
1	浜松中納言	九九例	二例	一〇一例
2	吉野の姫君	三〇例	一例	三一例
3	唐后	一五例		一五例

表から、主人公である中納言に、涙が圧倒的に多く描かれていることが読み取られる。また、

吉野の姫君の涙は唐后の二倍に相当することがわかる。この現象は、吉野の姫君があまり言葉を発しない人物であることから、涙が言葉に代わるようにして描かれていることと深く関係している。

従来、『浜松中納言物語』の涙を中心に論じた研究はなされていなかったが、この涙の頻出と片寄りは『浜松中納言物語』の本質を照らし出すものと言ってよい。『浜松中納言物語』には、涙の中でもとりわけ「いみじう念ずれど涙とまらず」、「すずろに涙もとどまらず」、「涙をとどめむかたなし」のような、とめどない涙が多く見られる傾向にある。

本稿では、涙の中でもとめどなく流される涙に焦点をあてることにより唐后との関係性を探ると同時に、帰国後新たに浮上する、中納言と吉野の姫君とのつながりをも読み解いていきたい。

一　中納言の涙

それでは、『浜松中納言物語』において、とめどない涙はどのくらい描かれるのだろうか。『浜松中納言物語』のとめどない涙は、総数で一七例に上る。これは、『源氏物語』の光源氏にも見られなかった現象であり、興味深い。中でも、中納言に多く見られるとめどない涙の具体例を検討していきたい。

最初に、とめどない涙は前世の記憶を残した亡き父、三の皇子との再会を果たす場面に描かれる。

昔を忘れぬに、かく逢ひ見つるよしのあはれを書きて賜はせたるに、いみじう念ずれど涙とまらず。その御返しの文、雲の浪煙の浪と、はるかにたづねわたりて、生を隔て、かたちを代へ給ひつれど、あはれになつかし

く、ふるさとを恋ふる心も、たちまちに忘れぬる心を作りて見せたてまつるに、皇子もえ堪へ給はず。（巻第一―三五）

三の皇子は、言葉に出さないものの再び巡り会うことのできた幸せを詩文にしたため、中納言に渡す。下げ渡された詩文の内容に、中納言は涙をこらえようとするが止まらない。会話ではなく、詩文と涙の共有に互いの気持ちが物語られる。ここに、前世での二人の深い絆がうかがえる。

また、中納言が日本で別れを惜しんだ式部卿の宮を思い出す場面にも、涙は描かれる。

式部卿の宮に参りたりしかば、いみじう別れを惜しみ給ひて、「西に傾く」とのたまひしその面影、かたがた思ひ出づるに、涙もとどまらず。（巻第一―六六）

中納言は昨年の春の月夜、式部卿邸に参上した折、式部卿の宮に大変別れを惜しまれた。その時に、離別の歌を声に出して詠んだ式部卿の宮の面影を思い出し、とめどない涙を流す。

このように、唐での再会や日本での別離を思い返す過程に流されていたとめどない涙であるが、次第に山陰の女を思い流されるものへと変化するのである。

その夜通ひし袖の移り香は、百歩のほかにもとほるばかりにて、世のつねの薫物にも似ず、あかずかなしき恋のかたみと思ふにほひにまがへる心地するに、思ひも寄らずながら、すずろに涙もとどまらず。（巻第一―八五）

蜀山を訪れた中納言が唐后と唱和する場面では、御簾の内側から香り出る香が山陰の女の袖の移り香と紛らわしいような気持ちがして、涙が止まらない。(註2)唐后が山陰の女と同一人物であるという事実には至らないまでも、香りを通して、山陰の女と唐后との共通点を見出だすのである。香りは中納言の記憶を呼び覚まし、わけもなく止まらない涙は、真実を先まわりするように流されるのだと考えられる。

また、中納言の涙は音楽にも促される。御門の指示により、別離の宴において唐后が身分を伏せ琴を演奏する場面でも、とめどない涙は流される。

来しかた行く末かぎりなき心地して、心つよく思ひとどむれど、さらに涙とどまらぬに、（巻第一―九九）

唐后の琴の音色に、河陽県の唐后が菊を見た夕べと春の夜の山陰での夢のような出逢いとが、中納言の脳裏に一つのことのようにして次々と思い出される。こらえようにも止まらない中納言のとめどない涙は、山陰の女と唐后が、目の前の琴を奏でる女と同一人物であることを、暗に物語るものとして機能する。

中納言は、こらえきれずに御門から頂戴した琵琶を弾き、唐后の琴と合奏する。力の及ぶ限りの技を尽くした中納言の琵琶は、唐后の琴の音に重ね合わせられることで、二人は合奏を通して心を通わせていく。この合奏こそ、中納言と唐后が公の場で憚りなく対話することのできた、唯一の時間であった。

また、二人の奏でる音色はそれを聴く人々の心をも捉えて離さないのであり、とめどない涙を促すのである。

后もあはれと聞き給ふままに、御心も澄み、涙も落ちて、御心に入れて弾き給へる、すずろに聞く人、涙とどまらで、明けぬれば、御門、后、帰り給ひぬ。（巻第一—一〇〇）

中納言と聴衆の止まらない涙に加え、唐后の涙も描かれることで、ここに一同に会して涙する涙の共同体が形成される。中納言と唐后が、涙と合奏の共有を通して心を重ねていくありようがうかがえる。

それでは、唐后のとめどない涙はどのように描かれるのだろうか。中納言の帰国に伴い、唐后が対面する場面では、中納言に代わるようにして唐后のとめどない涙が流される。

いよいよいみじうもてしづめて、ついゐ給へる月影つねよりもことに見ゆるを、御簾のうちの人、涙とどめがたし。（巻第一—一一二）

月光に照らされ、いつもより格別立派に見える中納言の姿に、唐后は御簾の内側からとめどない涙を流す。唐后の衣の薫物の香りは、山陰での夢のような時間の移り香と一致することで、中納言はようやく唐后と認識するに至る。唐后が山陰の女であると判明して以来、初めての二人の対面であった。だが、中納言の出立による別離が近いことを思うと、唐后の涙は尽きない。

このように、中納言のとめどない涙は、山陰の女と唐后を結びつけるかのように暗示的に流される。そして、中納言に引き続き、唐后にも流されるようになるのである。本人も気づかない真実が、とめどない涙を媒介に感覚として浮上してくるのであり、物語の涙の構造が明らかとなるのである。

二　唐后の思い出と涙

それでは、中納言が日本に帰国した後のようすは、どのように描かれるのだろうか。中納言は、帰国後も唐后のことを思い出しては、とめどない涙を流す。唐と日本という絶対的な隔たりが、その心を唐后の住まう唐へと誘い、唐后の存在はとどまることのない涙とともに繰り返し思い返されていく。(註3)

子のことを、「わがかたざまに」と書き置き給へること、思ひ出づるも涙とどまらず。

（巻第二―一九四）

中納言が吉野を訪れる前に、若君のもとへ立ち寄る場面では、若君をきっかけにして唐后が思い出される。そして、唐后が手紙で若君のことを、「中納言と自分との子ども」といえず「自分の縁に連なる者」としか書けなかった悲しい心中を思いやるのである。中納言は、若君を前にすると唐后のことが思い出され、涙が止まらない。時を超えて唐后に心を寄り添わせる、中納言の姿がうかがえる。

また、尼君も唐后と重ねられることにより、中納言の涙のよすがとなる。

「雲居のほかの人の契りは」とのたまひし人の御けはひに通へる心地するに、いとど涙もとどまらず。

（巻第三―二〇九）

若々しく親しみやすい尼君は、唐后に雰囲気がよく似ているがゆえに、中納言の涙を促す存在として機能する。(註4)
中納言が再び吉野を訪れる場面では、松風に乗って響く琴の音を耳にする。吉野の姫君が奏でる琴の音は、河陽県で菊を見た夕べを想起させ、中納言の涙を促すのである。

近うなるままに、松風に添ひて、琴の音空にひびきて聞こえたる、すずろ寒う心すごきに、河陽県の菊見給ひし夕べは、ふと思ひ出づる、涙もとどまらず、立ち隠れて聞かむとおぼして、木の下にやすらひ給ふ。

（巻第三―二七五）

琴を弾く吉野の姫君に唐后を重ね合わせることで、中納言は唐后を思い起こす。(註5)特に琴の音は、唐后を初めて垣間見た時を彷彿とさせるものとして、中納言にとって特別な意味を持つものであった。

后の弾き給ひし折々思ひ出づるに、月の光もかき曇りぬる心地して、涙とどむるかたなし。

（巻第三―二八四）

中納言は吉野の姫君の琴を引き寄せ、そこに吉野の姫君の移り香を感じ取る。だが、吉野の姫君の移り香を前にしても、思い出すのはやはり唐后のことであり、唐后に抱く並々ならぬ思いが表出されるのである。
唐后を思いとめどない涙を流す中納言であるが、物語の後半において、その涙は吉野の姫君に流されるものへと変化する。(註6)それでは、中納言の吉野の姫君を思う涙は、どのような場面に描かれるのだろうか。

三　吉野の姫君と涙

吉野の姫君に流される中納言のとめどない涙は、総数で三例見られる。以下、具体例を考察していきたい。

額のきはなどにいたるまでめでたきを、あさましうあはれとまぼるに、涙さらにとどまらず。（巻第四―三〇一）

吉野の姫君が、尼君の昇天に衝撃を受け失神する場面において、中納言は吉野の姫君の姿をまのあたりにする。かわいらしい目鼻立ち、髪の分け目、額の上の髪の生えぐあい、額髪などに至るまで申し分のないようすに、心を奪われ涙が止まらない。吉野の姫君の失神という非常事態は、唐后の投影でない吉野の姫君その人を中納言に意識させる、大きなきっかけとなるのである。

吉野の姫君の美しい容姿を知った直後から、中納言のとめどない涙は流される。そして、その後も中納言の涙のほとんどが、吉野の姫君へと流されるようになる。（註7）

姫君は、やがて迎へにまゐるべきよしを、浅からず聞こえ給ひて、このほどの心細さを推し量りやるに、あはれとどめがたうて、（巻第四―三一六）

中納言は吉野の姫君を置き去りにして帰ると思うと、留守の間の心細さを推し量り涙を抑えかねる。ここに、吉野の姫君を思慕する中納言の想いが読み取られる。また、吉野の姫君が清水寺にて失踪する場面にも、とめどない涙は流される。

昨日のおもかげ、われをめづらしとおぼしたりしけしき、心をしづめ、涙をとどめむかたなし。

（巻第五―三八三）

中納言は、自分を慕っていた吉野の姫君の姿を思い出し、涙を止めようにも止められない。吉野の姫君を失った、尽きぬ悲しみが溢れ出るのだと考えられる。

以上のことから、吉野の姫君に寄せる中納言のとめどない涙は、吉野の姫君が失神する場面や姫君を残し吉野を後にする場面、また姫君が失踪する場面など、どれも別離や緊急事態に際して流される点で共通している。

つまり、吉野の姫君との別離を余儀なくされるという危機感の中でしか、吉野の姫君への想いが焦点化されることはない。(註8) そのような危機迫る状況に追い込まれた時になって、ようやく唐后でなく吉野の姫君その人を実感できるようになるという、中納言の屈折したありようが見て取れる。それでは、中納言と吉野の姫君の涙の共有は、どのように描かれるのだろうか。

四　吉野の姫君と「ひとつ涙」

既に表で指摘した通り、唐后の涙はそれほど多く描かれないのに対し、吉野の姫君の涙は数多く登場する。吉野の姫君が、ほとんど言葉を発しない人物として造型されていることは、琴の調べに乗せながら会話するようすからも読み取られる。そのような吉野の姫君にとって、涙はあたかも言葉の代わりのように流されるのである。そして、物語が後半に進むに伴い、涙はさらに巧みに流されるものへと変化する。

吉野の姫君の登場から用いられる涙に、「ひとつ涙」が挙げられる。『浜松中納言物語』に、「ひとつ涙」は総数で三例見られるが、三例とも中納言と吉野の姫君の二人が登場する場面に描かれ特徴的である。

空にしめゆふ恋しさに、いとどしき涙はひとつに流れあひぬるも、かたみにいとあはれになつかし。

（巻第四―三三六）

吉野の姫君は、中納言が自分と自分の腹違いの姉を結びつけ、映し出す存在であることを初めて知る。そして、中納言と出会うことのできた幸せに、涙が一つに流れ添う心地がする。ここに、吉野の姫君と二人の涙の共有がうかがえる。

おはせしありさま、のたまひしことなど、尽きせず語り出で給へば、ひとつ涙に浮かみ給ひて明かし暮らし、

（巻第四―三六六）

中納言は唐后を偲ぶ吉野の姫君に、唐后にまつわる話をする。吉野の姫君は、尽きることのない話に中納言と一つ涙に浮かぶように明かし暮らすのであり、唐后の存在を媒介として、中納言に心を開き涙を共有する人物として描

かれるのである。

枕に火を近うて、宮も中納言もひとつ涙を流して、まもりあつかはせ給ふ。（巻第五―四二三）

式部卿の宮に連れ去られたがゆえに衰弱した吉野の姫君の様態を、式部卿の宮と中納言がともに涙を流して見守り、世話をする。二人の心は吉野の姫君の回復を願う点で一致しており、この場面においても吉野の姫君をめぐり、「ひとつ涙」は流されるのであった。

おわりに

稿を閉じるにあたり、『浜松中納言物語』の作者である菅原孝標女が書いたとされる『夜の寝覚』と『更級日記』に、とめどない涙や「ひとつ涙」は、どれくらい登場するのか考察しておきたい。

『夜の寝覚』では、とめどない涙の用例が総数で一三例見られ、中の君に五例（寝覚の上に二例含む）、内大臣に五例と、主人公に数多く用いられていた。（註9）なお、「ひとつ涙」の用例は見られなかった。また『更級日記』では、とめどない涙の用例も「ひとつ涙」の用例も、ともに見られなかった。（註10）

『夜の寝覚』では、とめどない涙がすべてを溶かし合う関係ではなく、きれいごとでは収まりようのない涙として描かれるのに対し、『浜松中納言物語』では、涙の共同体の構成が可能であるという幻想を映し出す。また、『更級日記』には、とめどない涙と「ひとつ涙」の用例は見られない。典型的な涙が多く見られる背景には、姨捨に見られるような孤独な思いが、『更級日記』のテーマと深く関係していることがうかがえる。

以上のことから、『浜松中納言物語』において中納言のとめどない涙が、物語の展開の重要な場面に意図的に配置され、描かれているありようを探った。さらに、「ひとつ涙」が『浜松中納言物語』にのみ用いられる涙であり、吉野の姫君に関連した計算のもとに描かれていることを明らかにした。

『浜松中納言物語』は、中納言のとめどない涙を繰り返し描くことで唐后への思いの強さを強調する一方、「ひとつ涙」によって、今度は唐后を媒介とした中納言と吉野の姫君とのつながりを表象していったのだといえよう。

註

（1）神田龍身「『浜松中納言物語』の転生―日本と唐との『とりかへばや物語』―」（『解釈と鑑賞』第五七巻第一二号　一九九二年一二月）は、人生とは一回的なものであり、何度転生を繰り返しても過去の至福な体験はよみがえらないと物語は言っているとする。そして、物語のハッピーエンドとは転生してくることを待ち続けるという、熱い時間のうちにしかあり得ないことを説く。

（2）焚き染めた香が、百歩離れた外までも香り立つほどであるという表現は、中納言が帰国後に初めて参内する場面においても用いられる。

（3）神田龍身「『浜松中納言物語』幻視行―憧憬のゆくえ―」（『文芸と批評』第五巻第五号　一九八〇年一二月）は、「事実としては擦違いの構造を呈していた中納言と后との出会いが、その後二人の間の距離が徹底的に離れるに及んで、逆に双方の内面においてその時の逢瀬が絶対のものとなり、お互いに相手そのものを憧れとなしてしまうという悲劇的な逆説にその骨子があるのではなかろうか」と言及している。

（4）また、中納言のとめどない涙は、式部卿の宮が唐后を見ていたら命にも代えていただろうと思うと、はやる心を抑えようと努めている自分が悲しく思う場面にも描かれる。

まことにかの后の御ありさま、見給ひたらむはしも、命にも代へさせ給ひなまし。われはまことにあさましう、心強う思ひしづめ念じて世にながらふる、と思ひつづくるも、とどめがたうかなしきまぎれに、（巻第三―二六九）

（5）久下晴康「唐后転生への道―持続する菊の心象―」（『平安後期物語の研究　狭衣　浜松』新典社研究叢書一〇　一九八四年一二月）は、中納言に再三にわたり菊の残像とともに、唐后のことを思い出させていることを説く。

（6）神田龍身「『浜松中納言物語』転生物語論」（『文芸と批評』第六巻第六号　一九八七年九月）は、「中納言吉野入りは、もはや日本を離れられない彼の、海の彼方ならずの山の彼方に求めた一種の疑似渡唐体験であるということでもあったのだ」と論じている。

（7）吉野の姫君の失神後、中納言のとめどない涙のほとんどは吉野の姫君を思い流される。だが、一例のみ例外が見られる。

山伏ならねども、涙とどめがたうあはれなるにも、まづ、もろこしには、わがかくおほやけわたくし忘られて、この御孝を送ると、夢のうちにも知られたてまつりたらむはしも、あはれとおぼさざらむやうあらじ。（巻第四―三〇五）

中納言は吉野の冬の嵐の心細さに、山伏ではないけれども涙が止めようもないほど心にしみる。だが、母尼君の供養を営んでいることを、夢の中においてでも唐后に知られたらと、中納言の思考は唐后へとつながっていくのである。

（8）助川幸逸郎「浜松中納言物語における〈言語〉と〈身体〉―浮舟物語批判としての観点にもとづいて―」（『交渉することば叢書想像する平安文学四』勉誠出版　一九九九年五月）は、「当初はさほど着目されていなかった〈身体の濃さ〉が、『吉野姫の初登場』を境にクローズアップされ始めること、そうした成行の背後には、中納言の〈普通の身体〉からの疎外が在る」ことを指摘している。

（9）『夜の寝覚』におけるとめどない涙の用例は、相手との心の〈ずれ〉が浮き彫りにされる場面や、帝に退出の願いを訴える場面、感動の場面などに描かれる。

（10）久下晴康「『浜松』『寝覚』の比喩表現―表現構造と物語的論理―」（『平安後期物語の研究　狭衣　浜松』新典社研究叢書一〇　一九八四年一二月）。『更級日記』には、「泣く泣く」のような典型的な涙表現が多く見られる。「泣く泣く」に関しては、本書・第三章第一節「『伊勢物語』の『血の涙』――『うつほ物語』・『源氏物語』の涙の変遷」を参照。

第二節　『夜の寝覚』泣かない石山の姫君
――〈家族〉の表象

はじめに

『夜の寝覚』は、自覚的な「視線の文学」としての視座から、同情視線の限界と絶望の物語に組み替えられ、変貌させられていく論理が指摘されてきた。(註1) 女君の苦悩は、事情を知る者が同情できる段階から、ついにはほとんど誰からも理解されない領域へと移行していったのである。(註2) そのような過程は、女君に集約するようにして描かれる涙にもうかがえる。

本稿では、あまり注目されることのなかった涙という視点から『夜の寝覚』を新たに読み解いていくことにより、物語の細部に至るまで意図的に張り巡らされた、涙の構造のありようを探っていく。それでは、物語において涙は、どのように描かれているのだろうか。

『夜の寝覚』に描かれる涙は、和歌や比喩も含め総数で一七八例にも及ぶ。中でも、皆がそろって涙する場面は、

「みな涙ぐまれぬ」（巻一―八三）、「みな泣きぬ」（巻二―一五二）、「みな人ども泣きぬ」（巻二―一五七）、「みな琴やめて涙落としたまふ」（巻五―四九四）のように、四例も見られ特徴的である。『夜の寝覚』は、皆でいっせいに涙する涙の共感構造によって、離れ離れになった家族が再編されていく物語であり、涙はまさにクライマックスを形成する上で重要な要素となるのである。

ところが、男君と女君とをつなぐ存在である肝心の石山の姫君に注目すると、その涙はほとんど流されていないことがわかる。石山の姫君はなぜ、涙を見せないのか。それは、石山の姫君の母である女君の苦悩の受け止め方としての涙や、苦悩に寄り添う涙の流され方と密接に関わっている。涙に乏しい石山の姫君のあり方を読み解いていくところから、『夜の寝覚』の複雑な出生、生育の条件によってもたらされた、母と子の関係の歪みとその修復の問題を浮き彫りにしていきたい。

一　『夜の寝覚』の涙

『夜の寝覚』に涙が多く登場することは先にも触れたが、涙表現はどの人物に描かれるのだろうか。『夜の寝覚』における涙を用例数の多い順に整理すると、次の通りである。

『夜の寝覚』の涙

	人物	涙（比喩を含む）	和歌（比喩を含む）	合計
1	男君	八六例	七例	九三例
2	女君	六一例	三例	六四例
3	父大臣	二四例		二四例
4	対の君	一三例	一例	一四例
5	帝	一〇例	二例	一二例

表から読み取れるように、男君の涙が最も多く、二番目に女君の涙が挙げられる。また男君の

涙の視点人物としては、女君が最も多く二番目に一人の時、三番目に対の君であった。

女君の涙の用例数を「中の君」の時と「寝覚の上」になった後とで分類すると、「寝覚の上」になってからの方が、以前の二倍も涙していることがうかがえる。(註3)女君の涙の視点人物としては、男君が最も多く二番目に一人の時、三番目に石山の姫君が挙げられる。ところが、男君が視点人物の用例に注目すると、そのうちの約半分が石山の姫君かまさこ君、もしくは女房たちとともに描かれていることがわかる。つまり、女君と男君との関係は一対一というよりもむしろ、第三者を交えて成り立っている場合が多いことが明らかとなる。

それでは、涙の描かれることの少ない石山の姫君は、物語においてどのような役割を果たしているのだろうか。石山の姫君の複雑な生い立ちに着目しながら、描かれざる涙に秘められた問題を探っていきたい。

二　泣かない石山の姫君

石山の姫君は男君と女君との間に生まれた最初の子どもであるが、男君の妻である姉の大君を憚り、男君のもとで成長することを余儀なくされる。そのような複雑な環境のもとに育まれたがゆえに、多く涙する女君とは対照的に、石山の姫君は「泣かない」子どもであることが強調されていく。

いささかうち泣きなどもしたまはず、見知り顔に御顔うちまもりつつ、（巻二―一六四）

生まれて間もない石山の姫君が、初めて描写される場面である。頭注に、「聡明な子の条件のようである」とある

ことから、少しも泣かないことがプラスの要素として捉えられていることがわかる。（註4）

また、石山の姫君には笑いが描かれる場面も見られる。

日に添へて光を添へおはするさま、あまりゆゆしきを、いとあはれと見つつ、鼠鳴きしかけたまへば、物語をいと高くしかけて、高々とうち笑ひうち笑ひしたまふにほひ、（巻二―一六九）

男君の鼠鳴きに、石山の姫君は大きな声を上げて笑う。赤子が「高々と」しかも繰り返し「うち笑ふ」ようすは、『源氏物語』にも見られなかった。高々と笑う石山の姫君の笑いは、あたかも悲しみを一掃するかのようであり特徴的である。

また、石山の姫君の涙しないありようは、男君の前に再び強調されていく。

日々におよすけまさりつつ、音もいささか泣かず、つねに抱きたまふに面馴れて、見つけては笑みかかり、立てば泣きなどしたまふが、（巻二―二〇三）

石山の姫君は、男君の姿を見つけては笑いかけ、男君が立っていこうとすると涙する。石山の姫君が、男君に行かないで欲しいと願うあまりに涙したとも考えられるが、ここに石山の姫君の矛盾が垣間見られる。

石山の姫君の涙の異質性は、女君との対面を果たす場面においても見て取れる。

ただ、え堪へず、押しあてたまへる袖の雫の、いとところせきを、殿、「今はかく並べて見たてまつるべきぞかし」とおぼす、喜び泣きも、えとどめたまはず。御前にさぶらふ命婦の乳母、少将、小弁なども、うれしくあはれに、さまざまに思ひ出づることのみ多かる心の中ども、時ならずしぐるる袖の気色も、いと潮どけげなり。（巻四―三七三）

女君は石山の姫君との再会に、涙をこらえることができない。男君もまた、母子を並べて見ることのできる喜びに、涙を抑えられずにいる。ところが、とめどない涙を流す父母とは対照的に、石山の姫君の涙が流されることはない。涙が描かれない理由として、幼少時の母と子の別れという悲劇的な側面を抑制しようとしたとも考えられる。しかし、涙しない姿は理想的な子どもというよりも不気味ですらある。物語は、涙しないところに「聡明さ」というプラスの要素から逸脱していく石山の姫君の問題を、意図的に描き出そうとしたのではないか。

石山の姫君の流されない涙は、幼さを知らない哀しさを映し出すものとして機能する。そのような幼さの欠如は、繰り返される大人らしい描写にもうかがえる。

①答へ出でたまへる御けはひ、言の葉、いささかいはけたることなく、めやすくおはするを、（巻四―三七四）
②いささか、いはけ、あふなきことまじらず、よいおとなのやうに、用意あくまでありて、（巻四―三七六）

二例とも石山の姫君の幼い側面が否定される形で、その大人びたようすが強調されている。「いささかいはけたることなく」には、あまりにも整い過ぎているがゆえに、かえって不自然な印象を与えてしまう石山の姫君のようすが読み取られる。子どもの時期に見られる、特有のかわいらしいしぐさやふるまいが一切削り取られた上に成り立つ大人びた姿は、虚しさを一層際立たせるのである。そのような幼さの喪失は、石山の姫君の人間性にも大きく関わっている。

それでは、失われた幼さはどのようにして取り戻されるのだろうか。石山の姫君が尼上のもとに帰る場面から、その感情には少しずつ変化が兆し始める。

顔に袖を押しあてて、さりげなくて、いみじう泣いたまふ気色を、姫君はまいて、さはいへど思ひやり深くもおはせず、親などはおぼえたまはず、思ふさまに、うつくしき御遊びがたきとさへ思ひ睦れ馴れきこえたまひて、引き離れたまはむことの、飽かずわびしきに、かたはらにうち添ひて、顔ももたげたまはぬ気色を、（略）あざやかにゐざり出でたまふ後ろでの、いと小さくをかしげなるを見送りて、まがまがしきまでこぼるるを、うち見返りて、いともの憂げにおぼいたるさまぞ限りなき。（巻四―四〇一）

石山の姫君が女君との別れを惜しむようすに、女君は激しい涙を流す。この場面でも、相変わらず石山の姫君の涙が流されることはない。だが、今までは大人の側面ばかりが強調されてきた石山の姫君に、「思ひやり深くもおはせず」、「あざやかにゐざり出でたまふ」のような子どもらしいようすが垣間見られるようになる。ここに至り、大人のような石山の姫君の、実は大人になりきれずにある綻びが、ようやく見え隠れするのである。

石山の姫君は、子どもらしく素直に退出するもののひどく涙する母に後ろ髪を引かれ、思わず振り返る。そこには、今まで見られることのなかった心の揺れが象徴されており、心の機微を解し始めた石山の姫君の着実な変化がにじみ出ている。
そして、今まで流されることのなかった石山の姫君の涙は、女君の広沢行きを悲しむ場面において、ついに流される。

姫君、見馴れたてまつりたまひて後、いみじく恋しく思ひ出できこえたまひつつ、遠くさへ渡りたまひにけるを、心細くもの悲しげにうちながめつつ、忍び音がちに屈じたまへるを、（巻四―四二四）

女君がさらに遠い広沢まで去ってしまったことに、石山の姫君は心細さを募らせ涙する。人目を忍び涙ぐむさまには、女君への愛着を増した、母を慕う子のけなげな姿がうかがえる。
このように、涙は石山の姫君の人間的な成長をも物語る。石山の姫君は、幼い頃から母に包まれることを知らずに過ごしてきたがゆえに、今まで涙することさえ知らずにいた。ところが、女君との対面と別れを経て時を重ねるうちに、母を恋しく思う気持ちが募り次第に大きなうねりとなって、思いが溢れるように外へと解き放たれていくのである。

督の君もいみじう嘆き泣いて、『まかでなばや』とはべるめりつ。大弐の里人こそ、『きこえさすべきことありて、待ちきこえさするよし申せ』とはべりつれ」と言ひ出でて、目に涙受けて、いといたう静まりたり。姫君も、聞きたまふままに涙ぐみて、顔の色違ひて背いたまひぬるを、あはれに悲しう見たてまつりたまふ。（巻五―四四四）

女君の病を聞いた石山の姫君が、容態を案じ涙ぐむ場面である。石山の姫君の涙に加え、督の君やまさこ君の涙も流されるのであり、女君を心配する子どもたちのようすがそれぞれに映し出される。中でも、まさこ君が涙するのはこの場面のみであり、まさこ君の激しい動揺のほどが見て取れる。

ここで、涙する子どもたちとは対照的に、涙の見られない小姫君のありように注目したい。子どもたちの涙の連帯性の中で、なぜ小姫君に限り涙が描かれないのだろうか。それは、小姫君が大君の子どもであることと深く関わっている。物語において、大君の涙は総数で四例登場するが、そこに女君を思う涙は見られない。男君との関係を疑う以前にも、大君は女君の容態を案じはするものの、女君の為に涙を流すことはないのである。大君の涙は、いずれも女君に対する不信感が高まり、女君を目の敵のように捉えるようになった後で登場するのであり、女君に対する恨みを訴える上で流される。従って、大君の子どもである小姫君の涙が描かれないことも、決して偶然ではない。物語において、小姫君は涙の共同体からはみ出していく存在として位置づけられるのではないか。

石山の姫君の涙は、入道と対面する場面にも見られる。

姫君も、「かかる御有様を見たてまつらで過ぐしけるよ」など、うち涙ぐまれつつ、御答へなどおとなしうきこえたまふを、限りなくのみ見たてまつりたまふ。（巻五―四七八）

石山の姫君は、祖父の存在を知らずに過ごしてきた日々を思い涙ぐむ。入道の愛情に包まれ幸せな身の上を実感するほどに、出会うことのできなかった今までの時間を惜しみ、涙するのである。

以上のように、石山の姫君の涙は子どもがえりを描き出す。涙の過程に本当の子どもらしさが取り戻されていくのであり、石山の姫君は涙を経て、真の意味での大人へと成長を遂げていく。

③いささか、片生ひのなりあはぬほどともなく、いみじくはなやかに、にほはしく見えたまふ。（巻五―四八二）

③では、かつて①、②、に見られたような大人びたようすはなく、子どもがえりを経験し子どもを脱した姿がある。石山の姫君は、その登場から繰り返し涙しない子どもとして位置づけられてきた。防御としての笑いは知っていたものの、涙することは知らなかったのではないか。

石山の姫君の涙は、女君との対面後から流され始めるが、肝心の女君の前で流されることは一度もない。いつも女君と離れている時間を気にしながら涙するのであり、そこには難しい問題がある。月日を経る中に女君を母として自覚するようになり、また入道の存在を知るようになって初めて、入道を恋しく思う感情が芽生えていくのである。涙は子どもらしい感情の発露である一方、自らの生い立ちを強く意識させるものであった。ここに、涙とともに成長を遂げる人物としての、石山の姫君の造型が明らかとなる。

このような石山の姫君のありようは、『源氏物語』においてあまり涙しない明石の姫君とも、一部共通する。次に、明石の姫君の涙の描かれ方を振り返ることにより、『夜の寝覚』の目指した涙表現の手法を探っていきたい。

三　明石の姫君の涙

石山の姫君に『源氏物語』の明石の姫君にまつわる引用が多いことは、両者が互いに養女であることとともに、既に指摘されている。(註5) そして、涙しない石山の姫君が徐々に涙を獲得していくようすは、『源氏物語』の明石の姫君に通じるものがあるように思われる。

かくこそは、すぐれたる人の山口はしるかりけれと、うち笑みたる顔の何心なきが、愛敬づきにほひたるを、いみじうらうたしと思す。（松風二—四一〇）

明石の姫君のかわいらしい笑顔が、光源氏の視点から描かれる。石山の姫君と同様に明石の姫君もまた、物語において笑顔で登場するのである。

幼き心地にすこし恥ぢらひたりしが、やうやううちとけて、もの言ひ笑ひなどして睦れたまふを見るままに、にほひまさりてうつくし。（松風二—四一五）

明石の姫君が光源氏に打ち解け、笑顔を見せる場面である。涙ぐみながら自分を見つめる光源氏に、次第になついていく明石の姫君のようすがうかがえる。

また、実母と別れた後、いよいよ二条院に迎えられる場面においても、明石の姫君の涙が流されることはない。

若君は、道にて寝たまひにけり。抱きおろされて、泣きなどはしたまはず。こなたにて御くだもの参りなどしたまへど、やうやう見めぐらして、母君の見えぬを求めてらうたげにうちひそみたまへば、乳母召し出でて慰め紛らはしきこえたまふ。（略）しばしは人々求めて泣きなどしたまひしかど、おほかた心やすくをかしき心ざまなれば、上にいとよくつき睦びきこえたまへれば、いみじううつくしきもの得たりと思しけり。

（薄雲二―四三五）

最初、明石の姫君が涙することはないが、母の姿のないことに気づくと途端に泣き顔になる。だが、その涙もやがて乳母によって慰められ、紛らわされていく。大堰での馴染み深い人々を捜し涙する時もつかの間に、明石の姫君の涙は、紫の上を慕う心に薄れていくのである。

明石の姫君は、実母を思いほどよく涙するが、いつまでも涙を引きずるようなことはない。(註6)つまり、明石の姫君は与えられた環境に適応していく、素直な人物として描かれるのである。(註7)

ところが、明石の姫君の涙は、尼君の昔語りを境に変化を見せ始める。

はじめつ方は、あやしくむつかしき人かなとうちまもりたまひしかど、（略）ほろほろと泣けば、げにあはれなりける昔のことを、かく聞かせざらましかばおぼつかなくても過ぎぬべかりけりと思してうち泣きたまふ。

（若菜上四―一〇四）

当初、尼君のことをけげんな表情で客観視していた明石の女御であったが、尼君の昔語りに初めて、自分の過去を知ることとなる。尼君の涙に呼応するようにして流される明石の女御の涙には、過去を受け止められるほどに成長したようすが浮き彫りとなる。それは、明石の御方に「いとなまめかしくきよらにて、例よりもいたくしづまり、もの思したるさまに見えたまふ」と捉えられていることからも明らかである。明石の女御は、自分の出生を知ることにより愁いが加わり、大人の女性としての深みを一段と増していったのだと考えられる。(註8)

入道の願文を明石の御方から託される場面にも、明石の女御の涙は描かれる。

いと多く聞こえたまふ。涙ぐみて聞きおはす。(略)いとあはれと思して、御額髪のやうやう濡れゆく御そばめあてになまめかし。
(若菜上四―一二三)

明石の女御は、入道の文言が書かれた手紙に涙する。年季を帯び、黄色くなった陸奥国紙の厚ぼったい感触や、それでもさすがに深く焚き染められた香は、祖父を知らぬままに過ごしてきた年月の重さを静かに物語るものであった。明石の女御は、その手紙によって初めて祖父の意志を知るとともに、手紙を媒体として祖父の人柄を感じ取るのである。入道の手紙は、明石の女御に祖父のけはいを伝える唯一の品であり、同時に孫である自己の存在を意識させるものであった。明石の女御は、今の境遇がすべて祖父の深い志の上に成り立っていることを身をもって認識するのであり、入道の手紙を読み、改めて心を揺さぶられ涙するのであった。(註9)

祖父のあたたかさを知らずに育ってきたという点において、明石の女御の境遇は石山の姫君と似通っている。だが明石の女御の場合、特に大人びた描写も見られず、明石の御方や紫の上の前でも涙が流されていることから、両者の差異が指摘できる。(註10)

『源氏物語』が、明石の女御の涙を通して自己の存在の根拠を見出だし、大人の美しさを増していく過程を表現したのに対し、『夜の寝覚』では石山の姫君の描かれざる涙によって、涙しない子どもの違和感を浮上させていった。そのようにすることで、『夜の寝覚』は石山の姫君の涙の成長を、巧みに描き出そうとしたのではないか。
　次に、再び『夜の寝覚』に戻ることで、今度は女君の涙から石山の姫君と家族とのつながりを検討していきたい。

四　すれ違う女君と石山の姫君

　石山の姫君は、幼少の頃から大人びた側面が浮き彫りにされてきた。そこには、少なからず母の不在が影響していたのではないかと考えられる。それでは、実の母である女君は、離れ離れになってしまった石山の姫君のことをどのように思っていたのだろうか。子を思う女君の側面から石山の姫君の存在を捉えることにより、母と子の関係性を考察しておきたい。

　姫君は、すべて撫子の露のあはれは忘れて、「いみじかりしほどに亡くなりなましかば、かかることを聞かましや」と、生き返りにける命を、恨めしくおぼし乱る。（巻二―一七三）

女君は石山の姫君を思う気持ちを、常に姉である大君に対する面目のなさと比較する。石山の姫君への思いは、いつも大君に対する罪悪感にずらされ、ともすれば押しつぶされてしまうのであり、石山の姫君への愛情は大君に対する罪意識と同時並行しながら、抑圧されるようにして描かれるのである。

さすがに、御前には、さりげなくて、思ひ出できこえたまふかと見ゆるときどきもある御気色の、

（巻二―一九四）

石山の姫君を思い出す折々の女君のようすは、少将や乳母によって涙とともに語られる。少将の視点から、女君の石山の姫君に寄せる思いが描かれるものの、その後の場面では大君のことを心に留め、大君を思い続ける女君のようすがうかがえる。

池に立ち居る鳥どもの、同じさまに一番なるもうらやましきに、涙のみこぼれつつ、

立ちも居も羽をならべし群鳥のかかる別れを思ひかけきや

我が身の有様の、すべて現様なることはなく、夢のやうにおぼえながら、御車にたてまつる。（巻二―一九七）

女君は、広沢に赴くことを大君にさりげなく知らせるが、大君からの返事はない。女君は昔と変わらぬ風景に、何のわだかまりもなく過ごしてきたかつての日々を懐かしむ。そして、思いがけずも隔てられてしまった現在を憂い、涙するのである。これが見納めと縁先から眺める景色に、つがいで遊ぶ水鳥は羨ましく、思わず涙を誘われたのだと考えられる。

また、女君は雪の日の情景に大君を思い涙する。（註11）

一年、かやうなりしに、大納言の上と端近くて、雪山つくらせて見しほどなど、おぼし出づるに、つねよりも

落つる涙を、らうたげに拭ひ隠して、

「思ひ出ではあらしの山になぐさまで雪降る里はなほぞ恋しき

我をばかくもおぼし出でじかし」と、推し量りごとにさへ、とどめがたきを、（略）かの大納言殿も、大殿にて、姫君の這ひ歩きたまふを見たまひて、うつくしみたまひつつ、「あはれ、山里に、いかに思ふこと繁う、ながめたまふらむ」とおぼしやりて、

（巻二―二〇七）

降り積もった雪に、雪山を作らせ大君と眺めた時を思い出し涙する。大君に、もう自分の存在を思い出してはもらえないと思うだけで、女君は涙をこらえることができない。過去に思いを馳せるほど、現実の空虚さは女君に重くのしかかり、さらなる涙を促すのである。

大君に断絶された女君の嘆きは、いずれも草や池、雪などの自然描写とともに描かれる。『夜の寝覚』において、自然描写は女君の記憶を照らし返し涙を誘うよすがとして、重要な役割を担う。涙の直後に、共通して独詠歌が詠まれることも特徴的である。

雪を眺めながら大君に思いを馳せる女君に対し、物語は石山の姫君の成長にも言及していく。そして、同じ雪景色に女君を思う男君を描くことにより、二人の心境の隔たりを象徴的に映し出すのである。

人々帰りたまひぬる名残、つれづれに、端近ううちながめて、左衛門督の、いと心うつくしうおぼしのたまひつるも、身の恥づかしさは置き所なうおぼえまさりながら、「大納言の上、いつ、かやうにおぼし許されなむ。幼うより、またなう思ひ睦れならひきこえしかば、吹く風につけても、まづ思ひ出できこえぬ時の間もなく、

恋しく」思ひきこえたまひけり。

対の御方、少将など、「姫君、年まさりたまひて、いかにうつくしき御程ならむ。御戴餅などせさせたまふらむかし。わづらはしき世の中に、あいなく飽き果てて、久しく参り見たてまつらぬよ」など言ひて、うち泣きなどするは、

（巻二―二一二）

女君が大君を気にかける一方、対の君と少将は石山の姫君を思い涙する。

このように、我が子への思いに専念できずに大君を案じてしまう、女君の分散された思いが描かれる。そこには、母に徹することのできない女君の、姉に対する拭いきれない罪意識がある。大君に抱く罪悪感は、石山の姫君への恋しさに紛らわされることなく、むしろ我が子を思う感情をしのぐほどに女君の心に深く根ざし、その心を蝕み続けるのであった。

殿つづきておはいたるに、「日ごろいとあやしくのみ心みたるさまを、いまさらに。あいなのわざや」と思ふに、姫君の御めづらしさも覚めて、

（巻五―四四九）

男君が女君の出家を阻止すべく、子どもたちとともに女君のもとを訪れる場面である。子どもたちに引き続き姿を現した男君を確認した瞬間、石山の姫君を抱いていた女君は、石山の姫君の懐かしさも醒め果てる思いにかられる。姉への罪悪感ゆえに我が子を二の次にしていた女君であるが、姉の亡き後、今度は男君との結婚が浮上し女君の新たな悩みの種となっていく。常に悩みの中にある女君にとって、もはや子どもたちすらも生きる絆しになり得ない

ことを、物語は暗示するのである。

母を思う石山の姫君の涙が母の前では流されないことと、母の子への思いが大君への後ろめたさに掻き消されそうになる現象は、母子のすれ違いの悲しみを一層際立たせる。最後に、もう一人の子どもであるまさこ君に触れることにより、家族をつなぐ存在としてのまさこ君の重要性を見出だしておきたい。

おわりに

石山の姫君が大人びたようすで描かれることと同様の現象は、実はまさこ君にも指摘できる。

・若君も、おとなしう出で参るを、あはれと、殿は聞き臥いたまひたり。（巻四―三二一）
・「およすけても、いざ疾きかな。うつくしきものなりかし」（巻四―三二四）
・をりをり申し出でたる御答へなど、いはけなからず。（巻四―三二五）

以上の用例から、まさこ君の大人びたようすが確認できる。だが、帝から手紙を託されたまさこ君が、男君の存在を気にも留めずに手紙を届けようとする場面では、反対にまさこ君の子どもらしさが浮上する。

　さはいへど、深く隠すべき、事のいたりなく、御几帳引きあけて、（巻四―三二六）

まさこ君の思慮の至らなさは、ひいては帝の手紙を内大臣に見られることへとつながる。しかし、その子どもらしい一面が、帝の手紙を通して宣旨の君の真実を保証すると同時に、女君の無実を証明する機会をもたらすのであり、かえって良い結果に導くのである。

まさこ君の涙が一例しか見られないことは先にも少し触れたが、ここで改めて検討しておきたい。女君が病気であることを男君に伝える場面において、まさこ君の涙は初めて登場する。

いとおとなしう、その事かの事とうち語らひて、（略）目に涙浮けて、いといたう静まりたり。（巻五―四四四）

まさこ君は、男君に対して大人びた応対をするものの、最後には目に涙を浮かべて沈み込んでしまう。そこには、母を案じるまさこ君の、今までには見られなかった子どもらしい側面がにじみ出ている。

稿を閉じるにあたり、まさこ君を媒介とした呼応する涙の場面を取り上げることで、まさこ君の担う役割に関して考察を加えておきたい。物語は子どもを介在させることにより、女君と男君との距離が近づく場面もまた、描き出す。

「さはいかが。それをば、今はじめて、口惜し、いみじとあきるべきにもあらずかし」と、うち鎮むる心も、我ながら他人なりけりと見ゆるあはれも、また、こよなく隔たりつつ、いつか年ごろの積もり思ふに、ただまづめづらしく、夢の心地のみして、水も淀まぬに、多くまさる心地して、とみにものも言ひ出でられず。（略）濡らし添へたる袖の気色、心苦しげなり。（略）ともかくも答へすべきかたもおぼえねば、ただうち泣きて、顔を引き入れて臥したまへるけはひ、(略)いと苦しげに、ただうち泣きて、(略)言ひ言ひては、めぐりあふ年ごろの数へられて、めづらしくあはれに、夢の心地するにも、忍びがたう涙のこぼれつつ、(巻三―三一一)

女君とまさこ君の休んでいるところに、男君が突然侵入する。最初、女君は男が帝なのではないかと、流れる汗に震えわなないていた。だが、まさこ君の言葉に男の正体が男君であると知ると、男君では仕方ないと、その心は安堵に変わるのである。帝との一件が、男君に対するかたくなな態度を和らげたことは明白である。特に、「我ながら他人なりけりと見ゆるあはれも」では、女君の心中表現が男君に引き継がれており、両者の心の接近がうかがえる。やがて、女君の汗は涙となって、男君の涙と呼応するようになるのである。

男君は、長い年月にわたる隔てに激しい涙を流し、すぐには声も出ない。一方、女君も、帝とのぬれぎぬを男君がどのように思うかと涙に袖を濡らすのである。男君の嫉妬に涙する女君と、隔てられた歳月を思う男君の涙は接近し、まさこ君のかたわらで両者は涙に暮れる。この場面では中間欠巻部分を除き、女君がかつてないほど男君に心を寄せており、その心境の変化が注目できる。まさこ君は、女君と男君とを仲介し両者の距離を引き寄せる上で、重要な役割を担うのである。(註12)

本稿では、石山の姫君の涙に焦点をあてることにより、その成長と家族との関係性を明らかにした。『夜の寝覚』は、『源氏物語』に描かれる多彩な涙表現に対し描かれない涙という視点から、石山の姫君の喪失を照らし出す。物語は涙の問題に、女君や家族との関係性の捩れや歪みを大きく映し出そうとしたのだといえよう。

註

（1）三田村雅子「寝覚物語の〈我〉—思いやりの視線について—」（『物語研究』第二巻　一九八八年八月）。河添房江「『夜の寝覚』と話型—貴種流離の行方—」（『源氏物語時空論』東京大学出版会　二〇〇五年一二月）。永井和子「源氏物語以後から　中の君（夜の寝覚）—非現実と現実とのあいだ—」（『国文学』第三八巻第一一号　一九九三年一〇月）は、『夜の寝覚』の女君に関して、女性の存在のあやうさを鋭く認識するといった意味で『竹取物語』のかぐや姫を継承した造型と論じている。

（2）三田村雅子「『夜の寝覚』の〈衣〉と〈身体〉—『引き入る』衣空間から—」（『源氏物語へ源氏物語から—中古文学研究　二四の証言—』永井和子編　笠間書院　二〇〇七年九月）は、「見られることに怯え続ける〈衣〉に籠もる物語から、〈衣〉から姿を表す成熟の物語へ」と、『夜の寝覚』が究極の〈籠り〉を主題としながら、〈衣〉に始まり〈衣〉を超え〈衣〉を放棄する物語へと展開していると言及している。

（3）註（2）に同じ。三田村雅子は、衣に引き入るだけでなく袖に顔を押しあてる場面も『夜の寝覚』には多く、中の君（寝覚の上）の動作に、涙を隠すしぐさとして共通して描かれると説いている。

（4）新編日本古典文学全集『夜の寝覚』（巻二—一六四）頭注に、「『いささかうち泣きなどもしたまはず』は、子供の描写に、この物語ではしばしば現れる表現。聡明な子の条件のようである」とある。

（5）倉田実「石山姫君の出養と源氏物語引用」（『王朝摂関期の養女たち』翰林書房　二〇〇四年一一月）は、石山の姫君に明石の姫君に関わる引用が多いことを認めた上で、それは互いに養女であったことによるものと説いている。

（6）新編日本古典文学全集『源氏物語』（薄雲二—四三五）頭注に、「目がさめてもすぐ泣き出さないのは、明石の君のしつけのよさを表すか」とある。

（7）原岡文子「『源氏物語』の子ども・性・文化—紫の上と明石の姫君—」（『源氏物語の人物と表現—その両義的展開—』翰林書房　二〇〇三年五月）は、「明石の姫君は、あるべきあどけない愛らしさという、子どもをめぐって、張り巡らされた『見えない制度』にどこまでも素直に従順であり続ける」と指摘している。

（8）本書・第一章第三節「明石一族の涙と結束——涙をめぐる風景」。

（9）この用例以外にも、明石の女御の涙は、紫の上を見舞う場面において三例と多く描かれる。紫の上と明石の女御との、両者の繰り返される涙の呼応には、血のつながりはないものの深い絆で結ばれた二人の間柄が映し出されるのである。

（10）明石の姫君は、「まだいはけたる御雛遊びなどのけはひ」（蛍三―二一七）と、幼さが描かれている点で石山の姫君とは異なる。

（11）涙を「拭ふ」に関しては、本書・第四章第六節「『とりかへばや物語』の涙と身体――女主人公のジェンダーをめぐって」をあわせてご参照いただきたい。

（12）スエナガ・エウニセ「『慰め』としての子供―狭衣物語にみる〈父と子〉―」（『物語研究』第三号　二〇〇三年三月）。註（2）に同じ。三田村雅子は、「『子供』が単なる慰めであるだけでなく、女主人公の過剰に揺れ動く被害妄想を鎮め、父への回路を開き、母としての自覚をうながす存在でもあったことを示している」と説いており、まさこ君の果たす役割の大きさがうかがえる。

第三節　涙が浮き彫りにするもの

――『堤中納言物語』「はいずみ」を中心に

はじめに

『堤中納言物語』は、日本で最初の短編物語集である。平安時代も後期に入ると、『源氏物語』を中心とした従来の物語を、どのようにして乗り越えようかとする強い意識のもとに制作された作品が、数多く見られるようになる。そのような流れの中、『堤中納言物語』は短編物語という新たな形態をとることにより、『源氏物語』などの長編物語には見られなかった、鋭いキレのある作品を打ち出すことに成功した。従来の物語を踏まえながらも、独自の展開を加えることで、今までにない新しい可能性を開拓していったのである。(註1)

その果敢な挑戦は、物語に散りばめられた涙表現にも顕著に見られる。『堤中納言物語』は、悲しみの常套表現である涙の描かれ方を引き受けつつも、涙を最小限に抑え、簡略化して描こうとする。そこには、悲しみとして一括りに捉えられてきた涙を逆手にとるような、ひねりのある涙も見られるのである。ここに、涙が内包する多様性に目を向け、これまでの物語における涙のあり方を問い直そうとしていった『堤中納言物語』の意識がうかがえる。

それでは、『堤中納言物語』において、涙はどれくらい描かれるのだろうか。『堤中納言物語』の涙は、総数で三三例見られる。それぞれの作品における涙の用例数は、次の通りである。

『堤中納言物語』の涙

	作品名	涙（比喩を含む）	和歌	合計
1	「花桜折る少将」			
2	「このついで」	三例	一例	四例
3	「虫めづる姫君」			
4	「ほどほどの懸想」			
5	「逢坂越えぬ権中納言」	二例		二例
6	「貝合」	一例		一例
7	「思はぬ方に泊りする少将」	五例	一例	六例
8	「はなだの女御」		一例	一例
9	「はいずみ」	一六例	二例	一八例
10	「よしなしごと」			
11	「末尾断簡」	一例		一例

表から『堤中納言物語』の中でも、「花桜折る少将」、「虫めづる姫君」、「ほどほどの懸想」、「よしなしごと」には、涙が一例も見られないことが読み取られる。翻って、一八例と数多く描かれるものに、「はいずみ」が挙げられる。

本稿では、『堤中納言物語』の涙が従来の物語作品をいかに生かし、また削ぎ落としながら独自性を見出だそうとしていったのか、『堤中納言物語』の涙に託された機能を探りたい。

一　支えとしての涙――「このついで」・「貝合」

まずは、物語の展開に涙が大きく関わる点で類似する、「このついで」と「貝合」を考察していく。「このついで」

は、歌物語めいた三話から構成されている。この三話は、男が隔ての向こう側にいる女に意識を集中させ、けはいや垣間見を通して女のようすを捉えようとしている点で共通している。中でも、第二話の清水参籠の回想と第三話の東山での物語において、涙は物語の支えとして据えられており注目できる。

第二話の清水参籠の回想では、男の局のそばに屏風だけを立てて仕切った局から、忍び泣く女のけはいに、男は心動かされながらも垣間見できずに終わる話である。

一方、第三話の東山の物語は、素晴らしくきれいな女君が出家するまでのようすを、男が障子の穴から垣間見る。限られた視界の中、妹君と察せられる女君や若い女房たちの涙が、「顔に袖をおしあてて、いみじう泣く」や「いみじうせきあへぬけしきなり」と描写される。そこに人々の言葉はない。ただ、激しい涙が「いみじう」の語とともに繰り返し語られるところに、人々の悲しみの深さを際立たせようとする、物語の手法が見て取れる。男は、悲しみに浸る女たちの遮断された空間を前に、「濡るる袖かな」と和歌に涙の比喩を詠み込むことで、涙を手がかりに心を寄り添わせようとしたのだと考えられる。

涙は、女の抱える深刻さを照らし出すだけでなく、隔ての向こう側に広がる女の共同体を形成する上で、有効に機能するのである。女の涙のけはいを前に、行動を起こさなかった男と、涙をきっかけに行動していった男の二人の顚末を描き分けていくところに、「このついで」の物語のありようがうかがえる。

次に、「貝合」の涙に移りたい。「貝合」は、蔵人少将が自らの正体を明かさずに、貝合の準備に手間取っている母亡き姫君に味方し、貝合の朝、密かに貝の小箱と洲浜を届けさせるという話である。物語は、子どもたちの世界に入り込んだ少将が、母のない姫君を垣間見る場面から始まる。(註2)

姫君は最初、少将のまなざしに「この世のものとも見えず、うつくしきに」と捉えられる。あたかも恋の始まりを予感させるような風情であるが、すぐに姫君の「いとものなげかしげ」な表情に、焦点はあてられていく。

この世のものとも見えず、うつくしきに、萩襲の織物の袿、紫苑色など、押し重ねたる、頬杖をつきて、いとものなげかしげなる。（「貝合」―四四八）

貝の集まらない事態に心細さを募らせる姫君の表情は、次第に涙でもこぼしそうな風情へと変化する。そのような姫君の姿は、利害関係を問わず、少将の心をより一層引きつけるものとして作用するのである。

涙も落しつべきけしきども、をかしと見るほどに、（「貝合」―四五〇）

姫君の涙しそうなようすは、劣勢に追いやられた母亡き姫君の心もとない境遇を浮き彫りにする。しかし、その一方で、姫君を主人と仰ぎ仕える子どもたちの士気を高めるとともに、子どもたちのけなげな奮闘ぶりをも鮮やかに映し出す。

姫君の悲しげな表情に加え、涙しそうなようすは、こちら側の姫君を勝たせたいとする少将の思いを強くする。少将が姫君への協力を決心した背景には、姫君とは対照的な東の姫君の「いみじくしたり顔」なようすを憎らしく思う気持ちも、少なからず存在しただろう。だが、少将の心を動かす原動力となったのは、やはり姫君の涙しそうなようすにあったのではないか。

子どもによるミニチュアの世界を垣間見るだけの存在であった少将は、見る立場に徹しながらも、その心はさらに、子どもの世界の内部へと入り込んでいく。（註3）そして少将の行動により、姫君の表情はついに変化を見せることとなる。

いとうれしと思ひたる声にて、「まことかはとよ。おそろしきまでこそおぼゆれ」とて、頬杖つきやみて、うち赤みたるまみ、いみじくうつくしげなり。

（『貝合』―四五二）

観音様の歌の一件を伝え聞いた姫君は、思案顔から一転し、ようやく元気を取り戻す。紅潮した姫君の目もとは、密かに届けられる立派な小箱と洲浜に喜び騒ぐ子どもたちの生き生きとした姿を、あたかも先取りするかのようである。

貝合の結末は描かれていないが、少将の協力を得た姫君が勝者となるであろう今後の展開を暗示しながら、物語は幕を閉じる。このように、姫君の涙しそうなようすは、少将や姫君に仕える子どもたちの心を捉え、事態の打開に向けた行動を促し、逆転勝利へと導くのだといえよう。

二　装う涙――「逢坂越えぬ権中納言」・「はなだの女御」

次に、涙する行為が「装う」ことを強調している点で共通する、「逢坂越えぬ権中納言」と「はなだの女御」における涙の描かれ方を見ていきたい。

「逢坂越えぬ権中納言」は、中納言が想いを寄せる姫君と緊迫の夜を過ごすものの、結局空しく帰る話である。

中納言の涙は、「袖ほす世なく思しくづほるる」や「言ひもやらず、涙のこぼるるさまぞ」と描かれる。過剰に表現される涙は、中納言の色好み性を端的に示すものであり、姫君の心を引きつけようとする為の戦略と考えられる。最後まで言葉を言い終えずにいるそばから涙が流されるという手法は、『源氏物語』を始めとする平安物語にも見られ、従来の物語の模倣といえる。

一方、「はなだの女御」は、大勢の姉妹たちが語り合っているところを垣間見た好き者が、挑発の歌を送るものの、誰からの返答もなく終わる話である。ここでは、男の和歌に涙の比喩が詠み込まれる。

百かさね濡れ馴れにたる袖なれど今宵やまさりひちて帰らむ
（「はなだの女御」―四八〇）

男は、女たちからの返答を得ることができないまま、歌を詠じて帰っていく。和歌に涙の激しい「濡れ」を詠み込むことで、神妙に装う男のさまが滑稽な様相を呈するのである。

「思はぬ方に泊りする少将」は、故大納言の姉妹の姉が右大将の子の少将と、妹が右大臣の子の権少将と関係していたが、呼び名が似通っていることから、ある夜誤って各々の相手を取り違えてしまう話である。この物語には、和歌一例を除き、涙が五例登場する。涙は姉姫君と侍従に二例ずつ、弁の君に一例描かれる。また、妹君の涙が描かれることはない。

ここで「泣く泣く」の用例が、二例とも侍従に用いられていることに注目したい。

泣く泣く言ふを、さばかり色なる御心には、許したまひてむや。寄りて引き放ち聞こゆべきならねば、泣く泣

く几帳の後ろに居たりし。（「思はぬ方に泊りする少将」―四六五）

「泣く泣く」は、相手が権少将であることに気づいた侍従が、事態を収拾すべく権少将に訴える場面と、仕方なく引き下がり控える他ない場面に描かれる。侍従が「泣く泣く」訴えるものの聞き入れられずに引き下がるところでは、侍従が特に抵抗するようすも見られない。「泣く泣く」と語られるにとどまるのであり、特徴的である。（註4）

『源氏物語』を経て、後期物語は涙表現が豊かになったにもかかわらず、他の涙表現を用いることなく、あえて「泣く泣く」が選び取られていったところに注目したい。そこには、少将に対する侍従の行動を伴う抵抗を描いたところで、後の展開に何ら変わりはないとする考え方が暗示されているのではないか。（註5）『堤中納言物語』は、物語にありがちな展開がすべて省略される傾向にあり、「泣く泣く」にも同様のことがうかがえる。

従来「泣く泣く」は、物語において常套的な涙表現として用いられてきた。しかし、『堤中納言物語』が、常套的な涙表現を物語にそのまま適用することはない。予測できるやりとりを省き、淡々と語る手段として、意識的に「泣く泣く」を選択していったのである。ここに、従来の物語に見られる涙表現に対する皮肉が読み取られよう。（註6）物語は、「泣く泣く」という一見ありきたりとも思われる涙表現をあえて用いることにより、作りものの世界であることを明示しようとしたのであった。

姉姫君は、相手が夫の少将ではなく権少将であったことに気づいた後も、声を荒げることなく「ひきかづきたまひぬ」と、貴族の姫君らしいふるまいに徹していた。だが、次第に涙するに至る。その一方で、妹君の涙は最後まで描かれることはない。

物語は、侍従や弁の君の涙を描くことで、男に身を委ねるしかない女君の節操を補強すると同時に、逃れられない運命に翻弄されるがままの、なすすべのない女君たちのありようを映し出す。
また、姉姫君が、右大将の子息である少将の来訪の途絶えに涙する場面において、物語は姉姫君の袖の涙に、いつの間にか芽生え始めた嫉妬心を描くのである。

心細きに、御袖ただならぬを、われながら、いつ習ひけるぞと思ひ知られたまふ。

（「思はぬ方に泊りする少将」―四五九）

袖の涙が、姉姫君の嫉妬心を表出する装置となっているところにも、『堤中納言物語』の特質がうかがえる。

三　連鎖する涙――「はいずみ」(1)

次に、『堤中納言物語』において、涙表現が最も多く描かれる「はいずみ」を検討していきたい。(註7)「はいずみ」は、物語の前半と後半とで、その性質を異にする。前半部分は、『伊勢物語』第二三段の「筒井筒」、引いては『大和物語』第一四九段の「沖つ白浪」との類似が指摘されており、後半部分は『古本説話集』第一九話の「平中墨塗り譚」による脚色とされている。(註8)

話の内容という点で、「はいずみ」は確かに、両作品の影響を受けるところが大きい。だが、涙の描かれ方に注目すると、「筒井筒」には涙の記述が一切見られない。「平中墨塗り譚」にも、涙の代用としての水は登場するものの、流される涙そのものが描かれることはないのである。それに比べ、「はいずみ」には『堤中納言物語』の中でも最も多くの涙が登場することから、「筒井筒」や「平中墨塗り譚」を模倣しながら涙を多用することにより、独自のスタイルを切り開いていったのだと考えられる。

「はいずみ」には和歌二例を含む、一八例もの涙が登場する。涙を登場人物ごとに整理すると、女が一二例、男が三例、新しい女が二例、小舎人童が一例となる。女の涙が圧倒的に多いことから、涙一つ見せずに男を気遣う、女のけなげな姿が功を奏す「筒井筒」とは異なるといえる。(註9)

「はいずみ」の涙

	頁・行	用例	人物
1	489・15	女、使ふ者とさし向ひて、泣き暮す。	女
2	490・8	泣く泣く恥づかしげなるもの焼かせなどする。	女
3	490・15	月の明きに、泣くこと限りなし。	女
4	491・4	泣くほどに、来れば、さりげなくて、	女
5	492・12	門引き出づるより、いみじく泣きて行くに、	女
6	493・1	いと心細く思ひて泣き行くを、	女
7	493・12	泣く泣く、	女
8	493・13	人問はば心はゆかぬ涙川まで　（和歌）	女
9	493・14	童も泣く泣く馬にうち乗りて、	小舎人童
10	494・9	男もいと悲しくて、うち泣かれぬ。	男
11	494・9	「ここにて泣かざりつるは、	女
12	494・14	をやみなくなむ泣かせたまへる」	女
13	495・3	さらに泣き臥したるほどにて、	女
14	495・5	涙川そことも知らずつらき瀬を　（和歌）	男
15	495・10	泣く泣くおこたりを言へど、	男
16	495・11	いらへをだにせで、泣くこと限りなし。	女
17	498・3	泣けば、家のうちの人も、ゆすりみちて、	新しい女
18	498・6	涙の落ちかかりたるところの、	新しい女

だが、「はいずみ」の女の涙は、男と別れる場面において、男の前で流されることはない。男が迎えに来る場面を除き、女の涙はすべて男の目の届かないところで流されるのである。このことから、「はいずみ」の女も「筒井筒」の女と同様に、男の前では胸中の苦しみをさらけ出すことなく、必死に耐え忍んでいたありようが見て取れる。

それでは、数多く流される女の涙には、一体どのような意味が託されているのだろうか。「はいずみ」に描かれる涙表現を表に整理すると、次の通りである。

表から、「泣く泣く」が四例と数多いこと

が読み取られる。「泣く泣く」は、『伊勢物語』から見られる手法であり、涙の重複を描く一つの常套表現である。(註10)繰り返し強調されるようにして描かれる「泣く泣く」の用いられ方に着目すると、女の「泣く泣く」は、物語に意図的に張り巡らされていることが明らかとなる。

泣く泣く恥づかしげなるもの焼かせなどする。（「はいずみ」―四九〇）

最初、女だけに用いられていた「泣く泣く」は、やがてそばにいた小舎人童にも用いられていく。「泣く泣く」は、小舎人童に派生するように、女の心情ごと引き継がれていったのだと考えられる。

女が手紙を焼かせるようすは、『源氏物語』の幻巻で、光源氏が紫の上の手紙を処分させる場面を想起させる。出家を決意した光源氏は、紫の上と過ごした今までの月日に終わりを告げるようにして、涙ながらに手紙を放棄する。「はいずみ」でも涙は伴うものの、手紙を処分する女のようすはあくまでも淡々と描かれていることから、『源氏物語』との差異がうかがえよう。

泣く泣く、「かやうに申せ」とて、
いづこにか送りはせしと人問はば心はゆかぬ涙川まで
と言ふを聞きて、童も泣く泣く馬にうち乗りて、ほどもなく来つきぬ。（「はいずみ」―四九三）

小舎人童の問いかけに、女が歌で答える場面である。男との別離の時でさえ涙することのなかった女が、「涙川」

を歌に詠み込むことで、初めて胸中の悲しみをあらわにする。この「涙川」の歌には、今まで必死に涙することをこらえてきた女の、限界を超えた悲しみが表象されているのではないか。

やがて、「涙川」の和歌は小舎人童を介し、男の知るところとなる。男は女の気丈なふるまいの中で、涙がひた隠しにされていた事実にようやく気づき、女を家に連れ戻そうと決意する。(註11)

小舎人童は、それでもなお「道すがら、をやみなくなむ泣かせたまへる」、「あたら御さまを」とつけ加えることを忘れない。執拗なまでに女の味方をする小舎人童の姿には、それほどまでに幼な心を捉えて離さなかった女の、悲痛なありようが物語られる。小舎人童の饒舌な働きかけは、大原に向かいたいとはやる男の心を、一層せき立てるのだといえよう。

物語はテンポ良く交わされる会話の中に、小舎人童の巧みな言葉を滑り込ませることで、女の幸せを手繰り寄せていく。二人の仲介者である小舎人童には、まさに女の今後が託されているのであった。(註12)

涙川そことも知らずつらき瀬を行きかへりつつながれ来にけり　（「はいずみ」―四九五）

女の「涙川」の歌に答えるようにして、男は歌に「涙川」を詠み込む。「涙川」の語を受け、「底」、「瀬」、「流れ」と川の縁語が、「流れ」と「泣かれ」、「其処」と「底」に掛詞が用いられるなど、多くの意味が内包されるのである。男に涙の語が用いられるのは、小舎人童から女の歌を伝え聞いて以来の出来事であり、男の女に寄せる心情がうかがえる。

臥したるところに寄り来て、泣く泣くおこたりを言へど、
（「はいずみ」―四九五）

大原に辿り着いた男は、臥したまま泣く女を前に、「泣く泣く」詫びる。女から小舎人童、そして男へと受け継がれていった「泣く泣く」は、女の前で流された男の「泣く泣く」で一巡すると同時に、男が女のもとに戻る構造となる。

このように、女を起点とした涙表現は胸に迫る悲しさを伴い、小舎人童を介して男へと連鎖する。この「泣く泣く」は、男の心をもう一度引き寄せる為の、一つの装置となっているのではないか。

また、「はいずみ」の中で効果的に用いられる、もう一つの涙に「泣くこと限りなし」が挙げられる。この「泣くこと限りなし」は、「はいずみ」に二例見られる。

女、待つとて端に居たり。月の明きに、泣くこと限りなし。
（「はいずみ」―四九〇）

女が住み慣れた家を後にするべく車を待つ間、端近に座る場面である。月光に照らし出された女の涙は、男が迎えに来た時に見せる涙と呼応することにより、その深い悲しみにようやく終止符が打たれる。（註13）

いらへをだにせで、泣くこと限りなし。
（「はいずみ」―四九五）

大原に到着し、一層涙に暮れていた女のもとを、男が突然訪問する。（註14）女の悲しみは、一転して思いがけない喜びに

変わり、男の前で今度は安堵の涙が流される。沸き起こる喜びの涙は、月明かりの中、つい数時間前まで心もとなく流されていた涙を彷彿とさせるものといえる。

このように、同じ涙を効果的に配置し対比させることで、物語は時空を超え、大原までの道のりを立体的に描き出そうとしたのである。

四　真実を暴く涙――「はいずみ」(2)

次に、「はいずみ」の後半部分に焦点をあてることで、真実を照らし出す涙の描かれ方を読み解いていく。「はいずみ」を考察するにあたり、まずは「はいずみ」が影響を受けたとされる「平中墨塗り譚」に描かれる涙に触れておきたい。

「平中墨塗り譚」において、平中は硯瓶の水を携帯することで涙を装っていた。涙の代用品として水を用いるという発想には、成分が違うとはいえ見分けのつかない両者が交換可能なのではないかとする、涙への痛烈な皮肉が込められている。頬をつたう涙や濡れた袖を安易に演出しようとするところに、涙がいかに相手の心をつなぎ止める上で効果的な手法であるかということが、暗示されているのである。ここに、視覚重視のありようが問い直されているのだと考えられよう。

夜明けてみれば、袖に墨ゆゆしげにつきたり。鏡を見れば、顔も眞黒に、目のみきろめきて、我ながらいと恐しげなり。

（「平中の事　第一九」―一一六）

女によって水を墨に、丁子を鼠の糞にすり替えられた男が、顔一面真っ黒になる場面である。墨の黒さは、涙が水に似ても似つかないものであることを端的に物語る。「平中墨塗り譚」のように、涙を意図的に加えようとする平中に対し「はいずみ」では、新しい女がおしろいと勘違いして墨を塗った末に涙が描かれるのであり、対照的である。(註15)

再び「はいずみ」に戻ることにより、考察を進めていきたい。「はいずみ」において、新しい女は墨の塗られた顔を見るや否や、鏡を投げ捨てる。

鏡を投げ捨てて、「いかになりたるぞや、いかになりたるぞや」とて泣けば、家のうちの人も、ゆすりみちて、

（「はいずみ」―四九八）

新しい女は、顔の異変を直視できずに泣き騒ぎ、まさに自らを放棄していた。男も新しい女の両親も、その外見にすっかり惑わされ、自分たちには解決できないものと信じ込み、女と向き合うことから逃げてしまった。混乱のままに流される女の涙であったが、異変の正体がはいずみであることを暴き、放棄した自己を救ったのもまた、女であったことに注目したい。

涙の落ちかかりたるところの、例の肌になりたるを見て、乳母、紙おしもみて拭へば、例の肌になりたり。

（「はいずみ」―四九八）

女の頬を涙がつたうことにより、顔の墨が洗い落とされ素肌がのぞいていく。他者の視線にためらうことなく、悲しみや悔しさをストレートに表出する女の涙には、はいずみの黒さを払拭するような力が宿っているものと考えられる(註16)。やるせない思いは、流れ出る涙に反映されるのであり、はいずみは涙の威力をもって消し流され、涙の跡に素顔を取り戻していくのである。

このように、こぼれ落ちる涙の過程に、少しずつ等身大の女が顔を覗かせる。そこに、身繕いに余念のない女の姿は、もはやない。顔についたはいずみを、自らの涙で流し落とす経験を経ることにより、女はおしろいで隠そうとしていた素肌の持つ魅力に、初めて気づいたのではないか。

新しい女の動揺ぶりは、忍耐を重ねた女のありようとは正反対であり、男に見捨てられても仕方のない人物であったかのような印象を与えかねない。しかし、墨だらけの、しかも指の跡がまだらに残る顔から流れ出る涙には、同時に一笑に付すことのできない哀しさがにじみ出ているように思われる。「はいずみ」は、「平中墨塗り譚」のパロディーのみならず、涙の担う役割がさらに多様化した作品といえるのではないか。

おわりに

「はいずみ」は「筒井筒」や「平中墨塗り譚」を語り直しながらも、ごく単純な涙表現を繰り返し描くことで、悲しみの連鎖を表現していった。男の見ていないところで涙する女の心情の悲しさに、男が辿り着くまでの涙のありようは、まさに「はいずみ」の骨格をなす。

悲しみを抑制し、男の前で涙を見せない女の涙は小舎人童の心に響き、引いては男を呼び寄せるきっかけとなる。小舎人童は、物語の展開に欠くことのできない重要な役割を担うのである。一方、急ぎ外見を取り繕おうとする新しい女は、はいずみで黒く塗られた顔から涙がこぼれ落ち涙の浄化がなされる時、ようやく素肌の中に真実を見出だすのであった。

『源氏物語』は、かつて「平中墨塗り譚」を連想させることで、笑いとともに光源氏と紫の上の和やかな一時を取り入れようとした。それに対し、「はいずみ」は醜い顔に流される涙という視点から、涙の側面を発展させていくことに成功した。つまり、「平中墨塗り譚」の笑いを巧みに描きつつも、その後に流される涙がより際立つよう計算したのである。醜いとされる顔が涙によって洗い落とされていく過程にこそ、屈辱を乗り越えようとしていく強さや美しさが秘められている。

以上のことから、「はいずみ」における「平中墨塗り譚」の笑いは、涙と対になり、笑いの後の涙に深みをもたらすものとして描かれるのだといえよう。

註

（1）神野藤昭夫「『堤中納言物語』と短編物語の世界」（『散逸した物語世界と物語史』中古文学研究叢書六　若草書房　一九九八年二月）は、平安時代後期の多様な短編物語の世界の広がりは、長編物語によって形成される物語史とは異なる地平に及んでいたことを説く。

（2）三谷邦明「堤中納言物語の方法―〈短篇性〉あるいは〈前本文《プレテクスト》〉の解体化―」（『物語文学の方法Ⅱ』有精堂　一九八九年六月）は、「貝合」に関して「物語は〈色好み〉〈垣間見〉、〈合せ〉〈くらべ〉の遊戯性、あるいは『童』の活躍等、用いられているテーマやモチーフにおいて他の堤中納言物語の物語と共通する面が強く、いわば堤中納言物語の最大公約数」とし、それらの要素が極めて上手にまとめられており、完成度の高い作品であると論じている。

（3） 神田龍身「ミニチュアと短篇物語――『堤中納言』――」（『物語文学、その解体――『源氏物語』『宇治十帖』以降――』有精堂 一九九二年九月）は、人生と恋に疲れた蔵人少将にとって、汚れを知らぬ心爽やかなミニチュアの楽園であったと言及している。

小嶋菜温子「〈のぞきカラクリ〉〈ささやき〉と〈観音〉〈鬼〉の回路――『貝合』『はいずみ』から『さゝやき竹』へ――」（『源氏物語の性と生誕―王朝文学史論―』立教大学出版会 有斐閣 二〇〇四年三月）は、少将と子どもたちとの交信が小声でなされているところに、両者の立場の違いを指摘し、〈ささやき〉も異界への回路に他ならないとしている。

（4） 「泣く泣く」は、一つの手法として用いられている。「泣く泣く」の背後には、なすすべがなくあきらめているようすがにじみ出ている。

（5） 妹君づきの弁の君が人違いと気づく場面では、妹君の袖を捉えて放すまいと、ささやかな抵抗を試みる。だが、容易に几帳で隔てられてしまうのであり、抵抗も空しくなすすべもなく涙するに至る。

（6） 註（2）に同じ。三谷邦明は、『堤中納言物語』の中のそれぞれの本文が独自な〈短篇性〉を確立し、〈引用〉・〈パロディ〉という方法で、特性ある世界を築いていることを指摘している。

（7） 下鳥朝代「『堤中納言物語』『はいずみ』考――『すみ』を巡る物語――」（『湘南文学』第三五号 二〇〇一年三月）は、「『はいずみ』はまさに『すみ』を巡る物語として作り上げられている」と論じ、「すみ」＝「住み」「炭」「澄み」「墨（すみ）」のうち、男と女の「共棲み」を意味する「住み」が最も中心的な意味をなすと説いている。

（8） 新日本古典文学全集『堤中納言物語』（「はいずみ」―四八七）頭注による。

（9） 『大和物語』の「沖つ白浪」に、「この女、うち泣きてふして、かなまりに水を入れて、胸になむすゑたりける」（第一四九段―三八二）とある。ここに初めて、「筒井筒」には描かれなかった涙の記述が見られる。

（10） 『堤中納言物語』において、「泣く泣く」は総数で六例見られることから「はいずみ」に集中して描かれることがうかがえる。本書・第三章第一節「『伊勢物語』の『血の涙』――『うつほ物語』・『源氏物語』涙の変遷」。

（11） 河野有貴子「『堤中納言物語』研究――『はいずみ』における『涙川』の詠歌――」（『広島女学院大学国語国文学誌』第三

五号　二〇〇五年一二月）は、『はいずみ』は女の詠歌で流離していくわが身と、心はおいていきたいという男に対する恋慕の情を合わせて詠んでいることを説いている。

（12）召使いは、『大和物語』の「沖つ白浪」に登場するが、女が話しかける程度でそれほど大きな役割を果たしていない。だが、「はいずみ」の小舎人童の登場は、これを受けて描かれたものと考えられる。

（13）月明りの夜であるという設定は、「筒井筒」にはなかった。一方、『大和物語』には月が描かれている。

（14）註（7）に同じ。下鳥朝代は、本来は「車」で移動するべき身分の女が「馬」に乗るというあり方は、物語の深層において異界への境界である『川』を越え、異界へと行く為の交通の具として「馬」が意識されていたことによると指摘している。

（15）小島雪子「物語史の中の『はいずみ』―化粧を焦点化する物語―」（『講座平安文学論究』第一六輯　風間書房　二〇〇二年五月）は、「にわかな男の訪れに、男にみせるためにあわてて塗りつけられたおしろい、実は掃墨は、平中が女の歓心をかうため、女にみせるために塗った水、そら涙と、等価なもの、同類のものとして意識化されはしないだろうか」と論じている。

（16）『枕草子』に、「世に知らずいみじきに、まことにこぼるばかり、化粧じたる顔みなあらはれて、いかに見苦しからむ」（第一二三段―一二三二）と、涙で化粧をしている顔の地肌があらわになることの見苦しさが描かれる。

＊本文の引用は、『古本説話集』日本古典全書（朝日新聞社）による。また、『大和物語』、『枕草子』の本文の引用は、新編日本古典文学全集（小学館）による。

第四節　『狭衣物語』の汗と涙

――『源氏物語』との比較から

はじめに

汗とは皮膚をつたって発散され、時間の経過とともに匂いを伴うものである。『源氏物語』において汗が限定して用いられ、密通に至りそうな場面に描かれることは、いろいろな研究から指摘されており既に知られている。そして、同様の傾向は『狭衣物語』にもうかがえる。

『源氏物語』、『狭衣物語』に描かれる汗の全用例は、次の通りである（250頁）。表から読み取られるように、汗の用例数は『源氏物語』、『狭衣物語』にそれぞれ七例見られる。汗をかく人物では、女君が共通して圧倒的多数を占めている。このように、汗は逢瀬や密通と深い関わりを持つ禁忌を表すものであることがわかる。（註1）

また汗表現に注目すると、『源氏物語』の汗は「流る」や「おし漬す」を伴い「しとど」や「水のやうに」など

『源氏物語』の汗

	巻	頁	用例	人物
1	帚木	100	死ぬばかりわりなきに、流るるまで汗になりて、	空蟬
2	夕顔	164	汗もしとどになりて、我かの気色なり。	夕顔
3	紅葉賀	329	宮は、わりなくかたはらいたきに、汗も流れてぞおはしける。	藤壺
4	葵	41	したり顔に汗おし拭ひつつ急ぎまかでぬ。	座主・僧たち
5	葵	72	汗におし漬して、額髪もいたう濡れたまへり。	紫の上
6	若菜下	224	わななきたまふさま、水のやうに汗も流れて、	女三の宮
7	東屋	66	夢のさめたる心地して、汗におし漬して臥したまへり。	浮舟

『狭衣物語』の汗

	巻	頁	用例	人物
1	二巻	197	汗も押しひたしたるやうに見えたまへば、	女二の宮
2	二巻	280	いとどゆゆしう思し疎まれて、御汗も涙も流れまさりて、	源氏の宮
3	三巻	41	恥づかしさに、汗のみ流れてわびしきに、	今姫君
4	三巻	120	顔うち赤み、汗うちあえて、いかにぞや思へるけしき	飛鳥井の姫君
5	三巻	183	御袖の上まで通りゆく汗のこちたさは、	女二の宮
6	四巻	236	若き人々は、あいなう汗あえてぞ聞きける。	新少将
7	四巻	280	当得水の心地して、汗もこちたう流れたまへるけはひ、	式部卿の姫君

＊諸本も参照したが、全体の論旨に影響を与えるような大きな違いは見られなかった。

肌の上を流れるイメージが特徴的な、びしょ濡れの汗が描かれる。翻って、『狭衣物語』では「御袖の上まで」や「こちたう流れたまへる」とあるように、着物の上を流れるような汗が描かれていく。つまり『狭衣物語』は、『源氏物語』の「流る」に加え、さらに汗の噴き出る瞬間が生々しく捉えられる『枕草子』の「汗あゆ」表現を引き受けるようにして、汗の力を洗練させ磨き立てていったのである。(註2)

一方、汗を考察する上で切り離すことのできない重要な手がかりとなるものに、涙が挙げられる。涙は瞳から流れ落ちる無臭の液体であるが、身体から生成される点で汗と類似している。一般に、涙はどちらかと言えば人目に触れることが多く、他者にメッセージ性を発するものとして描かれる傾向にある。(註3)それに対し、物思いから流される汗は、女君が汗する身体を実感することにより、自己の内面を再認識していくものとして機能する場面が多い。つまり、汗は自己のありようを照らし返す側面をより強く担うのであり、他者に晒されることの多い涙とは、また一線を画していることがわかる。

このように、似通いながらも異なった性質を兼ね備える汗と涙であるがゆえに、両者の同一性と差異から身体感覚の問題をあぶり出していきたい。本稿では、汗と涙の双方の身体表現が映し出す深い混乱を抉っていくところに、『源氏物語』の新たな側面を見出だしていく。さらに、『源氏物語』の影響を色濃く受け、その身体表現を受け継ぐものとして評価されてきた『狭衣物語』から振り返ることにより、汗に秘められた特徴を明らかにしていきたい。(註4)

一　『源氏物語』の汗と涙

『源氏物語』において、汗は主に着物の内側の現象として相手に気づかれることのないままに、独り苦しみを背負いつつ収束していくものとして描かれる。汗は強さをはらんだ声にならない思いの表出であり、そこには涙以上に凝縮された感情が渦巻いている。女君のコントロールできない汗に、語り手がより重点を置くことで、物語に重要な意味を持たせているのである。以下、その具体例を検討してみよう。

この人の思ふらむことさへ死ぬばかりわりなきに、流るるまで汗になりて、
（帚木一―一〇〇）

『源氏物語』に登場する最初の汗は、空蟬とともに描かれる。光源氏の中の品への興味は、空蟬との密通となって流れるほどの汗を喚起する。釣り合わない容姿や強い身のほど意識は、人妻である身に加え劣等感に拍車をかけ、空蟬を一層追いつめていった。空蟬の苦しそうなようすは、光源氏に不憫と捉えられるものの汗に言及されることはない。流れる汗に身を浸しながらも、空蟬が懸命に耐え忍ぶ姿に、光源氏の若さゆえの傲慢さに対する抵抗を描いていったのではないか。その一方で、同時に空蟬は光源氏の侵入を必ずしも拒んでいるわけではないと、中将の君に誤解されることを恐れていた。ここに、今を時めく光源氏に心惹かれないわけではない思いも、存在していたものと考えられる。

まことに心やましくて、あながちなる御心ばへを、言ふ方なしと思ひて、泣くさまなどいとあはれなり。
（帚木一―一〇二）

光源氏は逢瀬の後に流される空蟬の涙に、ようやく身勝手なふるまいを認識し、空蟬の心情を慰める。だが、同時

に必死に自己の正当化に努めるのであり、涙は独り終結を余儀なくされる。

わななきたまふさま、水のやうに汗も流れて、ものもおぼえたまはぬ気色、いとあはれにらうたげなり。

(若菜下四―二二四)

無心に寝ていた女三の宮は、不審なけはいに男が光源氏ではないことを感じ取り、恐怖のうちに目覚める。空蟬の「流るるまで汗になりて」と類似し、不意打ちの衝撃は「水のやうに」流れる汗となってひたすら流される。しかし、女三の宮の汗も着物の内側の現象であるため、相手に気づかれることはない。柏木は女三の宮の気を失わんばかりの面持ちを「いとあはれにらうたげなり」と捉えるにとどまり、夢のような心地に酔いしれるのみで、その心中を少しも思いやることはないのである。

院(光源氏)にも、今は、いかでかは見えたてまつらんと悲しく心細くていと幼げに泣きたまふを、いとかたじけなく、あはれと見たてまつりて、人の御涙をさへ拭ふ袖は、いとど露けさのみまさる。(若菜下四―二二六)

柏木に気づかれることのなかった女三の宮の汗は、その後「いと幼げに泣きたまふ」と、涙と視覚的に描かれることによって、初めて柏木の目に留まる。涙する女三の宮は幼く心もとないが、そこにはこれから背負っていかねばならない罪の重さが提示されているのであった。「人の御涙をさへ拭ふ袖」とあるように、柏木は自身の涙を拭って濡れた袖で女三の宮の涙を拭うのであり、ここに袖を媒介とした一方的な涙の共有が描かれるのである。

涙は軽く受け流されてしまうことにより、すれ違いを余儀なくされる。さして理解されることのない涙には、女の側のやるせなさや孤独感が浮き彫りにされているのであり、それはそのまま相手との心の距離へとつながっていく。そして、涙を境にこれから始まる苦難の生が、女三の宮のさらなる涙を呼び覚ますのである。

恐ろしき夢のさめたる心地して、汗におし漬して臥したまへり。

（東屋六―六六）

浮舟は当初、匂宮の焚き染める香に、男は薫ではないかと勘違いしていた。ところが、それが匂宮とわかると「ただいみじう死ぬばかり思へるがいとほしければ」と、死なんばかりにつらそうな様相を呈していく。

匂宮からようやく解放された時には、浮舟は既に浸かるような汗を流していた。衝撃によって促される汗は、匂宮のふるまいに必死に耐え忍んだ痕跡であると同時に、内面の欲望の表れと考えられる。思いもよらず匂宮に見出だされ、浮舟はその衝撃的な出会いによって初めて、女性としてのときめきを覚えたのではないか。直情的な匂宮のふるまいは浮舟の心に響き、汗となって表象されていったのである。

この密通未遂後も、浮舟によって度々匂宮の汗の匂いが思い出されていることから、汗は記憶のうちに思い返されるのだといえる。（註5）

見知らぬ目を見つるに添へても、いかに思すらんと思ふにわびしければ、うつぶし臥して泣きたまふ。

（東屋六―六七）

匂宮に気づかれることのなかった浮舟の汗は、乳母に扇がれ冷まされていく。だが、その汗も乾かぬうちに、今度は浮舟の境遇を憂う乳母の涙に誘発されるように、やるせない身の上に涙する。匂宮の不在に流される浮舟の涙は、孤独のうちに収束していくのである。

空蟬、女三の宮、浮舟は共通して、自分の思うに任せぬ運命に耐えしのぐ上で汗を流す。汗は激しい衝撃による、悲しみに到達する以前の未分化な混沌の表れであり、それは感情という形で整理された時にのみ涙となって流される。このようにして、物語は汗と涙の重なりを描きつつも両者が近づきながらずれ合う点に、微細な移ろいの様相を掬い上げているのである。

『源氏物語』において、汗の後に描かれるはかなげな涙は、涙する人物のある種の「弱さ」や「脆さ」を映し出すメディアとしての役割を担う。つまり、空蟬、女三の宮、浮舟は、描かれる涙の分だけ「弱さ」を負いつつも、同時にしたたかに生き延びていく力を有しているのであった。

二 『狭衣物語』の汗と涙

『狭衣物語』における涙表現は総数で三〇〇例にも上るが、中でも汗の用例は、七例と極めて限定的に用いられる。『源氏物語』に対し『狭衣物語』は、女君の汗が涙とともに着物の外に流れ出ることにより、その苦しみが前面に押し出されていく傾向にある。つまり、汗と涙が視覚的に差異なく描かれるのである。

あさましかりける御心ばへにこそ、身もいたづらになりはべりぬべけれ」とて堰きもやらぬ涙に、何故かいたづらにもなりたまはん、いとど恐ろしうわりなしと思してうち泣きたまへるけはひなどの近きは、（略）いとどゆゆしう思し疎まれて、御汗も涙も流れまさりて、たけきこととは、いとかくわびしき目な見せたまひそと思し入りたる御けしきの心苦しさは、神もいかでかおろかには御覧ぜんずると見ゆるしるしにや、

（巻二―二七九）

斎院に決定し、もはや手の届かない領域の人となってしまう源氏の宮に、狭衣は抑えきれない思いを訴える。そして「あさましかりける御心ばへにこそ、身もいたづらになりはべりぬべけれ」と、自ら死んでしまうかも知れないという脅しを口にすることで、なかば強引に源氏の宮に涙を促していく。流される源氏の宮の汗には、忌まわしさの反面、狭衣に対する同情も含まれているのではないか。汗と涙は一体化して描かれるのであり、狭衣は源氏の宮を気の毒と思いながらも、そこに倒錯的な美しさを見出だしていくのである。

当得水の心地して、汗もこちたう流れたまへるけはひ、肌つきなどのうつくしさは、世に類なきものに思ひしめきこえたまへる御ありさまに、（略）とりあへず、こぼれつる涙もせきとどめたまへれど、

（巻四―二八〇）

式部卿の姫君は、既に退出したものとばかり思っていた狭衣の突然の出現に汗を流す。[註6]それは、母君の容態を案じ一刻も早く戻りたいとする、焦燥感の表れでもあった。涙も収まったとの記述から、汗に加え涙も流されていたことがうかがえる。自分のありさまを母君は何と聞くかと思うにつけても、式部卿の姫君は流されていた涙が「せきとどめられた」と表現されることで、かろうじて自己を相対化させる冷静さが保たれていると考えられる。

ところが、式部卿の姫君の苦しみはおろか、激しく流れる汗は狭衣の目に「肌つき」の美しさとともに留まる。汗の流れは「当得水の心地して、汗もこちたう流れたまへるけはひ、肌つきなどのうつくしさは、世に類なきものに思ひしめきこえたまへる御ありさまに」とあるように、あたかも穢れを洗い落とすかのような「肌つき」の神聖さをもって見出だされるのであり、汗を流す式部卿の姫君のけはいが美しく描写されている。(註7)「源氏の宮にも劣らないに違いない」とする狭衣の判断から、汗を流す行為が式部卿の姫君の美を際立たせ、源氏の宮のレベルにまで引き上げる効果をもたらしているのだといえる。

『狭衣物語』において袖の中でじわじわと高まりゆく汗は、肌の上を滑るように清らかに流れ出、着物の外側にまではみ出すものとして描かれる。従って、汗描写の美しさばかりに終始してしまい、肝心の姫君の苦悩が直視されることはない。ここに、視点人物である狭衣の自己中心的なまなざしがアイロニカルに捉えられるのである。(註8)

また汗と涙の融合は、女性にとって自然な現象と考えられる。両者が一体化して着物の外に表れ、内面の葛藤を描き出していくところに、浮き彫りとされる身体感覚を垣間見ることができる。このように、外に見えるものとなってきたところの汗とは、目に見える形で相手を支配し巻き込んでいくような、相手の心に無遠慮に介入していく性質のものと考えられる。

泣きたまふさま、人の御袖さへ絞るばかりになりぬるを、この御けしきもいみじげにて、御袖の上まで通りゆく汗のこちたさは、(巻三―一八三)

狭衣は、出家した女二の宮にこれまでの行き違いを弁解し、一品の宮との夫婦仲の実情を話す。袖の上までにじみ出るような溢れんばかりの汗は、狭衣に捉えられた女二の宮の袖にあって初めて、狭衣の涙と女二の宮の汗が溶け合い、両者の感情が混じり合うさまを捉えている。

この時、外から内に染み込んでいく狭衣の涙に呼応し、女二の宮の汗は内から外へと流れ出るものとして機能する。言葉ではなく身体の働きが女二の宮の袖に集約され、広がっていったのであった。月日を経るごとに離れていった二人の心の距離は、涙によって一体化された袖に象徴されるように、とまどいながらもようやく接近するまでに至る。女二の宮との密通は、結婚を許されている人と認識した上での事柄であった。しかし、『狭衣物語』は汗という身体表現を通して、心の準備はできているもののにわかに近づく狭衣をすぐには受け入れられずにいる、女君の微細な感覚を描いていった。

女君の汗は、事態を受け止めきれずにとまどう気持ちを表現する。涙は女君の自己憐憫として流されるとともに、狭衣が嫌いではないという気持ちも表現するものとして、両義的に描かれるのである。

三　『源氏物語』の絡み合う汗

『源氏物語』に戻って、その汗のありようを再度考えてみると、『源氏物語』では時間を経てじわじわと流れる汗は疎ましく、解放感が得られることはない。汗の後に涙が描かれることのない夕顔、藤壺、紫の上の各場面では、空蟬、女三の宮、浮舟のように「弱さ」が押し出されることはないが、その代わりにコントロールすることのできない思いに人知れず耐えねばならない、「つらさ」が強調されている。(註9)

いみじくわななきまどひて、いかさまにせむと思へり。汗もしとどになりて、我かの気色なり。

（夕顔一―一六四）

身体を包み込む夕顔の汗は、他者が介入することのできないような切迫した状態を物語る。そして、恐怖と緊張により生死の境をさまよう夕顔のありさまは、唯一の媒体である汗によって映し出されていくのである。あたかも身を沈めるかのように死に至る夕顔の汗には、光源氏さえも立ち入ることのできない、孤絶した境地が表象されている。そこには、若さを持て余す光源氏の軽率な行動への違和感が表されているのである。（註10）

御衾をひきやりたまへれば、汗におし漬して、額髪もいたう濡れたまへり。

（葵二―七一）

夜具を引き被り額髪までも汗に濡らした紫の上は、遮断された空間に閉じ籠ることで心を鎮め、気持ちの整理に努める。長時間汗に身を浸している姿は、幼さゆえの拗ねた行為とも解釈できる。だが同時に、身体を包み込む激しい汗には、幼いながらも涙を見せず、光源氏のふるまいを拒絶する自己主張が表出されていたのではないか。その後、光源氏に額髪の汗を見つけられることにより、事態を受け止めきれずにいる紫の上の内面の葛藤が浮かび上がる。

中将の君、面の色かはる心地して、恐ろしうも、かたじけなくも、うれしくも、あはれにも、かたがたうつろふ心地して、涙落ちぬべし。物語などして、うち笑みたまへるがいとゆゆしううつくしきに、わが身ながらこれに似たらむは、いみじういたはしうおぼえたまふぞあながちなるや。宮は、わりなくかたはらいたきに、汗も流れてぞおはしける。

（紅葉賀一―三二九）

若宮に対する帝の寵愛は、罪の意識にさいなまれる藤壺の心を一層苦しめる。そして密かに流れる汗は、その身体に絡みつく。藤壺がいくら心中の衝撃をひた隠しにふるまうことができても、本人の意思に関わらず、綻びとしての汗は表出されるのである。そこには、光源氏への思いが少なからず内包されていたのではないか。

身体を覆う疎ましい汗をやり過ごす藤壺の姿には、気を緩めることのできない母としての強さが描かれている。無邪気な若宮の笑いは、あたかも両者の子どもとしての存在を無意識に暴きたてているかのようであり、良心の呵責に伴う藤壺の汗をさらに促進させたのだと考えられる。禁忌の犯しを悟られまいと涙を抑制する光源氏と同様に、藤壺もまた、涙の抑制を強いられるのである。

抑制可能な涙に対し、夕顔、藤壺、紫の上の汗する身体には涙に表出することのない「つらさ」の他に、光源氏に対する不満や世間への憚り、破滅の予感、世間を裏切る後ろめたさ、女君の欲望など、もっと複雑な内面が渦巻いている。また、三人の女君は物語中にその「死」を描かれ、光源氏の心に大きな影を落とし涙を喚起させる人物であるという点で共通している。汗には、忍耐の末の「強さ」が浮き彫りにされており、涙として流すことさえできない、女君の心の叫びが内在しているのであった。

『源氏物語』に登場する汗のほとんどは、着物の内側に肌をつたって流れる密着した感覚のものである。(註11) 涙が濡れた袖と向き合うことで、悲しみや苦しさ、つらさを表現する対自意識であるのに対し、汗はより未分化な、向き合うこともできずに呑み込まれていく感覚を示す。従って、女君がいくら相手に心の衝撃を見せないようにふるまうことができても、最終的に汗となってその綻びが表出されてしまうのである。

おわりに

『狭衣物語』は、女君の苦悩が物語の視点人物である狭衣の視覚によって捉えられるものにほぼ限定されており、『源氏物語』よりも徹底した男君視点といえる。また涙とともに流される汗は、女君の苦悩とは裏腹に、着物の外側に流れるように描かれる。つまり、女君の汗は男の視線によって安易に読み取られてしまう、翻訳可能な記号として表現されているのである。

一方、『源氏物語』において女君の汗は、女君を支配、掌握しようとする光源氏の枠組みから逃れ出ようとするものとして描かれる。光源氏は女君の汗に常に気づいているとは限らないのであり、密かな葛藤のうちに流される汗が問題にされることはない。

また、コントロールできない汗と涙は言葉にならない動揺を捉え、二つの位相差を照らし出している。このように、複雑に絡み合った女君の心情は、より身体的な実感を伴ったものとして受け取られるのである。『源氏物語』は、汗と涙を巧みに描き分けることにより、女君の内面の葛藤に光をあてていったのだといえよう。

註

(1) 新編日本古典文学全集『源氏物語』(東屋六一―六六)頭注に、「『汗』は、逢瀬の場に特徴的な表現」とある。

（2）『枕草子』の汗についても論は多いが、三田村雅子「〈ほころび〉としての身体―「汗」「髪」「衣」―」（『枕草子　表現の論理』有精堂　一九九五年二月）の指摘を参照。
（3）和歌の中における涙は、自己の内面を再確認していく傾向にあるが、散文としては目に見える涙に力点が置かれている。
（4）鈴木泰恵「〈形代〉の変容―認識の限界を超えて―」（『狭衣物語／批評』翰林書房　二〇〇七年五月）は、視覚ではなく触覚という別の身体感覚を契機として明確な認識を排除し、『源氏物語』においてあらわにされた認識の限界から逃れ出たのではないかと論じている。
（5）鈴木裕子「浮舟の和歌について―初期の贈答歌二首の再検討―」（『中古文学』第五七号　一九九六年五月）、三田村雅子「方法としての〈香〉―移り香の宇治十帖へ―」（『源氏物語　感覚の論理』有精堂　一九九六年三月）、久富木原玲「源氏物語の密通と病」（『日本文学』第五〇巻第五号　二〇〇一年五月）。
（6）新編日本古典文学全集『狭衣物語』（巻四―二八〇）頭注に、「当得水」とは「道得水か。『道得』とは仏法を身につけて十分に言い表すこと。また『道水』とは、正道が清らかで、塵埃を洗浄するのを水に喩えた語」とある。
（7）註（6）に同じ。
（8）井上眞弓「性と家族、家族を超えて」（『一一・一二世紀の文学　岩波講座　日本文学史』第三巻　一九九六年九月）は、『夜の寝覚』の女君懐妊の場面に関して、「女君の立場からは懐妊による身の辛さ、人々を欺いている心苦しさを語りつつ、周りの男たちの眼差しは女君の体の変調による美しさを発見するというアイロニカルな構図が描きだされる」と説いている。
（9）光源氏を拒む空蟬は、汗に終わらずに涙で光源氏の心を引きつけ、意外にも弱さをさらけ出している。だが、少なくとも汗と涙の表現に見る限り、同情を呼び込もうとするけはいはまったく見られず、そこには心強い女として生ききれない強さの中の弱さが読み取られる。一方、弱さとともに描かれてきた夕顔に涙が描かれることはない。一見して矛盾するようであるが、『源氏物語』は一般的な強さ、弱さを単純に描くのではなく、その逆境を表現していると考えられる。
（10）『任氏伝』において汗は、妖女の任氏が韋崟に手籠めにされそうになる場面に「任氏は力尽き、汗雨に濡るるが如し」と描かれる。（『新釈漢文大系』九二頁）新間一美「もう一人の夕顔―帚木三帖と任氏の物語―」（中古文学研究会編『源氏物語の人物と構造』論集中古文学五　笠間書院　一九八二年五月）は、夕顔に任氏の姿が色濃いことを指摘している。

（11）汗は正篇において、着物の内側で流されるものとして視覚的に描かれるのに対し、宇治十帖では汗という記述さえ見られない。だが、欲望の表象としての芳香には、汗の成分が内包されていると考えられる。露に混じり空気中に溶け合うことにより助長された香は、びっしょりと汗をかいた薫の身体を暗示する。宇治空間を包み込むかのように浮遊する薫の汗には、宇治の露が色濃く影響しており、聖人君子だけではないところが匂わされている。神田龍身『源氏物語＝性の迷宮へ』（講談社選書メチエ二二七　二〇〇一年七月）の指摘を参照。

第五節　メディアとしての涙

――『狭衣物語』飛鳥井の女君と女二の宮

はじめに

『狭衣物語』において、涙はそれぞれすれ違い孤立しており、人物の孤独を際立たせるようにして描かれる。(註1)その中でも一際目を引く涙表現に、枕の比喩が挙げられる。

『源氏物語』、『狭衣物語』に描かれる枕の比喩の全用例は、次の通りである。

『源氏物語』の過剰な涙

	巻	頁	用例	人物
1	須磨	199	涙落つともおぼえぬに**枕**浮くばかりになりにけり。	光源氏
2	柏木	291	**枕も浮きぬ**ばかり人やりならず流し添へつつ、	柏木
3	夕霧	422	いとわびしくて、ものものたまはぬ御枕より雫ぞ落つる。	落葉の宮
4	宿木	402	ともかくも思はねど、ただ**枕**の**浮きぬ**べき心地すれば、	中の君
5	浮舟	192	答へもせねど、**枕のやうやう浮きぬる**を、かつはいかに	浮舟

表から読み取られるように、枕の比喩は『源氏物語』が五例、『狭衣物語』が一八例であった。

『狭衣物語』の過剰な涙

	巻	頁	用例	人物
1	一巻	53	しなしてんとすらんと、人やりならず、**枕も浮き**ぬべし。	狭衣
2	一巻	128	心細く思ひ続くるに、**枕も浮き**ぬばかりなるに。	飛鳥井の女君
3	一巻	146	しきたへの**枕ぞ浮きて**ながれける君なき床の（和歌）	狭衣
4	二巻	187	ただ御枕の下は、海人も釣りすばかりに流れ出でてぞ、	女二の宮
5	二巻	193	☆しつべき思ひさへ後枕ともせむる頃かな（和歌）	狭衣
6	二巻	235	思しつづくるに、寝覚めの**枕は浮き沈み**たまふ折しも、	女二の宮
7	二巻	236	泣き明かしたまへる**枕のさぐりつけられたる**など、	女二の宮
8	二巻	236	海人も釣りするばかりになりにけるも、ただ我が身の上	女二の宮
9	二巻	236	夜な夜なを明かすらん寝覚めの床の**枕浮く**まで（和歌）	狭衣
10	二巻	238	この御枕のしづくの心にかかりたまひて（狭衣回想）	（女二の宮）
11	二巻	260	ありし寝覚めの枕などとり集め、ただこの（夢の回想）	（狭衣）
12	三巻	23	ありし夢の夜の枕の雫は、忘れがたう悲しく（狭衣回想）	（女二の宮）
13	三巻	73	☆後枕も知らず、いづくとなく嘆かれて、泣き入りて	母代
14	三巻	105	思ひ出でられたまふに、枕の濡れぬるにぞゆゆしきや。	狭衣
15	三巻	142	**枕浮き**たまひぬべき心地したまひて、経を読みたまふ。	狭衣
16	三巻	179	枕の下の釣船に思ひ焦がれて立ち出でしに、（狭衣回想）	（狭衣）
17	三巻	183	海人の棹さすばかりに、涙のみなりゆく御けはひを、	狭衣
18	四巻	217	なほいと本意なき心地して、**枕も浮き**ぬべき。	狭衣

＊参考までに、「後枕」の用例も加える。…☆

このように、枕の比喩は『狭衣物語』に数多く見られることがわかる。

『源氏物語』では用例の多くが「浮く」であるのに対し、『狭衣物語』では「海人も釣りするばかり」、「浮く」、「濡る」、「雫」などさまざまなバリエーションが見て取れる。とりわけ「浮く」は七例と頻出し、その表現が「浮く」、「浮きて流る」、「浮き沈む」のように次第により深いものへと肥大化されていることがわかる。「海人も釣りするばかり」、「釣舟に思ひ焦がる」、「海人の棹さすばかり」では、海があって舟があるなど、比喩構造の中に比喩が生み出されるといった精緻な比喩構造となっており、実態とはかけ離れているところに特徴がある。過剰な比喩が空転しているとも考えられるが、この過剰性こそが『狭衣物語』の特質を表しているのではないか。

また、枕の比喩は臥す時間の多い、女二の宮に関連して描かれる傾向にある。(註2)本稿では、涙を捉えられる存在である女二の宮に焦点をあてることにより、メディアとしての涙の重要性を見出だしていく。(註3)さらに、狭衣の扇に重ねられた飛鳥井の女君の涙の跡に表象されている、すれ違いをも仕掛ける涙を探ることにより、『狭衣物語』全体の涙の構造のありようを明らかにしていきたい。

一　女二の宮の沈黙と涙

『狭衣物語』は、『源氏物語』よりも明確に外に表れた涙を、より自覚的に描き出す。まずは、物語における過剰な涙が、なぜ女二の宮にまつわる場面に集約して描かれていったのか考察していきたい。以下、その具体例を検討してみよう。

姫宮の御殿籠りたるやうなるを見たてまつりたまへば、よもすがら泣きあかしたまへりける御衣のけしきも、いとしほどけげにて、ひき被きたまへる御髪、いといたく濡れたるを、さればよ、人の入り来たりけるにこそありけれ、あな心憂や、誰なりつらん、　（巻二―一七八）

狭衣が女二の宮と一夜を過ごした翌朝、大宮は女二の宮の足もとにある懐紙のような見たことのない紙や、優雅な移り香の匂いに、すぐに異変を感じ取る。そして、涙に濡れた衣や夜具を引き被り、ひどく濡れた髪をした女二の宮のようすを目にすることにより、男の侵入のあったことを察知するのである。

込み上げる涙をこらえきれずにいる大宮のけはいは、寝ている風を装う女二の宮に捉えられる。しかし女二の宮は、涙を必死でこらえようと努める大宮の動揺を間近に感じ取りながらも、無言を貫く。男の侵入が、もはや母の知るところとなってしまった事態に、女二の宮はいたたまれない思いを募らせるとともに、母に対する面目のなさにいよいよ追いつめられていくのである。

また典侍は、壁代の綻びから懐紙を繰り返し眺めながら涙する大宮の姿を垣間見ることで、狭衣から預かった女二の宮への手紙に思い至り、事態を間接的に理解する。ここに女二の宮の涙から大宮へ、大宮の涙から典侍へと、女二の宮の事件が無言のうちにも伝達し、本人の意思に関係なく広がっていく構図が読み取られる。


中納言典侍、近う参りて、「いかに思しめさるるぞ」など申せど、ものものたまはず。ただ御枕の下は、海人も釣りすばかりに流れ出でてぞ、臥させたまへる。（巻二―一八七）

女二の宮に具合を尋ねようと近寄った典侍は、枕の下の涙の跡に、いよいよ事件を確信する。男君との密通の事実は、女二の宮の涙の跡をきっかけに他者の知るところとなるのである。

このように、涙は他者の疑念を裏打ちするものとして作用するのであり、不審感を確信へと誘う力を有する。物語は、言葉を介入させることなく涙を垣間見るという行為の中に、真実を伝えようとする。ここに、他者に伝達される情報としての涙がうかがえる。『狭衣物語』における汗と涙を『源氏物語』と比較した先稿にも指摘したが、女二の宮の御衣の濡れ、御髪の濡れ、御枕の濡れは、着物の内側に閉じ込められるものではなく、外から観察され

見られる視点構造で意味づけられるのである。(註4)
　女二の宮が沈黙と深い関わりのある女君であることは既に数多く論じられているが、ここで沈黙によって抑圧された過剰なエネルギーの発露が、涙の回路を通して表現されているところに注目したい。(註5)『狭衣物語』において、沈黙と涙がセットで描かれる場面

『狭衣物語』の沈黙と涙

	巻	頁	用例	人物
1	二巻	187	もののたまはず。ただ御枕の下は、海人も釣りすばかり	女二の宮
2	二巻	198	とみにもののたまはずむせかへらせたまへるを、	大宮
3	二巻	198	ただものもえ申されず、泣き入りたるけしきども、	乳母たち
4	二巻	225	ことにもののたまはず、涙ぐみたまへば、	狭衣
5	二巻	227	とばかりもののたまはせず、さらにせきやらせたまはぬ	帝

『源氏物語』の沈黙と涙

	巻	頁	用例	人物
1	桐壺	27	母君もとみにえもののたまはず。「今までとまりはべるが	母君
2	夕霧	419	もののたまはで、いとうく口惜しと思すに、涙ほろほろと	一条御息所
3	夕霧	422	いとわびしくて、もののたまはぬ御枕より雫ぞ落つる。	落葉の宮
4	宿木	397	いますこしもよほされて、ものもえ聞こえたまはず、	中の君

は、どれくらい見られるのだろうか。
　この表から、沈黙の後に涙が描かれる例は女二の宮と狭衣の密通事件に共通しており、女二の宮にまつわる場面に集約されていることがわかる。(註6) 女二の宮の、何も言わないように見えた後に語られる抑圧された激しい涙は、その苦しい胸のうちの表れであり、無言の返答として作用するのである。(註7)
　『源氏物語』において沈黙の後に涙が描かれる例は、総数で四例見られるが、そのうちの二例は落葉の宮に関する場面に用いられている点で共通している。(註8) 一条御息所は、小少将の君から夕霧が落葉の宮のもとで一夜を過ごした経緯を聞き、律師の言葉が事実であったことに愕然とし言葉もなくただ涙する。また、落葉の宮は一条御息所に

すべての事情が伝わってしまったことを知り、つらさゆえに無言で涙するのであり、そのようすは枕から滴る涙の雫に表現されるのである。

男君の介入がもとで、母と子の関係性が引き裂かれていく点や、落葉の宮の沈黙の後の涙に枕の比喩が用いられている点において、落葉の宮は『狭衣物語』の女二の宮と共通している。両者とも女二の宮でもあるわけで、女二の宮が落葉の宮と類似しているとする説は、既に論じられている。だがここに、新たに涙という観点からも両者の共通点が指摘できる。女二の宮の沈黙の解釈の問題は、『源氏物語』よりも激しく追求されるようになるのである。

女二の宮は、涙する本人に同化した視点で語られるのではなく、外から見られた視点によってのみ描かれ、そのことから他者によって読み解かれる身体として意味づけられていることがわかる。(註9)また、何も言わないように見えながらも、それを裏切るように噴出する涙や汗のギャップの提示に『狭衣物語』の特色がある。そして、他者によって読み解かれる涙というものを追いつめ、より方法的に過剰に追究していった試みが、狭衣の扇の場面に象徴されているのである。

二　飛鳥井の女君の涙

『狭衣物語』は『源氏物語』の影響を色濃く受けて成り立っているが、飛鳥井の女君をめぐる狭衣の扇の場面では、『源氏物語』に比べ、より自覚的に仕掛けられた解読行為が意味を生成している。扇は、狭衣から道成を経由して飛鳥井の女君の手に渡り、また狭衣のもとに戻るのであり、時間と場所を超えて持ち運ばれるものとして描かれる。『狭衣物語』には、『源氏物語』に見られなかった涙の連鎖に特質があり、その意味で方法として際立って感じられる。

狭衣の扇に関しては既に数多くの指摘があるが、ここで涙という角度から、扇に書かれた文字の捉えられ方や扇に付着した涙を検討することにより、涙と女君との関係性に焦点をあてていきたい。(註10)

顔を当てて、とばかり泣かるるさま、外までも流れ出でぬべし。（巻一—一四〇）

飛鳥井の女君は、扇に染みついた狭衣の懐かしい移り香に涙しながら、そこに書きつけられた歌を見る。歌の内容は、ただでさえ潮流の激しい海峡で「かぢ」をなくしてしまった舟人が、どうすることもできずに漂うように、これからの行く末のわからない恋の不安を詠んだ、よくあるものであった。だが、現在の飛鳥井の女君の境遇と図らずも一致することにより、歌の意味は再発見されることとなる。飛鳥井の女君は、あたかも扇とともになりたいとするように扇に顔を押しあてて涙した後、自らの状況と重ねて歌を詠む。(註11)それは扇を介して、狭衣の残したごく一般的な歌が、あたかも運命を引き寄せるかのように現実の中で意味を帯びる過程の、生々しく衝撃的な様相であった。

また、顔と扇の接し方という視点では、『源氏物語』において死を決意した浮舟が、匂宮からの手紙にその面影を思い、手紙に顔を押しあてては涙する場面と類似している。

例の、面影離れず、たへず悲しくて、この御文を顔に押し当てて、しばしはつつめども、いといみじく泣きたまふ。（浮舟—一八七）

「たへず悲しくて、この御文を顔に押し当てて、しばしはつつめども、いといみじく泣きたまふ」と記述されるように、手紙に顔を押しあてて涙する浮舟の姿には、浮舟の思いだけが一方的に増幅していくようすが描かれる。ここに、飛鳥井の女君の場面と同様に、相手の文字の記された手紙を相手が込めた以上に過剰に読み解き、思いを募らせ涙していく、一人相撲の浮舟のようすがうかがえる。手紙と扇との違いはあるが、外部との接し方において『狭衣物語』に共通していると考えられる。

心騒ぎて取りつつ見るに、涙に曇りて、はかばかしうも見えぬを、墨のつやばかり見えて、只今書きたるやうなるに、面影さへふと思ひ出でられたまひて、（巻一―一五二）

入水を決意した夜、枕もとに置いてあった扇が、支度を急ぐ飛鳥井の女君の手に触れる。その瞬間、狭衣と過ごした日々が脳裏によみがえり、飛鳥井の女君の目は涙に曇るのである。ぼやけて映る文字の墨の、たった今書かれたような艶は、狭衣を間近に感じさせ思いを掻き立てるものとして作用する。

この扇に物書かんとするに、目も涙にくれ、手もわななかるれど、（巻一―一五二）

飛鳥井の女君は、月明かりのもと視界を涙に曇らせたまま、一方的に増幅する狭衣への思いを歌に託していく。狭衣の扇は、孤独な飛鳥井の女君の唯一の心のよりどころとなるのであり、狭衣への思いに涙を重ねる過程に安らぎを見出だしていったのではないか。
このように、飛鳥井の女君は文字テクストに新たな意味を読み取り、その解釈のもとに単に字体からではなく、墨や艶、光の加減、涙の曇りなどのノイズに意味を読み取り、そして「面影」を重ねた総合的なテクストを作り上げているのである。(註12)

三　狭衣の扇と涙

道成の手もとにあった扇を、何とか自分のもとに取り戻すことに成功した狭衣は、縁先にて月光にかざす。

端つかたにて月にあてていそぎ見たまふに、違ふことなきに、目もきりふたがりて、はかばかしうも見とかれたまはず。げに、洗ひやる涙のけしきしるく、あるかなきかなる所々、たどりつつ見ときたまふままに、（巻二―二五三）

月光の中、狭衣は扇に書きつけられた飛鳥井の女君の文字が涙で洗い落とされ、あるかなきかの微かな文字しか残されていないさまをまのあたりにする。そして、月明かりを頼りに扇を見る自分と同じように、月明かりのもと涙ながらに歌を書きつけたであろう、飛鳥井の女君に思いを馳せる。飛鳥井の女君の書き加えたメッセージが、狭衣の涙に濡れながら崩れていくところに、時間と場所を隔てた共感の構図が見える。扇は、複雑で多層的なメディアとして相ついで機能するのである。

見たまふに、顔にあてて泣きいりける涙の跡はしるくて、絵どもも洗はれたるを、我も流しそへたまふ。

（巻二―二五四）

夜明けに改めて扇を見た狭衣は、顔にあてて泣いた飛鳥井の女君の涙の跡が明らかなさまを目にする。月光にかざし見る時と夜明けの光に照らして見る時とでは、扇は異なった表情を見せるのである。日の光は、下絵の絵の具までもが涙に流されている状態を隈なく映し出すのであり、光の加減が狭衣の心をより一層追いつめていったものと考えられる。そして、涙の跡に飛鳥井の女君の激しい悲しみを思いやった狭衣は、飛鳥井の女君の涙の跡に新たに涙を流し添え、歌を書きつけるという行動に出る。

このように、悲しみを増幅させる行動の中で新たな意味が生成されていくのであり、涙自体よりも主体が涙をどう認知するかという、読み取られる涙が重要となる。狭衣も、飛鳥井の女君の心情を文字テクストだけでなく、流された涙による変型を被ったテクストとして読み取っていく。その過程において、文字の見え方の揺れは、行きつ戻りつする解読行為に表出されるのである。

狭衣が月光の中に扇を読み解く場面では、「いそぎ見」から「目もふたがり」、「見とかれず」、「見とく」のように、文字の見え方の揺れがうかがえたが、同じような現象は、飛鳥井の女君が狭衣の扇を読み解く場面においても見られる。飛鳥井の女君が狭衣の扇を見る場面は、狭衣が月光の中に扇を読み解く場面と対になるように、「見る」から「見えぬ」、「見えて」、「目もくれ」と描かれており特徴的である。文字が見えることと見えない領域との間を行き来していることがうかがえ、このような微細な見方に、時間と空間を隔てた涙の共鳴構造が、一瞬現出するのだと考えられる。

また、文字が書きつけられる対象は、扇だけにとどまらない。狭衣は、常盤で飛鳥井の女君の法要を催した際、飛鳥井の女君が生前に臥していた場所の柱に、遺詠が書きつけられていることを発見する。「臥しながら書きけりと見えて、下の方に、はかばかしうも見えぬさまにて」と記述されるように、横になったままの状態で書きつけられる筆は、下の方まで読むことができずにある。次第に力尽きていく文字の弱りには、飛鳥井の女君の息遣いが感じられ、そこに飛鳥井の女君の身体性を読み込むことができる。また、飛鳥井の女君の文字は、かつて飛鳥井の姫君の身体を包んでいた名残の御産着や、飛鳥井の女君の絵日記にも書きつけられるのであった。

四　感触としての涙

ここでもう一度、女二の宮の涙の場面に戻ることにより、見られるだけでなく触れられる涙を考察していきたい。

残りたる御衣の匂ひばかりは変らで、夜もすがら泣き明かしたまへる枕のさぐりつけられたるなど、いとかくおぼえたまふことはまたなかりつるを、悲しなどは世の常なり。海人も釣りするばかりになりにけるも、ただ我が身の上にこそあらめ。ここらの月ごろ、我は知らず顔にて心とけて明かす夜な夜なもありつるは、我ながらだに恨めしういみじきに、このとどめたまへる御衣をひき被きて流しそへたまふ涙ぞ、吉野の滝にもなりぬべかりける。（巻二―二三六）

女二の宮のもとに忍び込んだ狭衣であるが、衣の香に狭衣のけはいを察知した女二の宮は、着馴染んだ衣一枚を身に纏い、帳台から逃れ出る。狭衣は、残された衣に香る女二の宮の匂いと涙に濡れた枕の感触に、つい先ほどまでここにいたであろう女二の宮を感じ取る。涙に濡れた枕の湿り気は、女二の宮の癒えることのない心の傷を如実に物語り、狭衣の罪意識を刺激させるものとして捉えられる。そして女二の宮の衣を引き被り、枕に残った涙の痕跡に自分の涙を流し添えることで、一方通行の思いをせめて涙に重ね合わせようとする。(註13) 狭衣と女二の宮の涙は、枕を媒介に時を超えて融合することとなるが、本人自身は生身の現実の中では響き合えない。

飛鳥井の女君の場合は、読者の読みの中で、狭衣と飛鳥井の女君との間でコミュニケーションが成立している印象を醸成することができる。だが、女二の宮の場合は読者の読みの中では通じ合えないのであり、ここに女二の宮に対する狭衣の一方的な執着が垣間見られる。狭衣は、その後も折につけ女二の宮の涙に濡れた枕を繰り返し思い返し、女二の宮への想いを募らせるのである。

冒頭にも論じたように、涙がたっぷりと染み込んだ枕は、比喩表現と触覚表現によりその激しさと時間の経過を感じさせる。長時間にわたって流される涙の水位の上昇に、次第に水嵩を増していく涙の感覚が、過剰な比喩の中に捉えられることがわかる。

また、狭衣は自責の念をかみしめ、女二の宮の悲しみを追体験していこうとする。この一方的な共感の構造こそ、『狭衣物語』の特徴といえるのではないか。

かかる破り反故を見たまひて、せちに継ぎつつ見続けたまへる心地、げにいま少し乱れ増さりたまひて、引き被きて、泣き臥したまへり。（巻三―一〇二）

狭衣は、典侍を通して手に入れた女二の宮の破り反故を、女二の宮のように衣を引き被りながら一心につなぎ合わせ、読もうとする。女二の宮の筆跡や紙の形状を頼りに、涙ながらに細かく破られた反故をつなぎ合わせ女二の宮の歌を見出だすことにより、狭衣は女二の宮の抱える悲しみを追体験し、その悲しみに心を寄り添わせようとするのである。

飛鳥井の女君が狭衣の面影を過剰に読み起こしていく場面と同様に、狭衣は女二の宮の涙を想像し、過剰に想いを寄せていくのである。

おわりに

最後に、もう一度狭衣の特徴を集約しておきたい。女二の宮の御衣の濡れや、御髪の濡れ、御枕の濡れ、着物を引き被くようすは、狭衣に女二の宮の面影を思い起こさせるものとして作用する。特に、女二の宮の枕の濡れは後々にも繰り返し思い返されていることから、狭衣の中で増殖され続けることにより、何重にも複雑な意味を新たに付加されていったのだと考えられる。

狭衣の過剰な想像は、沈黙の意味を掬い上げる果敢な解読行為として作品の中に効果的な視座を提供するが、一度それが行き過ぎると、自己陶酔にも似た空転を生み出しかねない。女二の宮の物語は、狭衣の側の同情や共感が相手を置き去りにしかねないぎりぎりの境界線で、意味を生成しているのである。

このように、涙の解釈行為において、相手に同情しながら共感していく想像の領域が、相手を乗り超えてさらなる「意味」を獲得する。たった一人の衣の物語である『狭衣物語』には、こうしたあやうい自閉と陶酔のけはいが、涙という視点からも言いあてられているのである。

註

（1）『狭衣物語』の涙に関しては、本書・第四章第四節「『狭衣物語』の汗と涙――『源氏物語』との比較から」に考察した。

（2）倉田実「〈逢ひて逢はぬ恋〉の狭衣―女二の宮の物語―」（『狭衣の恋』翰林書房　一九九九年一一月）は、「床」や「枕」が、女二の宮物語の鍵語であることを指摘するとともに、「寝覚の床の枕」が〈逢ひて逢はぬ恋〉の表現であると論じている。

（3）マーシャル・マクルーハン『メディア論―人間の拡張の諸相―』（栗原裕・河本仲聖訳　みすず書房　一九八七年六月）は、「メディアはメッセージである」と指摘する。

（4）註（1）に同じ。本書・第四章第四節「『狭衣物語』の汗と涙――『源氏物語』との比較から」。

（5）土井達子「『狭衣物語』女二宮の身体をめぐって―表出の方法あるいは〈媒体〉としての身体―」（『岡大国文論稿』第二九巻　二〇〇一年三月）は、女二の宮を「心の内に思うことを言葉として浮上させない」とし、「常に〈触覚〉によっても狭衣の心をとらえ続けていた」と説いている。

（6）三村友希「狭衣物語における女二の宮―衣と暑さ、そして身体―」（『玉藻』第三八巻　二〇〇二年一一月）は、かつて狭衣が「暑かはしき夜の衣」と決めつけ退けてしまったことが、狭衣と女二の宮の運命を引き裂いてしまったと論じている。

（7）鈴木泰恵「思慕転換の構図―源氏宮から女二宮へ―」（『狭衣物語／批評』翰林書房　二〇〇七年五月）は、「源氏宮から女二宮への思慕転換の構図に関して、「禁忌を帯びて超越的な狭衣から現実を生きる人間狭衣への変容の構図と二重写しになっている」と言及している。

（8）他の二例は、桐壺巻と宿木巻に見られる。桐壺巻の用例では、「ものものたまはず」の直後ではなく会話を挟んだ後に、宿木巻の用例は「ものもえ聞こえたまはず、ためらひかねたまへるけはひ」のように、直接的な表現を避けるようにして描かれる。

（9）鈴木裕子「苦悩する〈母〉—娘の人生を『所有』する母—」（『源氏物語』を〈母と子〉から読み解く』角川叢書三〇　二〇〇五年一月）は、落葉の宮は柏木に見られ、見る者の内省を促す役割を果たしている点で、見られることに意味がある存在であると説く。

（10）久下裕利「『狭衣物語』中の扇について」（『狭衣物語の人物と方法』新典社　研究叢書五九　一九九三年一月）は、狭衣の扇が、『源氏物語』の不吉な扇の機能を再現しているかのようであることを指摘している。

（11）井上眞弓「書物—『行為』と『記憶』のメディア—」（『狭衣物語の語りと引用』笠間書院　二〇〇五年三月）は、「黙して『語らない』女君であった飛鳥井女君は、自分の人生を『書く』ことで表現者としての確かな軌跡を残している」と論じている。

（12）神田龍身「狭衣物語—独詠歌としての物語—」（『源氏物語と和歌を学ぶ人のために』加藤睦・小嶋菜温子編　世界思想社　二〇〇七年一〇月）は、「パロールの水準においてはことばの交流は不可能とするのがこの物語の立場」であり、「エクリチュールなるものをはなはだ高く評価している」とした上で「回想媒体としてのエクリチュール、これこそ独詠歌的世界観を標榜するこの物語が窮極の価値を置く当のもの」と論じている。本稿では、エクリチュールとパロールの二項対立というよりも、涙の上に涙が重なり涙で崩そうとしていくところに『狭衣物語』の意味を見出だしていきたい。

（13）三田村雅子「『夜の寝覚』の〈衣〉と〈身体〉—『引き入る』衣空間から—」（『源氏物語へ源氏物語から—中古文学研究　二四の証言—』永井和子編　笠間書院　二〇〇七年九月）は、〈衣〉に引き籠る表現に注目し、〈衣〉と〈身体〉をめぐる身体感覚の重要性を指摘する。

第六節　『とりかへばや物語』の涙と身体

——女主人公のジェンダーをめぐって

はじめに

『とりかへばや物語』は、菊地仁や神田龍身によってジェンダー論の視座から、きょうだいの交換可能の論理が分析されてきた。(註1)女君は従来、宰相中将に男装の秘密を暴かれる事件をきっかけとして内なる「女性」性が目覚め、後の本性への復帰につながっていったと考えられていた。つまり、女の姿に戻った女君が女性として生きていくことは、「本性」に返ることと扱われていたのである。

そして、それらの説に対し異議申し立てをしたのが、安田真一「『とりかへばや』の交換可能の論理—ジェンダー論の視座から—」であった。(註2)安田氏の論によれば、女君が男装後、女の姿となって女性として生きていくことは「本性」ではなく、その時点で「獲得された後天的」なものであったという。これは、従来の本性回復説を覆す上で、大変興味深い指摘であった。(註3)

本稿では、安田論文の問題意識を踏まえながらも、女君のありようを新たに涙の描かれ方という角度から、身体表現に着目し探っていく。さらに、『源氏物語』の場面との比較を通して、『とりかへばや物語』における涙の特徴を明らかにする。そのようにすることで、『とりかへばや物語』が『源氏物語』の涙表現を引き受けながら、性の越境という問題をどのようにして発展させていったのか、あぶり出していきたい。

一　『とりかへばや物語』の涙

『とりかへばや物語』には、物語の冒頭からさまざまな涙表現が描かれ、その数は総数で二〇八例にも上る。涙を巻別に分類すると、第一巻は四四例、第二巻は三一例、第三巻は七三例、第四巻は六〇例となり、涙は後半部により一層描かれる傾向にある。それでは物語全体において、涙はどの人物に多く用いられるのだろうか。『とりかへばや物語』に描かれる涙を整理すると、次の通りである。

『とりかへばや物語』の涙

	人物	涙（比喩を含む）	和歌（比喩を含む）	合計
1	女君	四九例	三例	五二例
2	宰相中将	四六例	二例	四八例
3	左大臣	二〇例		二〇例
4	四の君	一五例		一五例
5	男君	一三例		一三例

表から読み取られるように、涙の用例数が最も多い人物は女君である。女君の涙は、男装している時よりも女の姿になってからの方が多く見られ、主に宰相中将と宇治の若君の前、そして一人の時において多く流されていた。また、女君に描かれる主な涙としては「うち泣く」、「涙こぼる」が挙げられる。

女君の涙は、どちらかというと激しいタイプのものではない。ところが、宇治の若君と再会を果たす場面に際しては、涙に「いみじう」が繰り返し用いられるのであり、さすがに女君の動揺が見られる。そこには、長年抑制し続けてきた心の枷がようやく外され、一気にせり上げてきた我が子への思いのほどがにじみ出ている。

続いて、用例数においては女君と大差のない、宰相中将の涙に関して見ていきたい。宰相中将の涙は一人の時に最も多く、次に女君の前で多く流されていた。涙としては、「泣く泣く」などのとめどない涙が、比較的多く見受けられた。特に、宰相中将には「紅に色変はりて」と唯一「血の涙」が描かれるのであり、激しい涙のほどがうかがえる。(註4) 物語が、宰相中将の涙の尽きない姿にしめくくられることからも、宰相中将と涙との深い関わりが感じられる。

『とりかへばや物語』には二人の男女の主人公が登場するが、女君に比べ男君に描かれる涙は数少ない。一方、左大臣の用例数には「とりかへばや」の嘆きに始まる苦悩の日々が象徴されており、四の君においては涙の多さに加え、汗の描写が最も多い人物であることも指摘できる。このように、涙にはそれぞれの人物の特性が映し出されるのである。

二　『とりかへばや物語』の涙を「押し拭ふ」

『とりかへばや物語』の涙の中でも、とりわけ限定的に用いられ最も注目されるものに、涙を「押し拭ふ」表現が挙げられる。『とりかへばや物語』に描かれる、涙を「押し拭ふ」表現の全用例は、次の通りである。

表から読み取られるように、『とりかへばや物語』に「押し拭ふ」が描かれるのは、総数で八例と数少ない。そして涙を「押し拭ふ」人物に注目すると、意外な事実が明らかとなる。それは、宰相中将（二例）と吉野の宮（一例）を除く五例が、すべて女君に用いられていることにある。

『とりかへばや物語』の「押し拭ふ」

	巻	頁	用例	人物
1	二巻	269	心弱くめめしきやうにはべるぞや」と押しのごふ。	宰相中将
2	二巻	286	腕つきなどもものをみがきたるやうにて、涙をおし拭ひて、	女君
3	三巻	404	今ぞおし拭ひ隠したまへる気色、いとどにほひまさりて、	女君
4	四巻	462	「今日は、こと忌みすべしや」と、押し拭ひ隠したまふ。	吉野の宮
5	四巻	492	いかなる世にか」とて、押し拭ひ隠したまへば、	宰相中将
6	四巻	499	あやしともこそ思へと、押し拭ひまぎらはしたまふ。	女君
7	四巻	512	御涙こぼれていと堪へがたきを、押し拭ひ隠して、	女君
8	四巻	515	押し拭ひ隠して起き上がりたまへる御さま、	女君

涙を「押し拭ふ」とは、その力強いしぐさから、主に男性に用いられる涙表現と考えられてきた。そして、その傾向は『源氏物語』においても明らかである。盧亨美「『源氏物語』における『涙』の性差について」は、「『おしのごふ』は『源氏物語』の以前の作品には見あたらない。が、『源氏物語』の中には、著しく増え、その用例が二四カ所も見られる。さらに、そのすべてが男性の泣くさまを表現する時に用いられる」と的確に指摘している。（註5）つまり、「押し拭ふ」は『源氏物語』において、圧倒的に男性に用いられる表現であることがわかる。

それでは、『とりかへばや物語』には、なぜ女君に「押し拭ふ」が多用されることとなったのだろうか。『とりかへばや物語』の「押し拭ふ」の具体例を検討するにあたり、まずは『源氏物語』に用いられる「押し拭ふ」表現に関して考察しておきたい。前述した盧氏の指摘を一つの前提条件として踏まえながら、人物の分析にとどまらず

「押し拭ふ」の描かれる場面に着目したい。文脈の中から読み解いていくことにより、拭われた涙の意味をより的確に考察する必要があると思われるからである。

三　『源氏物語』の涙を「押し拭ふ」

『源氏物語』に涙を「拭ふ」は七例、「押し拭ふ」は二三例登場するが、「押し拭ふ」の描かれる場面を大きく分類すると、次の四つにまとめられる。相手に対して感情を込める時、心を切り替える時、故人を偲ぶ時（失踪した人物も含む）、別れに際する時である。本稿では、中でも『とりかへばや物語』の「押し拭ふ」と共通した用いられ方と思われる、心を切り替える際における用例を取り上げたい。以下、その具体例を検討していく。

日のわづかにさし出でたるに、愁へ顔なる庭の露きらきらとして、空はいとすごく霧りわたれるに、そこはかとなく涙の落つるをおし拭ひ隠してうちしはぶきたまへれば、「中将の声づくるにぞあなる。（野分三―二七一）

野分により思いがけず紫の上を垣間見た夕霧は、紫の上の美しさに魅了され、ひどく心を乱される。夕霧は、野分の過ぎ去った庭に射し込む微かな日の光に、紫の上への叶わぬ想いを重ね、漠然とした空虚さに打ちひしがれていたと考えられる。それは、やがてわけもなく表れる涙となってこぼれ出るのである。

夕霧は、紫の上への想いから抜け出せずにいる自分をせき立てるように、頬をつたう涙を押し拭い、咳払いをする。ここでの咳払いは、光源氏に向けた合図であると同時に、心中に燻り続ける想いを制する上でも必要な行為でああったのではないか。(註6)このように、夕霧は強いて次の行動に移ることにより、押し拭った涙とともに今なおたかぶる感情の抑制に努めるのである。

また、夕霧の涙を拭うさまは、紫の上が一命を取り止める場面においても描かれる。

かく人の泣き騒げば、まことなりけりとたち騒ぎたまへり。式部卿宮も渡りたまひて、いといたく思しほれたるさまにてぞ入りたまふ。人々の御消息もえ申し伝へたまはず。大将の君、涙を拭ひて立ち出でたまへるに、「いかに、いかに。ゆゆしきさまに人の申しつれば、信じがたきことにてなむ。

（若菜下四―二三九）

紫の上の「死」という緊急事態に、泣き騒ぐ人々の渦中にいた夕霧は、涙する人々に紛れることで密かに涙していた。だが、紫の上がかろうじて一命を取り止めたと知ると、夕霧は一人その場を離れる。そして、紫の上への想いをふりきるかのように涙を拭い退出したところ、紫の上を見舞いに訪れた柏木と鉢合わせになることにより、その涙を目撃されてしまうに至る。夕霧が涙を拭う行為に心を切り替え、平常心を取り戻そうとしていた矢先の出来事であった。

この場面においても、「涙を拭ひて立ち出でたまへるに」と、涙を拭った直後に行動する夕霧のようすがうかがえる。夕霧の涙を拭う行為は、次の動作とセットになって描かれるのである。

なかなかまさりてなむ見えたまふ」とのたまふものから、涙おし拭ひて、「後れ先だつ隔てなくとこそ契りき

こえしかし、いみじうもあるかな。　（柏木四―三一四）

夕霧が、臨終も間近となった柏木を見舞う場面では、息も絶え絶えの状態にある柏木を前に、夕霧は会話をつなげながらも込み上げる涙を押し拭う。そして涙を拭った後も、これ以上涙を見せまいと努めるかのように会話を続けることで、涙を抑制するのである。

涙のほろほろとこぼれぬるを、今日は事忌すべき日をとおし拭ひ隠したまふ。「静かに思ひて嗟くに堪へたり」とうち誦じたまふ。　（柏木四―三二三）

光源氏は薫の五十日の祝いの席において、我が子ではない薫に思わず涙する。そして涙してしまった後で、慶事に涙は不吉と拭い隠し、口ずさむのである。この場面でも、光源氏が涙を押し拭った直後、涙しそうになる心を紛らわすかのように「隠す」。

涙を押し拭うしぐさとは、溢れ出た涙はもちろんのこと、胸のうちに沸き起こる涙の要素を無理に押しとどめることである。従って、精神的な強さと忍耐を要するものであると同時に、そこには涙を拭う人物の胸に秘められた決意が表象されている。『源氏物語』において涙を押し拭う行為は、次の会話や行動と連動して描かれることが多く、物語の新たな展開を促す役割を果たしていると考えられる。

四　涙を「押し拭ふ」女主人公

『とりかへばや物語』に戻り、女君の「押し拭ふ」表現を中心とした具体例を詳細に検討することで、「押し拭ふ」のありようを再度考えてみたい。女君に描かれる「押し拭ふ」表現の全用例が、女性の姿である時に描かれることも特徴的である。

うち時雨つつ曇り暮らしたる夕べの空の気色あはれなるを、簾巻きあげて、紅に薄色の唐綾重ねてながめ出でたる夕映え、常よりも隈なくはなばなと見えて、面づゑつきたる腕つきなどものをみがきたるやうにて、涙をおし拭ひて、（巻第二―二八六）

紅の袿に薄紫の高価な唐綾の表着を重ねた女君は、男装していた頃とは対照的な姿である。それに加え、もの思いに沈む女君は夕映えとともに捉えられ、常にも増してはなやいで描かれる。「面づゑつきたる腕つきなどものをみがきたるやうにて」と、頬杖をついた腕のつやつやとした白さは、女君の美しさを一層際立たせている。女君は、宰相中将に女であることを知られてしまった恥ずかしさに加え、今後の自分を憂い涙する。だが、その涙はすぐに押し拭われるのである。女君の溢れる感情を抑えようと涙を押し拭うしぐさは、しなやかであると同時に力強い。『とりかへばや物語』において涙が自然描写とともに描かれる場面は稀であり、涙とともに描かれる時雨は、あたかも女君の涙を促すかのようである。また、この場面以降「押し拭ふ」の後には、「隠す」もしくは

「まぎらはす」が組み合わされて描かれるようになる。

ましてて若君の何心なかりし御笑み顔思し出づるには、この人の声けはひを聞きたまふたびには、あさからずあはれにて、御涙のこぼるる折々もあるを、見咎むる人もあらばあやしともこそ思へと、押し拭ひまぎらはしたまふ。

（巻第四―四九九）

女君は宰相中将と隔てなく語り合っていた頃や、女である秘密を知られてしまった時の情景を思い出し、その契りの深さを思う。そして宰相中将との日々の記憶は、女君に若君の笑顔を想起させるものとして機能し、悲しみの涙を呼び覚ますのである。

しかし、他者の目に「幸い人」と映る女君であるがゆえに、女君の涙は人々の不審を募らせてしまうものに他ならない。女君は、若君の母と名のれぬ秘密を胸に、一人涙を押し拭い隠す。この「押し拭ふ」には、女君の孤独とともに芯の強さがにじみ出ている。

今はと引き離れて乳母にゆづり取らせて忍び出でし宵のこと思しめし出づるに、今の心地せさせたまひて、いとかなしければ、あやしとや思はんとしひてもて隠したまへど、御涙こぼれていと堪へがたきを、押し拭ひ隠して、

（巻第四―五一二）

女君と若君が、ようやく母と子の対面を果たす場面にも、涙は押し拭われる。女君は若君を前にしながらも、自分

の涙をどのように思うかと若君の反応を恐れ、強いて涙を隠そうとする。だが、悲願の再会に、もはや流れる涙を抑えることができない。女君は、若君を置き去りにして宇治を後にした夜から、ひたすら後悔と苦悩の日々を生きてきた。他に多くの子どもに恵まれようとも、この最初の若君のことを一時も忘れることなく過ごしてきたからこそ、若君への思いはひとしおである。若君に母と名のれぬ苦しみは、女君のとめどない涙を促す一方、その涙は自分が母であることを無言のうちにも物語るものと考えられる。

また、女君の涙を押し拭う行為には、はやる感情を無理にこらえ言葉を続けようとする、心中の葛藤が読み取れる。繰り返される「隠す」の描写には、隠そうとしても隠しきれずに込み上げる涙が表象されており、我が子に対する深い思いが浮き彫りとなるのである。その後、女君の涙に呼応するかのようにして、若君の涙も描かれる。しかし感動の再会もつかの間に、無邪気に走り出てきた二宮の登場により、母子の対面はあっけなく絶ち切られてしまう。(註7)

ここで、「押し拭ひ隠す」とともに「今」が用いられていることに着目したい。女君にとって若君を置き去りにしていった日は、過去の出来事などではなく、今なお身に迫るような心地のするものとして認識されていることがわかる。

内侍の督の君は帳の前に添ひ臥したまひて、のどやかにながめ出でて、思し出づることどももありけるなるべし、今ぞおし拭ひ隠したまへる気色、いとどにほひまさりて、起き上がりたまへるも、さまざまげにいかにと心苦しく見たてまつりたまふ。(巻第三―四〇四)

過去に思いを馳せていた女君は、大将の訪れに急ぎ涙を拭う。女君は、活動的な生活に馴染んでいたがゆえに、のどやかに外を眺めるだけの日々に時間を持て余し、さまざまな出来事に思いを馳せていたと考えられる。そこには、大将として生きていた頃への憧憬も、少なからず含まれていたことだろう。女君の涙には、今までの生に対する深い感慨が込められていたのではないか。

涙を拭うという行為は、きょうだいといえども今を時めく大将に対する礼儀であり、余計な心配をかけまいとする女君の精一杯の配慮でもあった。だが、そのしぐさには女君の力強い心情が映し出されており、女君の「男性」性が垣間見られる。また、押し拭った涙を、さらに隠したり紛らわそうとしたりする行為には、他者の視線を意識する女君のようすがうかがえる。「押し拭ふ」が、自分の感情をこれ以上さらけ出すまいと涙を制するしぐさならば、「隠す」、「紛らわす」には、涙を拭った事実さえも悟られまいとする、かたくなな意志が読み取られる。

女君は、横になっている状態から身を起こし、涙を押し拭って何かを言おうとする。このように、女君が自分を打ち立てていく時、自立的に涙を押し拭っていくしぐさに「起き上がる」は随伴するようになるのである。

涙の後に起き上がる女君の姿は、涙を拭うしぐさとともに美しく描写される。力強く拭い隠される涙は、「いとどにほひまさりて、起き上がりたまへるも」と、いつにも増して艶やかな風情で体を起こすようすとともに描かれる。ここに、「男性」性と「女性」性が混ざりあった女君の姿を指摘することができる。

なほ気色もゆかしければ、今おはしますやうにて立ち出でさせたまへるにぞ、押し拭ひ隠して起き上がりたまへる御さま、日ごろは何とも思しめしさだめざりけるを、宮々と交じりて遊ぶめるさまのいとよくうち通ひたるも、今まで見さだめざりける心遅さも、をかしう思しめさるべし。（巻第四―五一五）

帝は、若君と対面した直後の女君を、今到着したばかりというふうを装って訪れる。女君は帝の急な訪れに、今まで流していた涙を急いで押し拭い隠す。だが、若君に注がれていた女君の激しい涙は、押し拭われることにより、かえって女君と若君とが母子関係にあることを示唆的に映し出していくのである。このようにして、女君の涙が帝に捉えられることにより母子の真相は暴露されることとなる。(註8)

また、この場面において「今」と「押し拭ひ隠して起き上がりたまへる御さま」が、セットになって描かれていることに注目したい。このように、押し拭う涙が女君の起き上がるしぐさや身体描写を伴い、強調するように描かれていることは特徴的である。涙を「押し拭ふ」しぐさと「起き上がる」行為が、一連の流れとして描き出されるところに、物語の意図的なありようがうかがえる。

以上のことから、「押し拭ふ」は主に女君が男装を解いた後の場面において、心を切り替える時に描かれることがわかる。女となり母になった後にも描かれる女君の「押し拭ふ」しぐさは、自己の感情を懸命に抑制することで秘密を守ろうとする、女君の責任感の表れである。そして、女性的性役割を演じつつも、なお残る男性的性役割の判断の習慣によって激しく揺れ動くようすが、そのアンバランスなしぐさと身体に象徴されていると考えられる。

五　涙を「押し拭ふ」宰相中将

最後に、宰相中将における涙を「押し拭ふ」や、宰相中将に見られる全体的な涙表現の傾向を考察することにより、宰相中将の側から、逆に女君の「押し拭ふ」表現を照らし出していきたい。宰相中将の涙を「押し拭ふ」表現は、わずか二例にとどまる。

「昔見し宇治の橋姫それならで恨みとくべきかたはあらじを
いかなる世にか」とて、押し拭ひ隠したまへば、　（巻第四―四九二）

失踪してしまった女君に心を痛め、宰相中将は涙を押し拭い隠す。涙を押し拭い隠すしぐさには、女君に心を囚われながらも、どうにかして涙をこらえようと努めるさまがうかがえる。

乱り心地のうちはへ苦しうのみなりまされば、ながらふまじきなめりと思ふにつけて、乱れまされば、心弱くめめしきやうにはべるぞや」と押しのごふ。　（巻第二―二六九）

宰相中将は尚侍を思う涙をごまかす為に、言葉を繕いながら懸命に涙を押し拭う。この場面においても、確かに自分の心を制していこうとする宰相中将の姿勢を読み取ることができるが、中でも「押し拭ふ」の直前に描かれる「心弱くめめしきやうにはべるぞや」に注目したい。

多く涙することは「女々」しいという価値観があり、男の沽券に関わっていく事柄である。しかし、それでも「女々」しく生きざるを得なかった宰相中将の問題が、ここには浮き彫りとなっている。宰相中将の涙表現には、「涙もつつまず」、「涙もとどまらず」、「涙を尽くして」など人目を憚ることなく、感情のままに涙するさまが数多く見られる。宰相中将は、どこまでも「女々」しい。だが、そこにこそ人情味溢れる宰相中将の生き方が垣間見られるのである。

そのような宰相中将に対し、女君は涙を押し拭い続けていく。繰り返される涙を「押し拭ふ」行為は、どこまでもコントロールして無理なことを生きようとする、無理を重ねた女君の生き方を映し出している。女君の無理を露呈してしまう一瞬のありようにこそ、『とりかへばや物語』の性役割、性自認からこぼれ落ちる、根本的な裂け目が覗かれる。女だから「女」に、男だから「男」に戻れるわけでもない、「女」でも「男」でも生きられない矛盾したありようそれ自体を、物語は表現しようとしたのではないか。

おわりに

『とりかへばや物語』に描かれる女君の「押し拭ふ」は、『源氏物語』の「押し拭ふ」表現を覆すような用い方をすることにより、涙表現の中に性の二重性を描き出そうとした。これは、物語を深く読み解いていく上で注目すべき重要な問題といえる。

また、女君は「女びさせたれば、かくてはいとどにほひ増さりたりけるをやと見えて」、「いとありつき女様になり果てて」、「あえかに女の様にてなり果てたまへる御身に」などのように、女の姿になりきっていくようすが繰り返し描かれる。だが、社会の中に生きることで理解した規範意識による、女君の男性として身につけたしぐさが、女性として生きようとする彼女の姿勢を無意識的に裏切り、束縛しようとするのである。その結果、女君は女性に戻ったことにも、絶えず居心地のわるさを感じている。しかし、それは同時に四の君など、彼女の他の女君とは区別される超越的な魅力を保証するものである。物語は、そのような対処しきれない数々の問題を、彼女の問題としていくのである。

実は、『とりかへばや物語』だけでなく『狭衣物語』、『夜の寝覚』においても、涙を「拭ふ」もしくは「押し拭ふ」表現は女君に描かれている。『狭衣物語』では、「拭ふ」の用例が飛鳥井の女君に一例見られる。

森の空蟬とて、涙のごひたるけしき、いとらうたげなり。（巻一―一一五）

また『夜の寝覚』では、涙を「拭ふ」と「押し拭ふ」の用例が寝覚の上に一例ずつ見られる。

一年、かやうなりしに、大納言の上と端近くて、雪山つくらせて見しほどなど、おぼし出づるに、つねよりも落つる涙を、らうたげに拭ひ隠して、（巻二―二〇七）

いたう顔変はりするまで泣いたまひける気色、著し。今も、かごとがましう押し拭ひつつ、（巻三―二九二）

この『夜の寝覚』の「押し拭ひつつ」の用例から、「拭ふ」に「押し」が加わるようになるのであり、女君にも「押し拭ふ」というより直接的な表現が用いられることとなる。

飛鳥井の女君と寝覚の上は、ともに芯の強い人物として描かれることから、「拭ふ」が用いられることは決して不思議ではない。とりわけ、寝覚の上には「心強さ」を読み解く論文もあり、「押し拭ふ」表現が用いられるのもうなずける。これらを総合すれば、女性たちの涙を「押し拭ふ」表現は、後期物語が打ち出そうとした新しい姿勢だと考えられる。

『源氏物語』が織り上げたジェンダー（性差）表現をさらに裏返して、かよわそうに見える女君たちの意外な強さ、したたかさを生み出したところに『狭衣物語』、『夜の寝覚』の『源氏物語』に対する、ささやかな異議申し立て、挑戦がある。『とりかへばや物語』は、そうした涙を「押し拭ふ」意志を、女君のものとして際立てた作品として位置づけられよう。

女君のような新しい「女性」像は、『源氏物語』には見られなかったものである。こうした特徴が後期物語に連続して登場してくる背景には、後期物語の女君への問題が『源氏物語』を超えた、より意志的な女性を主人公として要請していくところにあるのではないか。そこに、新しい時代の物語の特質が打ち出されているのだといえよう。

註

（1）菊地仁「『とりかへばや物語』試論―異装・視線・演技―」（『日本文芸思潮論』片野達郎編　桜楓社　一九九一年三月）、神田龍身「分身、交換の論理―『木幡の時雨』『とりかへばや』―」（『物語文学、その解体―『源氏物語』『宇治十帖』以降―』有精堂　一九九二年九月）。

（2）安田真一「『とりかへばや』の交換可能の論理―ジェンダー論の視座から―」（『日本文学』第四六巻第二号　一九九七年二月）。

（3）だが、それが具体的にどのように表れるかについて特段の指摘はなかった。

（4）本書・第三章第一節「『伊勢物語』の「『血の涙』――『うつほ物語』・『源氏物語』の涙の変遷」。

（5）廬亨美「『源氏物語』における『涙』の性差について」（『日本女子大学大学院文学研究科紀要』第七号　二〇〇一年三月）は、「押し拭ふ」が『源氏物語』において比較的、男性に用いられる表現であることを指摘した。

（6）中村一夫「源氏物語の『泣く』表現の諸相―『のごふ』『はらふ』―」（『源氏物語の本文と表現』おうふう　二〇〇四

年一一月）は、涙を「のごふ」と涙を「はらふ」を取り上げ和歌との関係性に着目しながら、両語の働き方や性質に見られる差異の大きさを説いている。また、涙を「のごふ」に関して、次の展開を積極的に生む為の機能を持つと論じている。ここに、涙を「押し拭ふ」表現の持つ重要性が指摘されており、示唆的である。

（7）この場面は、『源氏物語』の御法巻に描かれる、紫の上と匂宮の展開に類似していると思われる。

（8）女君が、かつて男装していた秘密は守られる。西本寮子「演じ続ける女君—『今とりかへばや』における罪の問題—」（『新物語研究』第三号　有精堂出版　一九九五年一一月）は、「女君を『見る』側の男たちの視線は、秘密を封じこめるべく、表にあらわれるものしか見ないように意図的に設定された」とあるが、この場面に顕著である。

おわりに

本書で取り上げた涙を、節ごとの概要とともに振り返ることにより、「おわりに」としたい。(註1)
第一章は、『源氏物語』を中心とした関係性を紡ぐ涙を検討した。第一節では、強さと弱さの交錯する表現としての「音泣く」の本質を、第二節では、光源氏と紫の上の涙の〈ずれ〉と幼い匂宮を媒介とした涙の共有を明らかにした。第三節では、若菜巻を中心とした明石一族の涙の諸相と変遷を、第四節では、紫の上に寄せる夕霧の執着と涙の関係性を、第五節では、時間の〈ずれ〉から死と涙の問題を探った。
第二章は、宇治十帖を織りなす涙に焦点をあてた。第一節では、他者の涙を促す人物としての中の君を、第二節では、浮舟の涙が匂宮を想い流されるものから、積極的に訴えかけるものへと変化するありようを照らし出した。
第三章は、『源氏物語』以前の平安物語の涙を取り上げた。第一節では、『伊勢物語』の涙が『うつほ物語』に受け継がれ『源氏物語』で高められていくまでの過程を、第二節では、感激を共有できないいぬ宮を家族との関わりから捉え直し、第三節では、落窪の君の笑いと涙から、道頼との絆を読み解いた。

第四章は、『源氏物語』以後の平安後期物語の涙を取り上げた。第一節では、浜松中納言のとめどない涙を中心に、唐后、吉野の姫君との関わりを、第二節では、涙に乏しい石山の姫君から複雑な出生、生育の条件によってもたらされた母と子の関係の歪みと修復の問題を、第三節では、「はいずみ」の小舎人童の重要性を浮き彫りにした。第四節では、汗と涙の差異を、第五節では、外に表れた涙をより自覚的に描き出す『狭衣物語』のありようを、第六節では、『とりかへばや物語』が『源氏物語』の涙表現を引き受けながら、性の越境という問題をどのように発展させていったのかをあぶり出した。

以上、第一章から第四章にわたり、主に『源氏物語』を中心とした涙の描かれ方のありようを探ってきた。（註2）今まで、『源氏物語』の涙の研究は、どちらかというと用例数の多さや種類の豊富さという観点から取り上げられることが多く、人間関係や笑い、汗とともにどう捉えられているかという、関わりの相の中で検討されることが少なかった。（註3）物語の場面における涙の機能を深め、物語全体にどのように機能しているのか、個々の用例ごとに読み解いていく過程に、初めて涙に秘められた構造やその魅力が浮かび上がるのではないか。

『源氏物語』の人物の涙に加え、涙による伝達の多様性、涙の跡や涙で湿り気を帯びた袖の感触など、さまざまな涙を探りながら、平安時代の他の作品の涙の用例と比較、分析することで、平安物語全体の涙の位相を読み解いていった。ここに、本書を通じて新たに、『源氏物語』の涙の重要性を問いたいと思う。

なお、涙の用例数はあくまでも物語全体の傾向を把握する一つの目安として、参考までに提示した。用例数に漏れがあった場合は、お許しいただきたい。

最後に、本書をもう一度振り返っておきたい。結果的には、『源氏物語』に関する涙の研究が、やや浅いと感じた。涙にこだわり過ぎた感があり、涙以外の要素やさらに別の角度が必要であったと反省している。特に、全体の語りの構造の中での涙の位置づけが不足していたように思われ、語りのさらなる問題意識を、今後の課題としていきたい。

力の及ばなかったところは多々あり反省点は尽きないが、涙の巻き起こしていく問題が明らかになったのではないかと思われる箇所としては、第一章第一節「末摘花の『音泣く』――涙に秘められた力」、第四章第四節「『狭衣物語』の汗と涙――『源氏物語』との比較から」、第五節「メディアとしての涙――『狭衣物語』飛鳥井の女君と女二の宮」、第六節「『とりかへばや物語』の涙と身体――女主人公のジェンダーをめぐって」が挙げられる。

この四本は、「フェリス女学院大学第六回日本文学国際会議」、「日本文学協会第二五回研究発表大会」、「中古文学会二〇〇八年度春季大会」、そして「物語研究会」にて、それぞれ口頭発表したものである。論文化するにあたり、会場の先生方から賜ったたくさんのご指摘をもとに時間をかけて推敲を重ねたからこそ、満足のいく内容に仕上がったのだと思われる。ご指導、ご教授いただいた方々に、心から感謝申し上げます。

後期物語の研究は、今まで和歌、自然や人物論的な視座に主軸がおかれていた。そのような中、本書は身体の微細な動きの中に、物語の構造を読み抜く姿勢を貫こうと努めた。そのことで、涙から見た物語の本質が立ち上がっていく手応えを感じることができた。後期物語とは、涙の構造に関しても一般に言われるような、「『源氏物語』の模倣」・「追随」という型通りの把握で一括りにされるものでない、野心的な試みのある作品であったことが、これらの涙からの考察で明らかになったと思う。

涙を回路として、平安物語の涙表現を分析することにより、涙を通したそれぞれの物語の特質が浮かび上がってきたように見える。涙がどのような局面で用いられるのか、涙はどのような武器となっているのかを検討することで、涙を介した「物語史」が見えてきたように思われる。

涙の研究は、まだ始まったばかりであるが、拙いながらも涙に伴う物語の読みを総合的に深めようと試みたところに、本書の意義を見出だしたい。ささやかではあるが、平安物語における涙研究の新たな可能性を、少しでも提示することができたとしたら幸いである。

註

（1）平安物語を中心とする本書では、充分に取り上げることはできなかったが、涙について次のような問題点を踏まえ、その拡がりのもとで考察していったつもりである。

日本では、古代社会の葬列に伴い死者を送り出す儀礼の声に、哭（みね）がある。この「哭人」の役は、同じような生活様式を保つ諸部族の儀式にはいまだに残り、コミュニケーションの手段として集団意識を高める役割を果たしている。ツベタナ・クリステワ『涙の詩学―王朝文化の詩的言語―』（名古屋大学出版会　二〇〇一年三月）は、「〈涙を演ずる〉という役は、『古事記』と『日本書紀』に見られる「哭人」に根をもっているが、そうした役は決して日本にかぎられているわけではない」と指摘している。

また、古代では男女ともに多く流される涙であったが、近代に入ると次第に涙を排除する価値観が育っていった。柳田国男「悌泣史談」（『柳田国男　ちくま日本文学全集三三』筑摩書房　一九九二年六月）は、泣虫や長泣きが見られなくなったことを指摘した上で、「子供も成人も泣かずにすむやうになつたのは、泣くよりももつと静かな平和な交通方法が、代つて發達しつゝある兆候と見てもよいであらう」と説いている。柳田は、涙の変化を通して言語表現の向上に加え、感受性の歴史を浮かび上がらせようとした。

ヤーコプ・ブルクハルト『イタリア・ルネサンスの文化』（新井靖一訳　筑摩書房　二〇〇七年二月）は、一般に君主の喜びや悲しみの感情を、公的な形で人々もともに分かつという風潮は、一四六九年のイタリア諸国家において初めて起こったと説く。海外ではそのように言われていたが、『枕草子』に、「めでたき事を見聞くには、まづ、ただ出で来にぞ出で来る」（第一二三段―一二三二）とある。素晴らしいことを見たり聞いたりする時には、むやみにただ涙が出てくると書かれているように、日本では既に涙が常識であった。

平安時代、男女はともに袖を濡らし盛んに涙する。だが、江戸時代、明治時代を迎えると感情の抑制を余儀なくされ、男の涙は禁止されるものへと変化する。涙は、その時代のあり方を反映すると同時に、人々の内面や心の破綻を視覚的に映し出す媒体ともいえるのである。このように、時代状況と社会のあり方によって、涙は社会的な意味や価値を高めたり低めたりしていったことが読み取られる。人々の悲しさや痛切な思いを物語る涙は、それぞれの社会構造の中で重要な役割を果たしているのである。

アンヌ・ヴァンサン＝ビュフォー『涙の歴史』（持田明子訳　藤原書店　一九九四年七月）は、一八世紀のフランスでは涙を流すことが公然と称揚され、男性も女性も感受性の表象として、涙は惜しみなく流されていたことを指摘している。読者や観客は心を動かされることを望み、劇作家たちは劇場で流される涙を戯曲の成功を示す測りにしたほどであった。

ホイジンガ『中世の秋（下）』（掘越孝一訳　中公文庫　一九七六年一〇月）は、「ネーデルラントにひろまった、規律ある運動としての『新しい信仰』主義は、信仰生活のひとつの型を創造した」とし、溢れる涙がいわばトレードマークであったと論じている。また、ドニ・ル・シャルトルーは、神に祈るのは「日々の涙の洗礼」を受けんが為と説く。ラファイエット夫人『クレーヴの奥方　他二篇』（生島遼一訳　岩波文庫　一九三七年二月）は、一七世紀、既に読者の涙を誘った。また、リチャードソン、ルソーも同様である。

ところが、一九世紀後半に入ると、感傷的な小説は無教養な男女を中心とした二流のものへと押しやられ、不作法なものとして映るようになる。心中をあらわにすることは他者を気づまりな状況に置くことに他ならないとされ、かつて公の場で流された涙は時代の流れとともに、女性や子どもたちのものといった概念が浸透するようになった。涙の捉えられ方は、日本に限らず海外においても、それぞれの国の文化や時代によって大きな違いが見られる。

（2）『源氏物語』において常識的ともいえる涙は、どのように翻訳されているのか見ておきたい。中でも、アーサー・ウェイリーは、豊かな語彙と表現力で『源氏物語』の名を世界に広く知らしめた人物として有名である。平川祐弘『アーサー・ウェイリー―『源氏物語』の翻訳者―』（白水社　二〇〇八年一一月）は、自分の美学に応じて註の内容も取捨選択するというウェイリーの翻訳へのこだわりが、涙の翻訳にも垣間見られることを説く。

『ウェイリー版　源氏物語』に登場する涙の中でも、とりわけ細やかに訳されている、明石の尼君が明石の女御に昔語りをする場面を例に取り上げることにより、ウェイリーの翻訳の特徴を見ておく。

若君のかくひき助けたまへる御宿世のいみじくかなしきこと」とほろほろと泣けば、げにあはれなりける昔のことを、かく聞かせざらましかばおぼつかなくても過ぎぬべかりけりと思してうち泣きたまふ。（若菜上四―一〇四）

原文では、明石の尼君と明石の女御の涙の記述のみが見られる。その涙の記述を、ウェイリーは次のように翻訳している。

そして感謝と喜びの涙にくれた。姫も泣いたが、それは一つには子供時代のことを聞くと人はいつも感動するものだからだし、もう一つには自分の誕生についてこのように真相を知らされることは、ショックだったからだ。

（『ウェイリー版　源氏物語三』）

アーサー・ウェイリー『ウェイリー版　源氏物語三』（英語訳　佐復秀樹　日本語訳　平凡社ライブラリー六四八　二〇〇九年一月）は、明石の尼君と明石の女御の涙をそのまま涙と訳さずに、独自の解釈を加えながら翻訳していることがわかる。この他にも、柏木と密通した女三の宮の涙を「自問し苦悶の涙にくれた―同時に後悔もしていれば恐れてもいる子供の涙だった」と訳している。人物の涙を意味づけながら訳されている箇所は、物語の随所に見られた。このように、涙の訳という側面からもウェイリーの解釈が色濃く反映されていることがうかがえる。

一方、サイデンステッカーは、翻訳者はできるだけ原文を忠実に翻訳するべきだという立場から、ウェイリーの訳を批判しているが、涙の場面に関しては、これをいくつか削ったという。『世界文学としての源氏物語―サイデンステッカー氏に訊く―』（伊井春樹編　笠間書院　二〇〇五年一〇月）は、伊井春樹たちとの対談の中で、サイデンステッカーが『源氏物語』を翻訳する時に、涙を削ったことを明かしている。

（3）『源氏物語』が千年紀を迎えた二〇〇八年は、『源氏物語』研究のさまざまな試みがより一層活発に行われた。そのような流れの中、これまで遅れていた本文研究の分野では、大島本を始めとする写本の研究の見直しが進められる過程で、涙などの感情表現の違いにも関心が寄せられるようになった。

「朝日新聞」（二〇〇八年六月二四日　火曜日）伊藤鉄也によると、須磨巻で、紫の上が須磨に退く光源氏との別れを嘆く場面では、一九本の写本のうち大島本など一二本には、「柱隠れにゐ隠れて、涙を紛らはしたまへるさま」とあった。紫の上は、不吉な涙は見せまいとして必死に悲しさを紛らわそうとするが、米国に渡ったハーバード大学本など六本の写本には、「言ふともなく紛らはして、柱隠れに添ひ臥して、後ろ向きて泣きたまへるさま」とあり、紫の上はこらえきれずに柱の陰で後ろ向きになって泣いてしまう。ここに、大きな差異が見られることを指摘する。

「柱隠れにゐ隠れて、涙を紛らはしたまへるさま」は、紫の上が涙を紛らわしながら、光源氏を観察する。涙に浸るのではなく、光源氏の姿を目にとどめておきたいとする、紫の上の前向きな姿勢がうかがえる。それに対し、「言ふともなく紛らはして、柱隠れに添ひ臥して、後ろ向きて泣きたまへるさま」は、光源氏の視点で、紫の上は見られる身体として添い伏しており、ここに弱々しい紫の上が読み取られる。

写本の細部の表現の比較などによって、さらに『源氏物語』における涙の研究の必要性が問い直されていくと想像される。

＊『枕草子』の本文の引用は、新編日本古典文学全集（小学館）による。

初出一覧

はじめに…書き下ろし

第一章　関係性を紡ぐ涙——『源氏物語』

第一節　末摘花の「音泣く」——涙に秘められた力

（原題「『源氏物語』における〈涙〉表現—「音泣く」に秘められた力学—」『日本文学はどこに行くのか—日本文学研究の可能性—第六回フェリス女学院大学　日本文学国際会議』二〇〇八年三月）

第二節　涙の共有と〈ずれ〉——紫の上・光源氏関係をつなぐもの

（原題「〈涙〉の共有と〈ずれ〉—紫の上・光源氏関係をつなぐもの—」『物語研究』第六号　二〇〇六年三月）

第三節　明石一族の涙と結束——涙をめぐる風景

（原題「明石一族の〈涙〉と結束—〈涙〉をめぐる風景—」『物語研究』第一〇号　二〇一〇年三月）

第四節　夕霧物語の涙の構造——紫の上をまなざす夕霧…書き下ろし

第五節　葵の上の死と涙——光源氏と左大臣家の関わり…書き下ろし

第二章　宇治十帖を織りなす涙

第一節　宇治中の君の涙——見られる涙の力学

（原題「宇治　中の君の〈涙〉—見られる〈涙〉の力学—」『フェリス女学院大学　日文大学院紀要』第一一号　二〇〇

四年三月）
第二節　浮舟物語の涙――浮舟・匂宮の相関…書き下ろし

第三章　涙から読む平安物語――『源氏物語』以前

第一節　『伊勢物語』の「血の涙」――『うつほ物語』・『源氏物語』の涙の変遷…書き下ろし
第二節　『うつほ物語』の秘琴伝授と涙――泣く俊蔭の女と泣かないいぬ宮
（原題「『うつほ物語』における秘琴伝授と〈涙〉―いぬ宮の〈涙〉―」『物語研究』第八号　二〇〇八年三月）
第三節　『落窪物語』の笑いと涙――落窪の君と道頼の関係性…書き下ろし

第四章　平安後期物語の涙から――『源氏物語』以後

第一節　『浜松中納言物語』のとめどない涙――唐后の面影…書き下ろし
第二節　『夜の寝覚』泣かない石山の姫君――〈家族〉の表象
（原題「『夜の寝覚』における〈涙〉の表象―石山の姫君の『家族』―」『玉藻』第四五号フェリス女学院大学国文学会　二〇一〇年三月）
第三節　涙が浮き彫りにするもの――『堤中納言物語』「はいずみ」を中心に…書き下ろし
第四節　『狭衣物語』の汗と涙――『源氏物語』との比較から
（原題「『源氏物語』における〈汗〉と〈涙〉―『狭衣物語』との比較から―」『日本文学』第五五巻第四号　二〇〇六年四月）
第五節　メディアとしての涙――『狭衣物語』飛鳥井の女君と女二の宮
（原題「『狭衣物語』におけるメディアとしての〈涙〉―女二の宮を中心に―」三田村雅子編『源氏物語のことばと身体』

青簡舎　二〇一〇年一二月）
第六節　『とりかへばや物語』の涙と身体――女主人公のジェンダーをめぐって
（原題「『とりかへばや物語』の〈涙〉と身体―女主人公のジェンダーをめぐって―」『日本文学』第五八巻第一二号
二〇〇九年一二月）
おわりに…書き下ろし

＊収めた原稿には、必要に応じて加筆・訂正を加えた。

あとがき

二〇〇九年の春、国立新美術館で開催された『ルーヴル美術館展―美の宮殿の子どもたち―』を訪れた私は、思いがけずある作品と出会った。ジャン＝バティスト・ドフェルネ作、「悲しみにくれる精霊」である。

(C) RMN / Hervé Lewandowski / distributed by AMF-DNPartcom

大理石でできた子どもの精霊の瞳に刻まれた、一粒の涙がとても印象的だった。展覧会のカタログ（『ルーヴル美術館展―美の宮殿の子どもたち―』朝日新聞社）によれば、この高浮彫りは、ブルゴーニュ高等法院評定官ジェルマン＝アンヌ・ロパン・ド・モンモールの記念墓碑の一部であったという。炎の消え入りそうな手燭を手にする子どもの精霊という主題は、燃え尽きた生の寓意で、古代美術から着想が得られていると記述されていた。

一見、かわいらしくも感じられる子どもの精霊だが、一歩近づいて鑑賞すると、そのまなざしの険しさに驚かされる。とても子どものものとは思われない苦渋の表情には、怒りにも似た底知れない悲しみが、静かに湛えられているように感じた。彫刻には珍しい涙の粒が、目を拭うしぐさとともに象られている点でも特徴的な作品といえるだろう。

涙の研究は、大学院の修士論文から博士論文に至るまで、一貫して追い求めている研究テーマである。このテーマに巡り会うきっかけとなった出来事の一つに、大好きな祖父の他界があった。大学院に入学したばかりの、夏のことだった。尽きることない涙の果てに目の痛みを感じながら、ふと、紫の上を亡くした光源氏も涙に暮れていたことを思い出した。心の癒しを求めるようにして始めた涙の研究であったが、多様な涙表現の面白さ、奥深さを知る過程に、いつの間にか研究を進めることに夢中になっている自分に気がついた。

涙の研究は幅広く、課題は尽きない。これからも、物語の世界を存分に味わいながら、そこに描き出される涙の風景とじっくり向かい合い、試行錯誤を重ねていきたいと思う。

本書の刊行にあたり、ここまでお導きくださいました指導教授の三田村雅子先生に、心からの感謝を捧げます。高校生の頃、ＮＨＫ教育番組で放送されていた「古典への招待」にて、『源氏物語』を解説なさる三田村先生に魅了されて以来、『源氏物語』の世界に心惹かれるようになった。大学一年生の日本語プレゼンテーション演習、三、四年生のゼミ、大学院の博士前期課程、博士後期課程、そして現在に至るまで、憧れの先生のもとで大変お世話になっている。何事においても要領の悪い私を常に励まし、あたたかくお見守りくださった三田村先生との出会いなくして、今の私は存在しない。本当にありがとうございます。

大学院では、約六年間、亡き三谷邦明先生のご講義を賜った。「文学とは何か」、「物語文学とは何か」と問いかけていくことの重要性を通して、研究に対する姿勢や取り組み方をご教授いただいた。どのような質問にも笑顔でご丁寧にお答えくださった、三谷先生の穏やかな面影が忘れられない。天国の三谷先生に深く御礼申し上げます。

本書は、博士論文「平安物語作品における〈涙〉の位相――『源氏物語』を中心に――」をもとに加筆修正したものである。博士論文を審査くださいました谷知子先生、藤江峰夫先生、聖心女子大学の原岡文子先生には、たくさんの貴重なご指摘を賜った。心から感謝申し上げます。そして、学部生の頃からお世話になっておりますフェリスの先生がたに感謝申し上げます。大学院のお授業やティーチング・アシスタントでお世話になりました先生がた、学内、学外を問わず今までご指導、ご助言賜りましたすべてのかたがたに厚く御礼申し上げます。

大学院のゼミは、発表や質疑応答を通して論を立て直し、膨らませていく大切な時間だった。本論の大部分が、ゼミでの口頭発表を出発点としている。言葉足らずの拙い発表に、惜しみないご意見をお寄せくださいました先輩、同期生、後輩の皆さま、ありがとうございました。石阪晶子氏、三村友希氏、小原まゆみ氏、高橋汐子氏、西山登喜氏を始め、良き先輩がたや多くの仲間に恵まれた幸せを感じている。本書の校正をお引き受けくださいました吉澤小夏氏のご協力に感謝申し上げます。

本書の刊行をご快諾くださいました笠間書院の池田つや子社長、橋本孝編集長、実務をお執りくださいました相川晋氏には、大変お世話になりました。細やかなご助言、ご配慮に心より深く御礼申し上げます。

なお、本書は、二〇〇八年度フェリス女学院大学大学院人文科学研究科日本文学専攻に提出した博士学位論文をもとにしている。刊行に際し、フェリス女学院大学より学位論文刊行費助成の交付を受けた。ここに記し、感謝の意を表します。

最後に、心身ともに支え、見守ってくれた家族に感謝します。

二〇一〇年一〇月二八日

鈴木貴子

著者略歴

鈴木　貴子（すずき　たかこ）

1981年　東京生まれ。
2003年　フェリス女学院大学文学部日本文学科卒業。
2009年　フェリス女学院大学大学院人文科学研究科博士後
　　　　期課程修了。博士（文学）。
2011年度より、フェリス女学院大学非常勤講師。

涙から読み解く源氏物語

2011年3月10日　初版第1刷発行

著者　鈴木貴子

装幀　笠間書院装幀室

発行者　池田つや子

発行所　有限会社　笠間書院

〒101-0064　東京都千代田区猿楽町2-2-3

☎03-3295-1331㈹　FAX03-3294-0996

NDC分類：913.3　振替00110-1-56002

ISBN978-4-305-70543-3

富士リプロ㈱

落丁・乱丁本はお取りかえいたします。　（本文用紙：中性紙使用）

出版目録は上記所在地までご請求ください。

http://kasamashoin.jp

索　引

・この索引は、その章の論旨に主要にかかわる事項・人名・書名による索引である。
・排列は、仮名遣いにかかわらず、現代日本語の発音による五十音順である。
・本文の表記にかかわらず、作品名には『　』などの記号を付した。
・同一の意味を示す類似表現をまとめたため、本文の表記と若干異なるものがある。

【あ行】

【か行】

【さ行】

【た行】

【な行】

【は行】

【ま行】

【や行】

【ら行】

【わ行】